JN259495

裏切りの刃

リンダ・ハワード
仁嶋いずる 訳

THE CUTTING EDGE
by Linda Howard
Translation by Izuru Nishima

mira

THE CUTTING EDGE

by Linda Howard

Published by K.K. HarperCollins Japan, 2025

裏切りの刃

おもな登場人物

テレサ（テッサ）・コンウェイ——カーター・エンジニアリング社経理部事務員
ブレット・ラトランド——カーター・マーシャル社調査員
エヴァン・ブレイディ——カーター・マーシャル社調査員
シルバー——テッサの叔母
マーサ・ビリングスリー（ビリー）——テッサの同僚
サミー・ウォレス——テッサの同僚
ペリー・スミザーマン——テッサの上司
トム——ブレットの父親
ジョシュア・カーター——カーター・マーシャル社グループ社長

1

「それは法に反する」ブレット・ラトランドはプロらしい冷静な口調で言った。

エヴァン・ブレイディはブレットにならって、たったいまふたりの脇《わき》を通りすぎていった女性の背中を目で追い、うなずいた。ロサンゼルス支社にいるこの一週間に彼女のことは何度か見かけていた。彼はブレットに警告した。「ちゃんと列に並ぶんだぞ。みんなそうしてるんだ。彼女の社交生活ときたら、フィラデルフィアのご令嬢も嫉妬《しっと》するほどきらびやかだからな」

冷たくいかめしいほほえみがブレットの口元に浮かんだ。「とんでもない。先頭に割りこませてもらうよ」

エヴァンは少しばかり驚いた。ブレットが社内の人間と深い関係になるのを見たことは一度もないからだ。それにさっきの言葉は冗談のつもりだった。しかし男なら、テレサ・コンウェイを一目見れば理性など頭から吹き飛んでしまうだろう。エヴァンは肩をすくめた。「彼女は経理事務員のイメージからはほど遠いな」

ブレットは鋭いダークブルーの目をエヴァンに向けた。「経理事務員なのか？」

「そのうえ仕事の腕も確かだ。疑わざるを得ない」

ブレットはうなずき、その視線をくだんの女性のスリムなうしろ姿に向け、彼女がエレベーターに乗って視界から消えるのを見送った。ブレットとエヴァンは、内部監査であきらかになった帳簿上の数字のくいちがいについて秘密裏に調査するためにロサンゼルスにやってきた。ここはカーター・マーシャル社グループ傘下の企業の一つ、カーター・エンジニアリング社のロサンゼルス支社だ。社長のジョシュア・カーターは、自分の足元で横領が発生した疑いがあると聞いていきりたった。七十になろうという年齢だったが、激怒する姿は一見の価値があった。彼は腕利きの調査員を呼びつけてこの問題を調べるよう命じ、法が許すかぎり最大限の容疑で告発しろと指示した。ジョシュア・カーターのものを盗んでおいて叱責《しっせき》と解雇だけですむと思ったらおおまちがいだ！　悪い噂《うわさ》が立とうとも、彼は少しも気にしなかった。

泥棒を軽蔑《けいべつ》することにかけては、ブレットもジョシュア・カーターに劣らなかった。成功をつかみ取るために苦労を重ねてきた彼は、他人の成果を横取りして楽をしようという輩《やから》が許せなかった。時間はかかるかもしれないが、エヴァンとふたりで必ずや犯人をつきとめ、カーター・エンジニアリング社の誰もが鉛筆一本でも家に持ち帰るのをためらうことになるよう、事態を解決してみせるつもりだった。

コンピューターを熟知した人間によるコンピューター犯罪は解決が厄介だが、ブレットはエヴァンの知識に絶大な信頼を置いていた。

エヴァンほどの専門知識を持った人間はアメリカにもそういないはずだ。技術的な問題は彼が、人間相手の調査はブレットが担当する。そして犯人に気づかれる前に取り押さえるのだ。表向きは、ふたりは現在検討中の新しいコンピューターシステムの実現可能性の調査でロサンゼルスに来たことになっている。エヴァンがいれば、いつだってその口実をもっともらしく見せることができるのだ。

ブレットはなにごとか考えこみながら、顎をなでた。「彼女の名前を知ってるのか？」

心ここにあらずといった口調だ。

「このビルにいる男なら誰でも知ってるよ」エヴァンはにやりとした。「テレサ・コンウェイ。ふだんはテッサと呼ばれている。独身だ。これは……その、個人記録を見たんだ」

「どうだった？」

「なにを探しているかによるな。もっとも、うしろ暗いところはなにもないが」

「この仕事にはちょっとばかり気晴らしが必要だ。ミス・コンウェイを食事に連れだすとするか」ブレットはゆっくりと言った。「彼女から同じ部署の人間のことを聞きだそう。金銭トラブルを抱えているやつとか、突然金回りがよくなったやつを知っているかどうか」

「働きすぎは体にさわるぞ」エヴァンが皮肉っぽく眉を上げた。「夜勤は僕が引き受けて、僕が彼女を連れだそうか。そうすれば君は一晩ゆっくり寝られる」

ブレットは見事に簡潔な言葉でエヴァンの申し出を断った。エヴァンはにっと笑った。浅黒い肌を持ち、スリムで情熱的なエヴァンは女性に不自由したことは一度もない。この仕事が終わる前に個人的にテッサ・コンウェイをデートに誘うことも考えた。しかしこれまでは忙しかったたし、ここへきてブレットが登場したせいでチャンスはなくなった。

ブレットが彼女を捨てるまで、誰にもチャンスはないだろう。女性なら誰でもブレットを拒めない。彼には燃えるような欲望と荒々しいまでの男らしさがあり、この二つが蛾《が》を誘いこむ炎のように女性を惹《ひ》きつけた。だが、彼の肉体的な欲求は冷静な頭脳によってコントロールされていた。ブレット・ラトランドほど自制のきいた男をエヴァンは見たことがない。

ジョシュア・カーターにとって、ブレットは最高の選択だったと言えよう。冷静で用心深く、感情に流されない。エヴァンは、ブレット・ラトランドは誰にも関心がないのだという話を聞いたことがあったが、ときどき噂は本当だと思った。ブレットの明晰《めいせき》な判断力は感情に曇らされることがなかった。彼は心に鎧《よろい》をまとっている。彼が自分の意思を隠していることにほとんどの人は気づかない。なぜなら彼は人々を自在にあやつり、意のままにコントロールしてしまうからだ。

「ランチから戻ったら彼女の記録を読みたい」ブレットが言った。ダークブルーの目に浮かぶ貪欲《どんよく》な光を見て、エヴァンは一瞬テッサ・コンウェイが気の毒になった。もう逃げられないぞ。


テッサはランチを終えてビルに戻ってきた。入口の守衛ににっこり笑いかけると、彼はうれしそうに笑顔を返した。それを見てマーサ・ビリングスリー——ビリーは怒ったようにふんと鼻を鳴らした。カーター・エンジニアリング社の給与担当の部署で働いているビリーは、テッサの一番の友人だ。

「あなたなら相手が死人でも愛想を振りまくわね」

「そんなことないわ」テッサは悪びれずに答えた。「だいたい、愛想を振りまくのと愛想がいいのとは意味がちがうわ」

「あなたに関してはちがわないわよ。このビルにいる男性なら誰でも、あなたがそばに行くとうれしそうにするじゃない」

テッサは笑った。ビリーの言葉を本気に受け取ったわけではない。彼女は確かに愛想がよかった。男性に笑顔を振りまき、からかったが、その様子がいかにも罪がないので、誰もが彼女に笑顔を返さずにはいられなかった。たいていの人は——女性も含めて——テッサが好きだった。なぜなら、鉄くずを引きつける磁石のように男性を惹きつけながらも、彼女には抜け駆けするようなずるいところがないからだ。陽気な彼女はどんなパーティにも必ず招かれた。テッサのウィットは鋭いがやさしかった。人はそのけだるい語り口にじっと耳を澄まし、かたずをのんで彼女が話の落ちを言うのを待ち受け、いざ落ちに達すると、どっと笑い声をあげるのだった。

テッサのゆっくりとした口調は、ものうげな音楽のような魅力がなければ誰でもいらいらしたことだろう。テッサはアメリカ南部アラバマ州の海沿いの町、モービルの出身だった。彼女を急がせるには地震でも起きなければだめだとビリーはとっくの昔にあきらめていた。あれほどの仕事量をどうやってこなしているのか不思議でたまらない。悠揚迫らぬ態度で仕事に取りかかり、オフィスがどんなパニックに陥ろうが急ぐ気配はまったくない。テッサがなんとなく動きまわると仕事はでき上がっている。それは不思議としかいいようがなかった。

ふたりがエレベーターに乗りこむと、社内でも有名なコンピューターの天才、サミー・ウォレスがいた。背が高く痩《や》せていて金髪、ぼんやりとした青い目とべっこう縁の眼鏡という姿はいかにも天才という風情だ。キーボードの前に座らせればコンピューターにオペラを歌わせることすらできたが、痛々しいほど照れ屋だった。

自分のほうが年下なのに彼に対して保護者のように感じていたテッサは、やさしく挨拶《あいさつ》した。話しかけるたびにサミーはいつまでも真っ赤になるが、テッサの目に浮かぶ思いやりがうそではないことを知っているので、笑顔を返した。コンピューターのことしか頭にない彼も、男性たちがテッサを見る目つきには気づいていて、彼女がいつも話しかけてくれるのを少し自慢に思っていた。

「今度はいつ、チェスのレッスンをしてもらえそう？」毎晩つきあいで忙しいから暇な夜なんかめったにないわよね、とほのめかすような彼女の口調に、彼は頬をさらに赤らめた。

「明日の晩はどうかな？」

「うれしい！」まばゆいほどの笑顔が返ってきた。深い緑色の目が輝いている。「七時ごろでいい？」

「いいよ。ポーカーもするかい？」

「私がポーカーの誘いを断るはずがないと知ってるでしょう？」テッサがウインクし、サミーは自分でも驚いたことにウインクを返した。

彼はチェスを教え、お返しにテッサはポーカーを教えている。数字に強いサミーは、彼女がチェスを覚えるよりずっと早くポーカーの基礎をマスターしてしまった。テッサは腕まくりしてチェスを始めるのだが、戦略的というよりは衝動的で、サミーが状況を把握してマニュアルどおりにキングを追いつめようと思ったときにはチェス盤はすでに大混乱に陥っていることが多かった。しかし彼女はポーカーには強かった。戦略と運が一緒になってもたらす興奮が好きだったのだ。

エレベーターが次の階で止まり、男性が数人乗ってきた。テッサが奥に進み手すりにつかまると、ドアが閉まってエレベーターは上がり始めた。手すりにつかまっていたのは幸運だった。もうすぐ次の階に止まろうかというとき、いきなり大きく揺れてエレベーターが停止してしまったからだ。前に立っていたテッド・ベイカーがよろめき、倒れまいとして手を振りまわした。おかげで倒れはしなかったが、肘がテッサの頬にあたってしまい、勢いでテッサはよろめいた。その瞬間、隣に立っていた男性がののしりの言葉をつぶやきながら彼女のウエストに腕を回し、体を支えてくれた。

ぶつかった男性が振り向き、何度もあやまった。「あなたのせいじゃないわ」テッサは彼を安心させようとした。

「ベイカー、修理人を呼んでエレベーターを点検させてくれ」テッサを支えていた男性が言い、ベイカーは即座に、わかりましたとつぶやいた。

ぶつかったときのくらくらする感覚はもうなくなっていたので、テッサはその男性から離れようとした。しかし彼の腕はしっかりとウエストを押さえている。ビリーが心配そうな顔で人をかきわけてそばに来た。「テッサ？　だいじょうぶ？」

「ええ、平気よ」そう言いつつ、テッサは指でそっと頬骨のあたりをさわってみた。本当のことを言っているのか、ただの強がりなのか自分でもわからなかったからだ。頬の感覚はあまり感じられない。

「上へ連れていって氷で冷やすよ」頭上で自信に満ちた声がした。命令するようなこの口調に逆らった人はいないにちがいない。エレベーターに乗りあわせた人たちもなにも言わなかった。ビリーはふたりについてこようとせず、心配そうに振り向きながら自分の階でおりた。少しずつ人が消えていき、エレベーターはどんどんのぼっていく。それがなにを意味するのか考え、テッサは唇を引き結んだ。頭を上げて救い主の顔を見たかったが、彼は少しうしろに立っている。そこまで頭を動かすのは危険に思えた。頬に感覚が戻ってきて頬骨のあたりがずきずきする。

ふたりがおりたのは重役室の階だった。ここへ来たことは数回しかない。経理事務を担当している者がこんなところに来る用などほとんどないからだ。その男性が名前のプレートのないドアを開けると、デスクにいた秘書がさっとこちらに目を向けた。

「ヘレン、僕のオフィスに氷はあるかい？　ちょっとアクシデントがあったんだ」

「ええ、あるはずです」ヘレン・ワイスは急いで立ち上がって彼のためにドアを開けると、広いオフィスの一角にあるバーコーナーへまっすぐ歩いていって氷があるかどうか確かめた。「ありました。ほかになにか必要ですか？」

「洗面所からタオルを取ってくる。それでだいじょうぶだ。ありがとう」秘書はドアを閉めて出ていってしまい、テッサは会ったこともない男性と広いオフィスでふたりきりになった。「そこに座りなさい」

そう言って、彼はフットボール場ほどもあるデスクのうしろの大きな革の椅子にテッサを座らせた。彼がタオルを取りに専用の洗面所に行ってしまうと、テッサはすぐに立ち上がった。好奇心と、人に命令し服従されることに慣れているあの男性に対する警戒心が抑えられなかったのだ。大きな窓の前に行くと、はてしなく広がるロサンゼルスの街並みが見えた。彼が部屋に戻ってくるのがわかったが、テッサは振り向かなかった。

「座っていろと言ったのに」うしろからぶっきらぼうな声がした。すぐに、彼がバーのところへ行って氷を取りだす音が聞こえた。「座ってもらっていたほうが気が楽なんだ。君はずいぶんひどくぶつかったから」

「気絶しないって約束するわ」彼がこちらへ来る音がする……といっても、分厚いカーペットのおかげで足音はほとんど聞こえない。彼の動きを感じたのだ。まるで肌が彼に対して敏感になったかのように、近づいてくる彼の体の熱まで感じることができた。テッサは振り向いて、初めて彼と顔を合わせた。

しっかりとそばに抱きかかえられていたとき、いくつか気づいたことがあった。彼はかなりの長身で、たぶん百九十センチ以上はあること。がっしりした体格。テッサの身長は普通だったが、体つきは華奢《きゃしゃ》で優美だ。この人なら私を片手で持ち上げられるわ。筋肉質の体から発散される熱と力は強烈だった。清潔な男らしい香りと引きしまってたくましい腕にも気づいていた。

その彼が、いま目の前に立って熱心な目つきでこちらを見ている。テッサも彼を見つめ返した。

なぜか一瞬、頭がくらくらした。めまいかしら？　そのときテッサは自分が息を止めていたことに気づき、そっと吐きだした。視線は目の前の男性に釘《くぎ》づけになったままだ。決してハンサムとは言えないが、官能的で印象の強い顔。こんなにきれいな目は見たことがない。これほど澄みきっていて深い目があろうかという、黒いまつげに縁取られたネイビーブルーの瞳。ところどころ金の筋がまじっている黄色がかったブラウンの髪は、ぼさぼさの一歩手前のスタイルだ。テッサは、いかめしく官能的で非情なところさえあるその剛健な顔から目を離せなかった。

少しとがり気味の顎、いかつい感じの高い頬骨、かぎ鼻に近い鼻。荒々しく削られたような顔立ちは、ダークブルーの瞳と肉感的な唇がなければ平凡と言ってもいいぐらいだ。毒気を含んだ口元。それを目にしたテッサはまた息をのんだ。大きすぎず小さすぎず、輪郭のはっきりした表情豊かな唇。かすかに曲がっている口角は、皮肉っぽくも、おもしろがっているようにも見える。それは豊富な経験を積んだ男性の唇だった。キスの仕方を、そして女性の肌の味わい方を心得た男性の唇。突然、テッサは自分がある衝動に震えているのに気づいた。背伸びして彼がどれほどキスがうまいか、自分自身で確かめてみたいという衝動に。

彼は指でそっとテッサの顎を引き上げ、頬のけがを調べようと明るい方に向けた。「打撲傷だな。でもあざにはならないだろう」

「そう願いたいわ」

彼が急ごしらえのアイスパックをそっとテッサの頬にあてたので、彼女は手を伸ばしてそれを支えた。手が触れあい、テッサは彼の指が少し荒れているのに気づいた。署名より大変な力仕事はしたことがないという男の手とはちがう。彼の手はテッサのてのひらの下になったままだ。穏やかで自信に満ちたまなざしに、テッサは彼と距離をあけずにはいられなくなった。

彼女は意識しなくても簡単に男性を魅了してしまうタイプだが、やり方は屈託がなく、いつも感情が過熱する前に身をかわして逃げることにしていた。しかし、どうしてそうとわかったのかは自分でも説明できないが、彼女の体のすべてが、女としての本能のすべてが、彼は手にあまる男だと告げていた。簡単にあしらえる男ではない。その強烈な男らしさで女性を圧倒してしまうタイプだ。目の前で誘うように踊る蝶《ちょう》を逃がしたりはしない。手を伸ばしてつかまえ、その美に魅了されているあいだは決して放さないだろう。自分を守りたいのなら、もう行かなくては。でも、テッサはどこにも行きたくなかった。彼のそばにいたい……。

テッサの明るい笑顔の下には、しっかりした常識が備わっていた。それがいま顔を出した。「氷をありがとう」彼から離れながらそうつぶやく。「遅刻で首になる前に仕事に戻らなければ。本当に――」

「ここにいるんだ」彼はやさしく命じた。口調は穏やかだったが、あきらかに命令だった。「君の部署の責任者に電話して事情を説明する」

「そんな必要はないわ。本当にだいじょうぶだから仕事に戻ります」

「そこまで言うならそうすればいい」深い海のような目がけだるそうに半分閉じた。「しかし、僕は君と話がしたい。今夜食事に誘おうと思うんだが、七時半ではどうかな？」

「まあ！」テッサは驚いた。「あなたのことをなにも知らないのに」

「その点は簡単に変えられる」彼は日に焼けた手を差しだした。「僕はブレット・ラトランド。カーター・マーシャル社から来た」

　テッサの目がわずかに見開かれた。この一週間、何度も耳にした名前だ。あまりにたくさんの人が彼を警戒している様子なので、テッサは彼の評判を信じ始めていた。カーター・エンジニアリング社に彼がやってくるという噂を聞いて、みんな不安そうだった。きっと、けさ到着したにちがいない。彼はまだ手を差しだしている。テッサはおずおずとその手を握った。ふたりの力の差を知っているかのように、彼の指はやさしくテッサの指を包んだ。

「テッサ・コンウェイよ。所属は経理」

彼は手を放さなかった。「さてテッサ・コンウェイ、これでふたりは知り合いになった。食事はどうする？」

一瞬テッサは警戒するように彼を見たが、生まれつきのユーモアのセンスが頭をもたげた。みんなが話していた恐ろしい怪物って彼のこと？　もちろん飼い慣らされた猫って感じじゃないけど、朝食に生肉を食べるようには見えないわ。からかうような光がテッサの緑の瞳に躍った。

「有名な首切り男と一緒に出かけてだいじょうぶかしら」テッサは生意気そうな口調で言った。

ブレットは頭をそらして笑った。その声の豊かな響きに、テッサの全身にぬくもりが満ちていく。「首切り男だって？　予想よりはましなあだ名だな！　とにかく君は心配する必要はない。君を切り刻んだりはしないから」

確かにそうだろう。でも彼が女性の心を切り刻めるのは確かだ。この部屋に彼と一緒にいるだけで、テッサは鼓動が速まり、血が騒いで体が熱くなるのがわかった。どうしても彼と出かけたい、その強い思いに彼女の警戒心は弱まりつつあった。いますべきなのは、すぐにこの場を立ち去ることなのに。

「あなたと一緒に出かけたら、職場の情報網がゴシップでパンクするわ。お誘いは本当に――」

「ゴシップなんかどうでもいい。君だってそうだろう」彼の指の力が強まった。「七時半でいいかな？」

テッサはもう一度彼を見上げたが、これは戦略上のミスだった。音楽のような低い笑い声とともに、テッサは警戒心を投げ捨てた。「六時半にしましょう。私、たっぷり寝ないとだめなの。八時間は寝ないと体が動かないのよ。平日はシンデレラより早いの。シンデレラだって早いほうなのにね」

目に浮かぶ貪欲なきらめきを見られまいとブレットは目を伏せた。彼女が早い時間にベッドに入るようにするのは簡単だが、眠らせるかどうかは別問題だ。「迎えに行くから住所を書いてくれないか」あとで彼女の記録を見れば住所はわかるのだが、彼女はそんなことは知らなくていい。

テッサはアイスパックを左手で押さえながら、紙切れに住所と電話番号を書いた。そしてもう一度彼に視線を戻し、小さく首を振った。「私、どうかしてるわ」そうつぶやくと、ブレットが引き留める間もなく足早に部屋を出ていった。

ブレットはデスクに座り、テッサの住所が書かれた紙切れをもてあそんだ。それこそ、こちらの望むところだ。彼から快楽を受け取るかわりに理性を投げ捨ててもらう。恋愛慣れしているブレットは、新しい女性とベッドをともにすることを考えてもさして胸躍るわけではなかったが、今回はちがった。

テッサ・コンウェイにどんな事情があるにしろ、彼女を手に入れたい。ほしいと思った女性を手に入れられなかったことなどあっただろうか。彼はいつもたいして時間もかけずに望みの女性を手に入れてきた。テッサだってきっと同じだ。引きしまったヒップを揺らして歩く彼女のうしろ姿を思いだし、ブレットの額に汗が浮かんだ。彼女に飽きるにはしばらくかかりそうだ。

「私ったらばかみたい」自分のオフィスに戻る途中、ぶつけた頬に氷を巻いたタオルをあてながら、テッサは何度もつぶやいた。自分の勤める会社の上層部にいる男性と出かける約束をしてしまったのだ。それだけでどんな噂が立つことか。そのうえ相手は、彼が現れると誰かが首になるという恐ろしい評判の持ち主だ。〝首切り男〟というのはまさにぴったりのあだ名だった。それでなくても彼はテッサがいままで出会ったうちで、また想像したうちでも一番セクシーな男性だ。ただし、確かに彼の目は息をのむほど美しいが、外見に惹かれているというわけではない。

彼女を魅了したのは、女性を見る彼の目つきだ。まるで君は僕のものだと言わんばかりの目。女性をものにするあらゆる甘美な手管を心得ており、その一瞬一瞬をゆっくり楽しむつもりだと告げている目。それはプレイボーイの目だった……ただ一つちがうのは、彼の目には冷静で抑制されたものがあることだ。まるで自分の一部を情熱の及ばない別の場所に置いているかのように。

ここまでならだいじょうぶだと思う一線を越えて求めてくる男に、どう対処すればいいのだろう？　テッサは胸破れる思いをしたことはなかったが、それなりに傷ついた経験はあり、二度と心をさらけだすまいと思っていた。特にブレット・ラトランドのような男性に対しては。彼はきっと、笑い声や罪のないからかいといった壁を打ち破り、その奥に隠れたテッサ自身にまっすぐ向かってくるだろう。

テッサは恋の駆け引きやちょっとしたつきあいが大好きだった。本人もそれを楽しんだし、相手をいい気分にさせることも多かった。でも、誰かと真剣な関係になるのはしりごみした。ブレット・ラトランドとの関係をなにもないままに保つのはまず無理だろう。テッサはそれが不安だった。

婚約を二回解消したことのある彼女は、もう夢見る少女ではなかった。楽観的で常識もあったから、二回失敗したからといって男性全部をだめだと決めつけるつもりはなかったが、ロマンチックな関係に踏みこむことに以前より慎重になった。危険は見ればわかる。そして彼はまるでネオンサインのように危険な信号をまたたかせている。そこまでわかっているのに、なぜ警戒心を投げ捨て、誘いに乗ってしまったのだろう？

「私がばかだからよ」デスクに座りながら、テッサはつぶやいた。

経理部の責任者ペリー・スミザーマンが自分の部屋から出て、テッサの狭い仕切りの方へやってきた。いつものように広い額に皺《しわ》を寄せている。「マーサ・ビリングスリーから電話があったが、アクシデントがあったそうだね。だいじょうぶかね？」

「はい、平気です」テッサはアイスパックを持ち上げて、腫《は》れ上がった頬をそっとさわってみた。「どうですか？」

額の皺をさらに深くしながら彼は顔を近づけ、帳簿をチェックするときのような真剣さで腫れた頬を調べた。「痛ましい」ようやくそう言った。「帰宅するかね？」

テッサはびっくりして笑いだしそうになった。「いいえ、仕事はできます」ペリーが納得するよう、落ち着いて答える。ペリーはちょっとしたことでも大騒ぎするタイプだったが、根は親切で、テッサは彼が好きだった。

「診療所に行ったのかね？」

「いいえ。ミスター・ラトランドがオフィスに連れていってアイスパックを作ってくれ――」

「ブレット・ラトランドが？」ペリーが鋭くきき返した。

「ええ、同じエレベーターに――」

ペリーの色白の広い額に汗が光った。「彼は経理部のことについてなにかたずねたのか？　帳簿のチェックのことには触れたかね？」

その顔にもつり上がった声にも、不安がありありと表れていた。テッサはなだめるように言った。「いいえ、一言も。バーから氷を出してタオルでくるんでくれただけです」

「本当に？　彼は理由もなく動く男じゃない。巧妙な手が必要ならそうするだろう。きっとなにもかもチェックするつもりだ。だからその前にあちこちかぎまわって、すきを見つけようとしているんだ」

「なにも心配することはないと思います。業務は順調だし、あなたは有能な責任者です」

「どうだかね」両手を握りあわせながら、ペリーは言った。「それはわからないよ」

彼は物事の一番暗い面を見ることに決めたようだ。テッサはボスを元気づけるのは無理だと思い、ため息をついた。彼は物事の暗い面を見ているほうが楽しいのだ。

午後の休憩時間に、ビリーがテッサの様子を見に来た。ブレット・ラトランドに対する興味が抑えきれない様子だ。大きな茶色の目をさらに見開いて、テッサが答えられないほど矢継ぎばやに質問を繰りだした。「彼はなんて言った？　どれぐらいあそこにいたの？　怖かった？　まったく、よりによってあの人とエレベーターで一緒になるなんてね！　どうしてここにいるかを言っていた？」

テッサはおおかたの質問を無視して一つだけ答えた。「どうして怖がらなくてはいけないの？　彼が誰かも知らなかったのに」

ビリーは息をのんだ。「ブレット・ラトランドを知らなかったの？」

「名前は知っていたわ。でも会ったことがないんだから、わかるわけないでしょう？」

この屁理屈《へりくつ》にいらいらしながらも、ビリーはもっとテッサから話を聞きだそうとした。

しかしテッサは、こうと思えば腹の立つほどあいまいな態度をとることができるのだ。

「あなたはなにを話したの？　彼はなんて言った？」

「いろいろ言ったけど、タオルを取ってくるまで座っていろと言ったわ」食事に誘われたことを話すつもりはなかった。彼と出かけると考えただけでテッサはいつものけだるい状態から抜けだし、不安と興奮がまじりあって身が震えるように感じた。彼の灼《や》けつくような男らしさでまだ体がうずく気がした。

シルバー叔母さんなら彼を大好きになるわ。

叔母のことを思ってテッサはにっこりした。シルバー叔母ほど元気でやさしく、愛すべき女性はいない。叔母が価値を認めているものがあるとすれば、それはすばらしい男性だった。〝テッサ〟叔母はよくこう語った。〝私が男性の品定めをやめる日がきたら、私を埋葬してもいいわよ。死んだという証拠だから〟叔母はガトリンバーグで繁盛している小さな高級ドールショップの経営者だ。きっといまも楽しそうに男性の品定めをしているにちがいない。

「なにを笑ってるのよ」ビリーが責めるように言った。「テッサ・コンウェイ！　まさかあの人を誘惑するつもり？　あなたときたらしょうがないんだから。目をぱちぱちさせてみせたんでしょう？」

「ヘビー級のボクサーと十ラウンドも戦ったあとみたいな顔で？」テッサは落ち着いた声

でたずねた。

「あなたがそれぐらいのことであきらめる？」

「だいじょうぶ、ミスター・ラトランドを誘惑したりしていないわ」テッサの目がきらめいた。ミスター・ラトランドは誘惑される前に自分から行動を起こすタイプだ。

「それならいいけど！　彼、目つきが気に入らないというだけで人を八つ裂きにするような男なのよ」

　ブレット・ラトランドには気をつけなければとは思っていたが、体を八つ裂きにされる不安はなかった。彼がテッサの体に手をかけるとき、それが苦痛であるはずがない。その確信こそ、テッサが一番気にしていることかもしれなかった。女性というものは、疑いなく相手が自分にめくるめくような快感を与えることができると本能的にさとっているとき、その男性に対する警戒心が危険なほど薄れてしまう。テッサは警戒心を弱めたくなかった。これまで一度ならず二度までもひどく傷ついたのだから。いつか、時が心の傷を完璧《かんぺき》に癒《いや》してくれたら、また恋愛をしてみたいと思っている。でも、いまはまだだめだ。彼女は悲しげに思った。まだ覚悟ができていない。

　テッサは、首になりかねないようなことはなにもしていないとなんとかビリーに納得させた。ビリーにはカリフォルニア風の開放的な性格と、テッサの男性をからかうようなところに何度もショックを受ける、驚くほど保守的な性格が同居している。テッサはビリーに対して忠実な友人だったから、誰も気づかないようなさりげないやり方で気遣っていた。もっとも、たいていの人の目には、南カリフォルニアでの暮らしにひそむ迷路や落とし穴をビリーがテッサに教えているように見えた。ここでは普通に混んでいる道路でさえ、のんびりした土地柄に慣れた若い女性にとっては死刑宣告も同然なのだ。

テッサとビリーが友達になってから、ビリーの服装は前よりシンプルでベーシックなものに変わり、背が低くぽっちゃりした体型に似合うようになった。ヘアスタイルは顔立ちを引きたてるものになり、化粧は大きな茶色の目を強調し、血色の悪さを隠すものになった。以前の彼女は、派手な色のやぼったいアクセサリーを好んでつけていた。しかしいまは洋服と合った小ぶりのものをつけている。

去年、ビリーの社交生活はかなりにぎわったが、彼女がその理由をなぜだろうと不思議に思うことはなかった。でも、テッサはなぜかを知っていた。そして知っていることで静かな満足を覚えた。テッサ自身は幸運に恵まれていた。むずかしい十代を乗りきるのをシルバー叔母さんが手助けしてくれ、洋服のコーディネートや化粧の仕方を教えてくれたのだ。これほど幸運な少女はそうはいない。叔母の知恵を少しばかり広めるのは造作もないことだった。

シルバー叔母さんに忘れずにブレット・ラトランドのことを手紙で教えなくては。女性の理性を狂わせる深いブルーの瞳と唇を持つ男の話なら、きっと喜んでくれるにちがいない。

　ブレット・ラトランドは椅子の背にもたれ、目を細めながら、わずかばかりのテッサの個人記録をぱらぱらと眺めていた。これといった情報はなにもない。逮捕記録はなく、結婚歴も、本人にしかない傷やあざもない。テッサのボスであるペリー・スミザーマンは高い評価を与えていたが、まともな男であれば、たとえペリー・スミザーマンのようなこうるさいタイプでも、テッサに批判的なことを言おうとは思わないだろうとブレットは皮肉っぽく考えた。

　ファイルをデスクに投げだす。役に立たない情報ばかりだ。これ以上のものは、今夜直接彼女から探りだすしかない。

2

テッサは鏡に顔を近づけて、腫《は》れ上がって変色した頬を調べ、眉をひそめた。いつもどおりのメイクでは思ったほどうまくあざを隠せなかった。そこでそっとコンシーラーをつけ、あざがほとんど見えなくなるまでなじませた。

道が混んでいたせいで家に着いたのはほんの三十分前だったが、テッサはてきぱきと身支度した。ホットカーラーの電源を入れ、服を脱いで手早くシャワーを浴び、髪を洗った。ドライヤーで髪を乾かし、ちょうど熱くなっていた数個のカーラーを、髪にボリュームを出してスタイルを作りやすくするために巻いた。そして化粧に十分。終わるとカーラーを取っててきぱきと髪をとかし、肩のあたりにカールが揺れるさりげないおしゃれなスタイルにまとめた。時計に目を走らせると、あと十二分ある。着替えには充分だわ。

テッサは急ぐのが嫌いだったが、段取りがよかったのであわてるようなことはめったになかった。段取りさえつけておけば、あわてる必要はない。テッサはなにがどこにあるか把握していたし、物事の手順も考え抜いてあった。仕事で問題が持ち上がり、スケジュールが狂ってしまうようなときは急いだが、私生活で急ぐことは決してなかった。そのわりにはなぜか約束に遅れることはほとんどない。まるでスケジュールに悪さをする小悪魔が、髪を振り乱したテッサを見てもおもしろくもなんともないので彼女にはめったに手を出さないといった感じだ。とにかくテッサ自身はその説明ぐらいしか考えつかなかったし、それが一番納得できるように思えた。

テッサはお気に入りの香水を軽く振りかけると、下着をつけ、ストッキングをはいてドレスを着た。クリーム色のシルクのドレスで、スカート部分はぴったりしていて上身ごろはカシュクールのようになっている。長袖《ながそで》なので四月の夜でも寒さは感じない。耳にパールのピアスをつけ、首にはクリーム色の長いパールのネックレスを一重にかけた。かかとをベルトで留める淡いベージュのハイヒールをはくと身長が数センチ高くなり、風にそよぐ柳のような風情が出た。

お揃《そろ》いのベージュのバッグを手に取ったときドアベルが鳴り、テッサは満足そうにうなずいた。「ぴったりだわ」お見事と言わんばかりの口調は、彼に対してではなく自分に対するものだった。

ドアを開けて彼のダークブルーの瞳を見たとたん、テッサは体のなかがかっと熱くなるのがわかった。信じられないわ。でも、この人の魅力って本当に強烈ね！　彼がほほえんだだけで、女性はふらついて倒れてしまうにちがいない。しかし、ものうげなほほえみを浮かべて彼を室内に招き入れるテッサの顔からはそんな思いをうかがわせるしるしはまったくなかった。「出かける前に飲み物をいかが？」

「いや、結構だ」ブレットはくつろいだ雰囲気のこぢんまりしたアパートメントのなかを見回した。快適な家具、温かみのある照明。どの隅にも、彼女が集めた小物が雑然と飾られている。「いいね。家庭的な感じがする」

〝家庭的な〟という言葉を〝散らかっている〟の丁寧語として使う人もいるが、テッサはなぜか彼がほめて言ったと感じた。元婚約者のアンドリューなら、たとえ居心地がよくてもファッショナブルではないインテリアなど鼻で軽蔑《けいべつ》するだろう。彼は自分のイメージにうるさかった。

テッサはため息をついた。アンドリューのことは二度と考えないって自分に言い聞かせたのに。ところが、ひょんなときに彼のことが頭に浮かぶのだった。どうしていま思いだす必要があるの？　アンドリューなど足元にも及ばない男性と出かけるというときに？　もしかしたら、アンドリューよりずっと危険なこの人に対して警戒心を高めるため、無意識のうちにアンドリューの記憶を掘りだしたのかもしれない。

ブレットの車はレンタルだったが、贅沢《ぜいたく》な作りの車だった。テッサは、ブレット・ラトランドはカーター社長のお気に入りだという噂《うわさ》を聞いたことがあった。たぶんそのとおりなのだろう。テッサを車に乗せると、ブレットは運転席の方に回って長身を折り曲げるように車に乗りこんだ。そのとき、テッサは気づいた。彼ほどの背の高さなら大きな車でなくてはだめだわ。こんなに脚の長い人だもの、スポーツカーでは狭すぎる。

「七時に予約を入れておいた」いつもは自制のきいた彼の表情が、一瞬おもしろがっているように見えた。「十時半には家に帰れるよ。それまで起きていられるかい?」

「どうかしら」ものうげな口調でテッサは答えた。彼に主導権を取らせる気はない。

かすかなほほえみがブレットの口元に浮かんだ。「眠らせないよう、僕ががんばるよ」セクシーな甘い声だ。

まあ、そうでしょうとも! 彼と一緒にいて寝てしまう女がいるとしたら、それは愛しあったあと、彼の腕のなかでのことにちがいない。

「出身は南部のどのあたり?」テッサの個人記録を見ていないかのように、ブレットはさりげなくたずねた。

「生まれはアラバマ州のモービルよ。でも十三歳のときに、母の妹と住むために母とふたりでテネシー州に移ったの」この言葉は事実にはちがいなかった。しかし語っていないことも多かった。母親の長患いのこと、耐え忍ばなければならなかった貧しさのこと、母が働けず、口にするものさえない日があったこと。とうとう母があきらめ、かたくななプライドをのみこんで、テネシーにいる妹に迎えに来てほしいと頼んだこと。それも自分自身のためではなくテッサのためだと言い張ったこと。母の家族は母とテッサの父との結婚に反対だったが、テッサが覚えてもいない幼いころに父が家庭を捨てて出ていき、結局は家族が正しかったことが証明された。母はテネシーに移ってから一年ほどで死んでしまい、それからはセヴィアヴィルの郊外にある古い農家にテッサとシルバー叔母がふたりきりで暮らした。

「どうしてテネシーを出たのかな？」

「広い世界を見たくなったから」テッサはあっさり答えた。

アンドリューのことを話すつもりはなかった。テッサは家を出たくなかったのだが、シルバー叔母に説き伏せられたのだ。〝あなたは逃げるのではない、悪い状況に背を向けて歩き去るだけよ〟とシルバー叔母は言った。もっとも、アンドリューはテッサが逃げたと思っただろう。でも彼の考えなど気にするだけ無駄だと、テッサは思うようになった。アンドリューを最高の男性だと思っていたなんて。自分の会社の前途有望な若手重役とは比べものにならないわ！

「この土地は気に入った？」

「ええ、とっても。あなたの出身は？　あなたの話し方も少し癖があるわ。場所まではわからないけど」

彼は驚いたようだ。テッサから質問されるなんて考えてもいなかったみたいに。「ワイオミングだ。僕と父で牧場を持っているんだ」

「本物の牧場なの？　帰りたい？」テッサは好奇心に目を輝かせた。

彼女は座ったまま上半身をブレットの方に向けたので、ドレスの重なりの部分がわずかに開き、胸のふくらみにつながるやわらかな曲線がちらりとのぞいた。ブレットはドレスに手を差し入れてそのなめらかな曲線を味わい、胸の頂が固くなるのをてのひらに感じたいと思った。突然体に走ったこのむきだしの欲望に彼は驚いた。そして無理やり彼女の質問に意識を集中した。

「ああ、帰りたいね」ブレットは自分の発言が信じられなかった。なぜなら彼は、忙しいだけのいまの仕事を放《ほう》りだして幼いころからなじみのある牧場に戻りたいという気持ちが強くなるのを、ずっと無視し続けてきたからだ。

父のトムは息子がビジネスの世界で大成功しているのを自慢に思っていたし、ブレット自身、難題の多いこの仕事を楽しんでいることを否定するつもりはなかった。しかし……彼も父も年を取ってきた。それになにより、馬の背に乗って過ごすハードな一日ほど充実感を与えてくれるものはほかにはない。ワイオミングへ、そしてラトランド牧場へ帰りたいという気持ちは日に日に強まっていると言ったら、隣に座っている美しく装った線の細い女性はなんと言うだろう？

「私、いつかは家に帰るつもりなの」テッサは穏やかに言った。「ここにずっと住むつもりはないわ。ペンキの塗り直しが必要な古びた屋敷と、その裏にある、年取った雌牛でさえ入りたがらない崩れかけた納屋、それが私の家よ」テッサは自分の家を思いだして少し笑った。それは心温まるいい思い出だった。なぜならシルバー叔母はあの古い農家を愛で満たし、行き場を失った若い姪《めい》を守ってくれたからだ。シルバー叔母はもうあの家にはいない。ガトリンバーグのモダンな家に移ったのだ。しかし古い家を手放したわけではなかった。テッサはいつかあの家を修理して住もうと考えていた。人生で最高の時を過ごした家なのだから。

テッサを見ながらブレットは思った。彼女が恵まれない子ども時代を過ごしたとは信じられない。バージニアの私立学校で教育を受けた、裕福な名門一族出身の女性と同じぐらい贅沢《ぜいたく》に育ったように見える。こちらのほうが暮らし向きがいいのなら、なぜ帰りたいと思うのだろう?

テッサはブレットが選んだレストランが気に入った。この店に来るのは初めてだった。店内は薄暗く、テーブル席は離れていて、ここちよい音楽が低く流れている。ふたりは個室のような奥まった席に案内された。長いろうそくを三本立てた燭台《しょくだい》だけが唯一の明かりだ。

テーブルが小さいのにテッサが気づいたのは、座って膝が触れあったときだった。テーブル越しにふたりの視線がからみあい、ブレットは目を半分閉じてけだるげなほほえみを浮かべた。ブレットの脚がテッサの膝の両脇《りょうわき》に伸び、そっと彼女の脚をはさみこんだのでふくらはぎがぴったり合わさった。彼の脚のぬくもりとふくらはぎの筋肉の強さを感じて、テッサは鼓動が速くなった。まるでフットボールのラインバッカーのような脚だわ。彼のぬくもりでテッサの脚は燃えるようだった。

高級ワインを飲みながら、ブレットは質問を続けた。質問はどれもたわいのないものばかりで、テッサは喜んで答えた。自分のものだと言わんばかりに締めつけてくる彼の脚に気を取られていたテッサは、彼がときどき繰りだす初対面同士の礼儀正しい質問にはほとんど注意を払っていなかった。話題は自然に仕事のことになった。それがふたりの共通点だったからだ。ブレットは会社のあら探しをしているふうではなかった。彼がとにかく会社のことをよく知っているので、気がつくと、テッサは同僚のおかしなエピソードを彼に話していた。誰にでも起きるようなちょっとした失敗談で、話題にされて困るような話ではない。テッサは自分のこともまな板にのせ、同僚の話で笑ったのと同じぐらい、みずからの失敗談にも笑った。ブレットはカーター・マーシャル社で過ごした何年かのあいだに経験したさまざまな出来事を話した。テッサはすっかりくつろいだ。

ブレットは冷静で自制心が強く、人気者というタイプとはほど遠かった。しかし彼が手に入れたいと思った女性相手のプライベートな状況では並ぶ者のない社交家だった。脅すことなく相手を魅了し、押しつけがましさを感じさせずに相手をいい気持ちにさせ、巧妙に警戒心を取り除いていく。

彼はテッサを手に入れたかった。いままで見たこともないほど美しい女性だからというのではない。実際、テッサはそこまで美人ではなかった。しかし、おそらくいままで見たこともないほどセクシーな女性だった。

どこがどうセクシーなのか具体的に言うのはむずかしかった。スタイルはよかったが、豊満というよりはスレンダーな体つきだ。しかし、からかうように輝くやさしい緑の瞳、そしてぽってりした大きめの唇は情熱を感じさせる。線の細い肩の上でカールしているダークブラウンの髪の毛はまるでシルクのようだ。顔立ちにエキゾチックな雰囲気をもたらす高い頬骨。そして誘惑のしぐさ……それは芸術の域に達している。テッサの長く濃いまつげがいたずらっぽく輝く瞳をけだるそうに隠すたびに、ブレットは欲望に体がこわばるのを感じた。彼女は妖婦《ヴァンプ》を演じていた。しかもその演じ方があまりに大胆で、自分を笑い物にしながらその役割を楽しんでいるので、効果抜群だった。

テッサは誰に対しても一緒に楽しみましょうと屈託なく誘うが、自分自身が高嶺《たかね》の花であることに気づいていないようだった。ブレットは、ベッドで自分の下に組み敷かれた彼女の姿を思い浮かべてみた。ぽってりした唇には笑みはなく、彼のキスを受けてふくらんでいる。彼の情熱を何度も受け入れるサテンのようになめらかな体。少なくとも最初はやさしく扱わなければ。ブレットは目を細めてテッサを見た。彼女の体つきは華奢《きやしや》で、骨格自体も細いようだ。

エレガントな貪欲《どんよく》さでプライムリブを口に運ぶ途中、ふと顔を上げたテッサは、欲望の炎もあらわにブレットがこちらを見つめているのに気づいた。次の瞬間彼女の動きが止まり、口元がかすかにわななないた。ブレットは彼女に目をすえたままワイングラスを持ち上げ、芳醇《ほうじゅん》な赤い液体を口にした。

「食べたらどうだ」ブレットは静かに言った。

「できないわ」彼の視線のせいで体が震えるような気がしていたが、テッサはほほえんで言った。「あなたが見つめているから」

「そのとおり。僕がどれほどこのローストビーフより君を食べたいと思っているか、考えていたんだ」

その声はあまりにやさしく低かったので、テッサには彼がなにを言ったのかとっさにはわからなかった。テッサは目を大きく見開いた。麻痺《まひ》してしまったかのように座ったまま、なすすべもなく彼を見つめた。まるで自分に飛びかかろうとするライオンを見つめるうさぎのように。テッサは自分にしっかりしてと言い聞かせ、落ち着きを取り戻した。

「ローストビーフを食べてしまったほうがいいわ」諭すように言った。「シルバー叔母さんはいつもこう言っていたの。あてにしていいのは確かなことだけ。手のなかの一羽を逃がしてはだめよって……この場合はお皿の上の牛肉だけど」

ブレットの傲慢《ごうまん》そうな口元がおもしろがるようにゆがんだ。「シルバー叔母さんというのは実在の人？　それとも話をそらすためのでっち上げ？」

ふたたび主導権を握ったことを感じて、テッサは特許でも取れそうなほど無邪気な目つきでブレットを見た。「あら、叔母をひとりででっち上げてもかまわないのね？」

「そうしたいなら」

「あなたが正しいのかもしれないわ」テッサはほほえみながらあっさり同意した。「でもこの場合は想像力に頼る必要はないの。シルバー叔母さんは本物の、生きて呼吸している私の叔母よ」

「君たち母子《おやこ》が引っ越して一緒に暮らした相手？」

「ええ。母はテネシー州に移ってから間もなく亡くなってしまったから、私にとってシルバー叔母は普通の叔母より近い存在なの。ふたりきりの家族だったから。彼女は最高よ。私の叔母であり、母であり、親友でもあるの」

「いまもテネシーにいるのかい？」これは彼女の個人記録を見てすでに知っている情報だったが、細部にこだわるブレットの冷静さはどんなときでも変わらなかった。

彼はテッサ自身の口からこれまでのことを聞きだしたかった。すでに持っている知識の裏づけを取りたいという気持ちもあったが、彼女が個人記録に書いたとおりに話しているか、また個人的な質問に答えるのにためらったりしないか見るためでもあった。これまでのところ、テッサは包み隠さず熱心に答えてくれていた。時がたつにつれ、ブレットはますます彼女を手に入れたくなった。

「叔母はガトリンバーグでドールショップを開いていて、いまはそこで暮らしているわ。古いほうの家はかなり手入れが必要で、暖房といえば暖炉と古びた薪《まき》ストーブしかないの。ガトリンバーグに移ったほうが手軽だし、冬のあいだも安全でいられる。凍結した道路で運転しなくてすむから」テッサはゆっくりとほほえんでみせた。「冬のあいだは店が暇だから、二週間ほど休みを取ってこっちへ遊びに来てくれないかしらって思ってるの」

ブレットの目が好奇心で鋭くなった。「店が暇？」

「ガトリンバーグはスモーキー・マウンテン国立公園の入口の町なの。夏から十月ごろまでが一番忙しい時期なのよ。雪を求めて冬に来る人も多いけど」

ブレットは首を振った。ワイオミングで生まれ育った彼は、なぜ人が雪を求めたりするのか理解できなかった。彼の故郷では、毎年冬になると普通の人が耐えられる一生分より多い雪が降るように思えた。ブレットはスキーをしたし、なかなかの腕前だったが、スキーや、すべるのに必要な雪に対して取りたてて情熱を持ったことはなかった。しかし、あのぞっとするような冬にもかかわらず、彼はますますワイオミングが恋しくなっているのだ。

テッサは彼の表情を見て笑った。「南に住んでいる人にとって雪は珍しいのよ。私はテネシーに移るまでは雪を見たことがなかったわ」

　メインコースを食べ終えると、ウェイターがてきぱきと皿を片づけ、ふたりはゆっくりとワインを飲んだ。もうデザートは入らないとテッサは思ったが、ウェイターが押すデザートのカートにのったおいしそうなケーキを目にすると、食欲がわいてきた。

　ブレットはケーキを断り、ふたりともコーヒーを頼んだ。猛然とケーキを食べ始めるテッサを眺めながら、彼はゆっくりとコーヒーを飲んだ。これほどスリムなわりには食べることが好きなようだ。テッサが目を上げて彼の視線をとらえ、あなたの考えはお見とおしよと言うようにほほえんだ。言葉は必要なかった。二つの心が歩みを合わせる、不思議な親密さの一瞬。その瞬間、テッサはいままで誰にも感じたことがないほどブレットを近くに感じた。

　ブレットの視線が下がった。「唇にケーキがついている」テッサは舌をゆっくりと唇にすべらせ、迷子になったケーキのかけらを捜した。

　ブレットのダークブルーの目が陰った。「そこじゃない。顔を近づけてくれたら僕が取ってあげよう」

　テッサはほほえみながら、言われたとおりに体を傾け、彼が指でケーキのかけらを払い取ってくれるのを待った。ブレットはしばらく身動きもせずに灼《や》けつくような視線でテッサを見つめていたが、やがて、まるで彼自身よりも強力な命令に従うかのようにゆっくりと身をかがめた。

ふたりのあいだの距離が縮まるにつれて、テッサの目は大きく見開かれ、やわらかく深い緑色の泉のようになった。私にキスするつもりかしら？　ブレットの唇がそっと彼女に触れ、かけらを探しあてると、舌がそれをとらえた。彼の味、そしてすぐそばにある彼の肌の熱と香りに満ち満ちたこのわずかな接触に、テッサは身震いした。麻痺したように、体を遠ざけることができない。唇でしか触れあっていないのに、しかもほとんど実感できないほど繊細なふれあいにすぎないのに、まるで彼の両腕で鋼のような肉体にしっかりと抱き寄せられているみたいだ。

ブレットは身を引くと、ふたたび熱のこもった視線をテッサの顔にすえた。その表情はさっきと変わらなかったが、テッサのうずくような鋭い感覚は、彼が高まっているという、ほとんどわからないほどかすかな兆候をとらえた。頬骨をおおう肌は引きしまり、唇はさらに赤みがかってふっくらしている。テッサの体はとどろくほどの彼の鼓動に合わせて脈打った。まるで彼にペースを合わせるかのように。彼の熱がテッサを誘い、引き寄せた。

「もう行こうか？」その低い声は、いつもよりさらに低かった。

テッサは、誘惑という名の暗い海の深みに知らず知らずのうちにはまりこんでいたようだ。もう首までつかってしまっているんだわ。かすかな絶望をいだいてそう考えた彼女は、警戒心を投げ捨て、うなずいた。

車まで戻るとき、ブレットはテッサの腕を取ることさえしなかったが、ふたりのあいだには緊張をはらんだ空気が漂っていた。自制のきいた彼の顔をちらりと見ながらテッサは思った。鋼のような自制心を持つこの人は、いったいどうやってあのむきだしの灼けつくようなセクシーさを発散することができるのかしら？　指一本触れないうちに私の警戒心を打ち負かしてしまったあのセクシーさを？　レストランでの一瞬の唇のふれあいは本当のキスと言えるものではなかったが、それでもテッサの全身に快楽の火花が散った。

テッサは自分の感じたものの強烈さに少しばかり驚いた。アンドリューのことは愛していたが、これほど強く彼を求めたことはなかった。もうひとりの元婚約者のウィルには肉体的に惹《ひ》かれたわけではなかったが、彼の場合は愛ではなく単なる気の迷いだった。テッサは男性を魅了することに慣れていて、やすやすとやってのけた。そして、それが自分の性格だと単純に考えていた。そうすることで自分を楽しませていたし、彼女の生活に入りこんできた男性が自分と一緒にいることを楽しんでいると知るのがうれしかった。楽しく笑い、からかい、ジョークを言い、踊り、気持ちよく過ごす、そのための人生だ。愛もそのうちの一つだったが、愛は笑いほど簡単に手に入るものではないことをテッサは知っていた。

テッサは日の光のように輝き、温かく陽気な女性だった。隣にいる男性は自制がきいていてやや冷酷ですらあったが、彼女は何度か彼の目に笑みという明かりをともすことができた。髪にまじる金色の筋が温かみを感じさせても、燃えるようなセクシーさを発散していても、ブレットはあくまでクールで、心情を明かさないよそよそしさがあった。それでも、テッサは彼を見ただけで胸が高鳴った。これまで誰に対してもそんなことはなかったのに。彼と一緒でなければ完全になれないという気持ち、突然迷子になってしまったような気持ちに胸が痛んだ。

　彼と恋に落ちたらどうなるかしら？　その考えが突然襲ってくるパニックのようにテッサをとらえた。目に不安をにじませてブレットを見る。彼は誰ともちがっている。彼が相手だと、これまでいつもしてきたように関係をコントロールすることができない。彼は私が差しだすものをすべて受け取るだろう。明るい日の光も甘い秘密も。でもお返しに彼がなにか与えてくれるかどうかはわからない。そうよ、彼は肉体的に私に惹かれているだけ。感情も考えも慎重に隠している。それでは自分自身の感情はどうかというと、よくわからなかった。まるで感情の流砂のなかをはいまわるようで、こんな気分は初めてだ。

　ブレットはテッサの瞳に恐れがよぎったのを見逃さなかった。いったいなにが原因だろう？　なにを恐れているんだ？　僕を男として怖がっているはずはない。恋愛ゲームを楽しんでいるのだから。ブレットは眉を寄せて一瞬渋い表情をしたが、それはすぐに消えた。いずれ、彼女の謎《なぞ》はすべて解ける。

　テッサのアパートメントの前で車を止めると、ブレットは腕時計を見た。「十時だ、シンデレラ。今夜は安全だよ」

テッサはくすりと笑ったが、すぐに真顔に戻った。安全ですって？　まだわからないわ。彼を見送るまでは。彼が帰りたくないと言ったら？　彼をコントロールするむずかしさは、とりもなおさず自分をコントロールするむずかしさだということにテッサは気づいていた。触れるか触れないかのキスだけで全身が溶けてしまうほどなのに、彼がすべての魅力をぶつけてきたら私はどうなってしまうだろう？

歩道を歩くあいだ、ブレットはテッサのウエストに軽く手を添えていたが、それだけで彼女の鼓動は速くなった。

「鍵《かぎ》を貸してごらん」ブレットがささやいた。テッサはバッグから鍵を取りだして渡した。ブレットは鍵を開け、テッサが彼をなかに入らせない口実を考えつく間もなく部屋に足を踏み入れた。テッサはドアのすぐ内側に立ったまま、ブレットが明かりをつけて全部の部屋を調べるのを眺めた。「安全だ」かすかにほほえみながら彼は言った。

「いつもセキュリティチェックをするの？」つかの間、好奇心が先に立ってテッサはたずねた。

青い波のあいだに金色の光が躍る彼の目はさながら深い大洋のようだ。「そうだ」それだけ答えて、ブレットはドアのそばに立っているテッサのもとに戻ってきた。腕を取ってテッサを部屋のなかに引き入れ、ドアを閉める。そしていかつい温かい両手でテッサの顔を包みこみ、上向かせると、ぽってりした口元とけだるそうにまばたきする長いまつげを見つめた。繊細だが情熱的な顔。ブレットはこの唇を自分の唇で味わいたいと思った。

テッサが彼のがっしりした両手首をつかんだ。彼女の体がかすかに震えているのがわかる。黙ったままブレットは頭をかがめ、彼女の唇を奪った。甘くやわらかい唇が震え、開く。ブレットのキスが熱を増すと、テッサの頭はさらにうしろに傾いた。ブレットは斜めにおおいかぶさるようにしてキスを深めた。テッサはなすすべもなく口を開いて彼の舌を迎え入れた。ついに彼は禁じられた甘い美酒を手に入れた。テッサは心のうちで小さく叫んだ。少しでも彼に感情をさらけだせば、私は傷つくにちがいない。でも私は自分自身を守りきれるだろうか。

ブレットがほんの少し唇を離した。すぐそばにある彼の口元からワインの香りのする甘い息が漂ってくる。低い、かすれたような声で彼は命じた。「今度は僕に同じやり方でキスしてくれ。君の舌を味わいたい。いますぐに。君にそれができることはわかっている」

乱暴なまでの強さでブレットはふたたびテッサの唇をおおった。テッサは小さなため息をついて、甘美でエロチックな命令に従った。まるで彼が自分のものであるかのように、そうする権利を、彼からなんでも奪う権利を持っているかのように、テッサは彼にキスした。唇と舌とで彼を自分のものにしてキスを深めるうちに、自分自身を守ることは忘れてしまった。

ブレットのむきだしの熱い欲望が、男性を遠ざけるためにテッサがユーモアで隠していたバリアを越えて、女性としての深い情熱の核に入りこんできた。生涯をかけて愛せるひとりの男性のために、テッサの心の奥には愛情と情熱がなみなみとたたえられている。その愛情がどれほど価値があるものか、彼女は知っていた。たとえどれほど魅力的な男性でも、一晩かぎりの相手に愛情を無駄遣いする気はなかった。これまでずっと、テッサは自分をコントロールしてきた。ところがいまはコントロールがきかなくなっている。自分自身の燃えるような情熱を彼に味わわせようとしている。

ブレットの両手が頬を離れた。一方は彼女の背に回り、鋼のような力で彼女を抱き寄せた。彼の力強さを感じてテッサは身震いした。もう一方の手は彼女の頭のうしろに回り、髪の毛を一つかみすると、彼女が痛がらない程度の力で引っぱって頭をのけぞらせた。それから、ブレットはふたたび唇を離した。息は乱れ、目は欲望に燃えている。

その欲望をまざまざと感じてテッサは身震いした。これほどぴったり引き寄せられていると、彼の体のどんな緊張もわかってしまう。なにか軽いことを、彼を笑わせるようなことを言って雰囲気を変えなければ。でも効果的な言葉は思いつきそうにない。

「これがほしかったの？」ようやくテッサはそう言ったが、その声は彼女自身の欲望でささやくように低かった。からかうような軽い口調でと思ったにもかかわらず、誘うような響きを感じさせた。

「これはほんの始まりだ」うなるように答えると、ブレットはふたたびキスし始めた。

テッサはその声に荒々しさを感じ取った。彼が高まれば高まるほど声は低く荒々しくなり、最後にはただのうなり声になってしまうだろう。テッサはがっしりした肩にしがみつき、なすすべもなく彼の唇が求めるすべてを与えた。ブレットは肉体の欲望が持つ力をテッサに示した。そしてテッサに生まれて初めての激しさで彼という男性を求めさせた。自分をかえりみないほどの激しさで。

ブレットの経験からすれば、テッサの無防備な反応は身を差しだしたも同然だった。腰の高ぶりが激しく脈打っていたが、ブレットの頭はあくまで冷静だった。彼女のドレスの胸の開いた部分から片手を差し入れ、シルクのような温かい乳房を包む。華奢といっていい体つきなのに、胸のふくらみは予想していたよりずっと豊かだ。喜びとともにブレットはそう思った。ざらついた彼の親指がベルベットのような胸の頂をこすり、恥じらいを知らない小さな蕾《つぼみ》に変える。

テッサがさっと身を離した。

このふいの動きは、ブレットだけでなくテッサ本人をも驚かせた。彼女はうろたえたようにまばたきすると、なにが起きたのかよくわからないと言いたげにブレットを見つめた。大きく見開いた目、かすかに青ざめた頬。「まさかこんなことになるなんて」力なくテッサは言った。

ブレットは腹立ちと欲求不満で歯ぎしりした。全身が痛む。テッサの甘美な体をもう一度味わいたくて手がうずく。「どういうつもりだ。僕はてっきり――」喉から絞りだすようにそう言いかけたが、余計なことを言う前に、欲求不満で思ってもいないことを口に出す前に、言葉を切った。今夜は思ったとおりにはならなかったが、テッサとはまた会うつもりだった。いつかは彼女を手に入れられるだろう。それに、彼女の口から同僚に関する情報をもっとききだせるかもしれない。

テッサは震える指を唇にあてた。「そうね。ごめんなさい」弱々しい声だった。「まさかこんなことになるなんて……びっくりしてしまったの。あなたの手が触れた瞬間に……なんだか信じられない」

ブレットは鋭く彼女を見すえた。はた目にもわかるほど震えている。こちらを見つめる瞳には恐怖に似たなにかが浮かんでいる――食事のときに見たのと同じ表情だ。突然、ブレットは強い好奇心にかられた。そうだ、もう会わないと言いださないように、彼女を安心させ、落ち着かせなくては。

ブレットは深く息を吸って乱れた呼吸を整え、口調を元に戻した。「ペースが速すぎたんだね？」そう静かにたずねた。

テッサも自分を取り戻した。「お高くとまっているわけじゃないけど、誰とでもベッドをともにする女でもないの。一晩だけの関係なんていや。それに、私たちは今日会ったばかりよ。こんなことになるなんて考えていなかった」

「わかった」ブレットはなんとか笑顔を作ってみせた。つかの間の冷たいほほえみだった。「君と軽々しい関係になろうとは思っていない。僕たちの関係は震度計の針も振りきれるほど激しいものになりそうだから」

もう赤面するような状況はとっくに過ぎたと思ったが、テッサの頬が紅潮した。それは恥ずかしさからではなく興奮からだった。ブレットはまるで焼きつくすような目でこちらを見ている。テッサのなかにも、彼が想像しているとおりのやり方で彼をほしいという気持ちがくすぶっていた。彼女の体は本能的に反応し、理性や常識を超えたところでブレットがふさわしいパートナーであることを即座に認めていた。

「明日の晩、もう一度食事に行こう」

テッサは彼から視線をそらすことができなかった。「だめだわ。サミー・ウォレスにチェスを教わる予定なの」

ブレットはエレベーターのなかで彼女が約束していたのを思いだした。まるでカメラのような記憶力でサミー・ウォレスのイメージを思い起こす。痩《や》せたブロンドのウォレスは、このかわいらしいヴァンプの相手が務まる男ではない。

「わかった」彼は冷たく言った。「それならあさってだ。だめとは言わせない」

「言わないわ」取り乱したのもつかの間、テッサはすっかり元の彼女に戻って、あのゆっくりと広がるほほえみを見せた。口元のほころびがやがてあふれんばかりの笑顔になるまで、ブレットは息もつかずに見つめていた。「私、頭の中身はともかく勇気はあるみたい」

笑いたい気分ではなかったが、自分自身を笑う彼女の目のきらめきに笑いを誘われた。ブレットが望むのは笑いではなくテッサをベッドに連れていくことだ。体にくすぶったままの欲望を考えると、冷たいシャワーを浴びずには寝つけそうになかった。「それでは木曜日の晩に会おう。時間は六時半？」

「ええ、いいわ」

ブレットは背を向けて玄関に向かったが、立ち止まると振り返って冷たい顔でテッサを見つめた。「サミー・ウォレスとやらは特別な相手なのか？」

「彼はやさしくてとっても照れ屋なの。それに、まさに天才よ。チェスを教わっているの」どうしてこんないいわけじみたことを言っているのかしら？　だが、こちらを見つめる彼の顔はこの説明では満足していないようだ。

「彼と、いや、僕以外の誰かと約束するのはこれでおしまいにするんだ」

所有欲むきだしの命令口調に、テッサは目を見開いた。「それは時代遅れだと思わない？」どうかしらという口調でテッサはたずねた。

「必要とあらば平気だ。僕の所有欲をかきたてたくないなら、僕にあんなキスをするべきじゃなかったな」ブレットはそっとテッサの顎を手に取り、ゆっくりと激しくキスした。

「覚えておくといい」

ブレットが帰ってしまうとテッサは化粧を落とし髪の毛をとかした。そして薄いナイトガウンに着替えると、ベッドに倒れこんだ。彼女はぐっすり眠るたちで、めったなことでは目を覚まさなかった。今夜も例外ではなく、すぐに寝入ってしまった。しかし彼女の潜在意識は、彼の手が体に触れただけで終わったその夜の出来事の続きを、何度も何度も夢で繰り返した。

夜の仕事に加えて昼間の偽装的な仕事の疲れでエヴァンの目は赤くなっていたが、頭脳はフルスピードで動いていた。彼は横領事件の隠密《おんみつ》調査にかかりきりだった。「昨夜《ゆうべ》ミス・コンウェイから有力な情報は得られたかい？」オフィスに入ってきたブレットに、心ここにあらずといった調子でエヴァンがたずねた。

「記録しておいたよ」そう言って、ブレットはコートの内ポケットから小さなノートを取りだした。その内容は、ブレットとエヴァン以外の人にとっては取るに足らないものだった。テッサはおしゃべりなタイプではなかったので、ブレットは慎重に質問を選ばなければならなかったが、彼女のユーモラスな話から驚くべき量の情報を引きだしていた。

エヴァンはノートを眺め、渋い顔をしながら、その情報を容疑の対象となっている従業員のファイルに加えた。いまのところ、従業員のほぼ全員が容疑者といってよかった。

「サミー・ウォレスはどんな感じだ？」ブレットはゆっくりとたずねた。そんな質問をした自分に顔をしかめる。自分が独占欲からくる嫉妬《しっと》を感じているのが気に入らなかった。

エヴァンがひょいと頭を上げた。「コンピューターの天才だ」慎重に言葉を選ぶ。「CIAでも使えそうなシステムを自宅のアパートメントに持ってるよ。これまでの感じでは彼は重要容疑者だ。どうして気になるんだ？」

ブレットは肩をすくめた。目には熱意がこもっている。ウォレスが重要容疑者なら、できるかぎりテッサをかかわらせないようにしなければ。

3

ブレット・ラトランドのことを考えただけで、胸のうちに緊張が高まってしまう。その緊張をほぐせるかもしれないと、テッサは押しつけがましいところのないサミーと過ごすのを一日中楽しみにしていた。その日はブレットのことしか考えられなかったので、仕事で大きな失敗をしたかもしれないとびくびくしていた。

「シルバー叔母さん、叔母さんは彼みたいな男に気をつけろって教えてくれなかったわね」大陸のほとんど反対側にいる叔母がすぐそばにいるかのように、テッサは声に出して言った。「本当に愛せそうな人に出会ったんだけど、彼を愛するのは危険みたい。彼は罪作りな男なの。どうすればいい？」

なりゆきにまかせなさい。

シルバー叔母ならきっとそう言うだろう。叔母はとてもロマンチックな人間だが、しっかりした常識をわきまえてもいた。夫となる男性と出会ったとき、叔母もやはり同じジレンマに直面したのかもしれない。母と叔母から聞いたところによると、叔父は燃えるような魅力を持ったワイルドな男で、シルバー叔母を求めてやまなかった。しかし、叔母のほうは簡単に落ちるつもりはなかった。ふたりの長い戦いは二年近く続き、三つの郡にまたがり、どちらが勝つともしれなかった。結局はシルバー叔母が勝ち、結婚してからも求愛期間に劣らぬ魅惑的で愛情豊かな日々が続いた。プレイボーイと恋に落ちるのは家系かもしれないとテッサは思った。

「彼と恋に落ちたりしないわ!」サミーのアパートメントに続く階段をのぼりながらテッサは強く言った。だが、それが強がりにすぎないことは自分でもわかっていた。

玄関に出てきたサミーの顔は興奮で紅潮し、髪の毛はくしゃくしゃだった。「テッサ、僕たちがたったいま組みたてた新しいコンピューターを見てくれよ! 最高だよ」

テッサもコンピューターにはくわしいが、それはユーザーとしてにすぎない。マイクロチップだのインターフェースだののことはなにも知らないうえ、知ろうとも思わなかった。それでも、サミーの熱中ぶりにテッサはほほえんだ。「話してちょうだい」

「自分で見るといい。ヒラリーも来てるんだ」

ヒラリーのことはサミーからよく聞いていたが、会うのは初めてだ。彼女はアパートメントの一つ上の階に住んでいて、サミー同様コンピューターにくわしかった。類は友を呼ぶというわけだ。ディスプレイの前に座ってキーボードに没頭している彼女の姿を見て、その考えは強まった。ヒラリーもサミーのようなブロンドだった。スリムな体にジーンズとジャージというスタイルで、長いブロンドの髪はうしろでそっけなくポニーテールにまとめてある。そして小ぶりの鼻の上の眼鏡を通してモニターを見つめていた。

「ヒラリー、こちらはテッサ・コンウェイ。前にも話したよね。同僚なんだ。テッサ、こちらはヒラリー・ベイシャム」

ヒラリーは顔を上げた。茶色の目に驚きらしきものが浮かんでいる。「ああ、そうね、思いだした。こんばんは」

「どうぞよろしく」テッサはやさしく言った。

サミーは熱を込めて新しいコンピューターの説明を始めた。ヒラリーもサミーと同じぐらい夢中になっている様子だ。テッサはうなずきながら、ふたりがなんのことを話しているのか理解しようとした。ふたりとも興奮しきっているので、テッサはふたりの楽しみを邪魔しまいとした。テッサは本能的に、ヒラリーが胸が痛くなるほどサミーを思っているのに気づいた。ただあまりに内気なので彼には言えないのだ。もっともサミーの場合、恋心を気づかせようと思ったら看板を立てて目の前に差しださないと無理だろう。それでも、自分が当事者だと気づくのに一週間はかかるはずだ。サミーはコンピューターに没頭しすぎていて、俗世のことは頭にないのだ。

その晩は、チェスのレッスンはなかった。サミーは自分がコンピューター業界に打ちたてた金字塔に酔っていて、とても腰を落ち着けるどころではなかった。サミーとヒラリーはまるで人間相手のようにコンピューターとたわむれ、名前を考えるのに一時間もかけたあげく、やっとネルダに決めた。名前を聞いてテッサがうめき声をあげたので、サミーは傷ついた様子だった。それは彼のアイディアだったのだ。ヒラリーはすぐさまサミーが選んだ名前に飛びつき、コンピューターはネルダと命名された。テッサは首を振りながらサミーのアパートメントにある装置類を眺めまわした。お給料のほとんどを趣味につぎこんでいるにちがいないわ。食費をどうやってひねりだしているのか不思議なほどだ。

サミーはまったく気が利かないわけではなかった。ようやく自分が空腹であることに気づき、母親が何年もかけて仕込もうとしたマナーというものを思いだした。そして真っ赤になって飛び上がるとサンドイッチと冷たい飲み物はどうかとたずね、手伝おうとするヒラリーの申し出を断った。あたふたとサミーが部屋を出ていき、あとには沈黙が残った。テッサが見ていると、ヒラリーは目を伏せた。突然自分の殻に閉じこもってしまったようだ。「どこで働いているの?」ヒラリーが会話を始める気配がまったくなかったので、テッサがたずねた。

「銀行よ」ヒラリーは恥ずかしげにテッサを見て、すぐにまた目を伏せた。「サミーはあなたのことをいろいろ話していたわ。あなたって……あなたってサミーの言葉どおりきれいな人ね」

サミーに女性とのつきあいに慣れさせようと思って友情からしてきたことが思わぬ方向

に進みつつあるのかもしれない、とテッサは思った。「彼っていい人だから。でも私は全然美人じゃないわ」正直にそう言うと、うなだれていたブロンドの頭が上がった。「サミーは女性が苦手だけど、私が話しかけたり笑わせたりするから、よく言ってくれているだけよ。あなたのこともよく話してるわ」

「ええ、でも同じじゃない。私はコンピューターのことを話せるただの友達だから」つかの間、ヒラリーの茶色の目に敵意が宿った。

「それなら、彼と一緒にいるときになにかほかのことを話せばいいわ」テッサは奇妙な三角関係に巻きこまれるのだけは避けたかった。特に中心になっている男性が木を見て森を見ないタイプの場合は。

「あなたにはなんでもないことなんでしょうね。でも普通の人はみんなあなたみたいな……はすっぱな女じゃないの！」そう言って気持ちを爆発させると、ヒラリーの青白い顔は真っ赤になった。そして、自分の失礼さに腹を立てたようにまた目を落とした。テッサはため息をついた。

「ヒラリー、私はあなたのライバルじゃないわ。本当よ。サミーはただの友達で、それ以外の存在じゃない」

「でも彼の気持ちはどうかしら?」

「私のことを好きだなんてありえないわ。絶対に！」ヒラリーを安心させようと言葉を続ける間もなく、サミーが飲み物のトレイを持って部屋に戻ってきた。注意深く装置類から離れたところに置く。

「すぐにサンドイッチを買ってくるよ」

「手伝うわ！」ヒラリーは急いで立ち上がると、サミーのあとを追った。

テッサは邪魔者のような気がしてふたりのうしろから大声で言った。「私はサンドイッチは一つでいいわ。もうすぐ帰るから」

ふたりが部屋に戻ってくると、サミーはテッサに顔をしかめてみせた。「でも、まだチエスをしてないよ」

「ずいぶん遅くなったし、明日は仕事だから」テッサは答えた。

サミーはうしろめたそうだった。「ネルダに夢中になりすぎちゃってごめん」

「ネルダの話は楽しかったわ」彼を安心させようとテッサは言った。

「君は退屈だったかもしれないけど、ネルダは絶対売れると思うんだ。ヒラリーと僕はかなりの時間と資金をネルダにつぎこんだからね。彼女はなかなかのものだよ」

それはコンピューターのことなのか、それともヒラリーのことなのだろうか？　たぶんコンピューターだろう。サミーを正しい方向に導こうと、テッサは明るく言った。「ヒラリーみたいな人がそばにいるのはすばらしいと思うわ。あなたの仕事をよく理解しているし、同じ目的を持ってる」

ヒラリーは赤くなったが、サミーは気づかなかった。「ああ、彼女は最高だよ」

失礼にならない程度にそそくさとテッサはサンドイッチを食べて飲み物を飲み、バッグと薄手のコートを手に取った。「もう帰るわね」

サミーが玄関まで送ってきた。「チェスのレッスンをやり直さなきゃ」にっこりして彼は言った。「明日の晩はどうかな？」

テッサはなんとなくチェスのレッスンはこれが最後になりそうな気がした。ごたごたを起こさないほうがいい。「明日の夜はもう予定があるの。あなただってレッスンをしている場合じゃないでしょう！　あなたができると見込んだことがネルダに全部こなせるかどうか、確認しなければ」

サミーはしびれた首のうしろをさすり、肩をすくめた。「君の言うとおりかもしれない。まだまだやらなきゃならないことがたくさんあるんだ。来週はどう？」

「そうね」そう答えてテッサはほほえんだ。自分の仕事に没頭している彼は決して気づかないだろう。テッサは彼のはにかみ癖を直し、友情を築きたかっただけだということに。

その夜ベッドに入る前、テッサは膝の上に便せんをのせて枕《まくら》にもたれた。これは毎週シルバー叔母に送っている手紙で、いつものようにニュースや感想を書いたあと、ブレット・ラトランドのことに触れた。封をしながらテッサはほほえんだ。彼のことはわざとさりげなく書いたが、その名前を見たとたん、シルバー叔母のアンテナはすぐに反応するはずだ。

午前中の休憩に入ると、ビリーがコーヒーとドーナツを持ってきた。二つ目のドーナツを食べようとしたとき、テッサの電話が鳴った。彼女は何気なく電話に出た。

「今夜の確認だ。六時半だね」

電話で彼の声を聞くのは初めてだったが、ほかの人とはまちがえようがなかった。彼の声を聞いただけで体が歓《よろこ》びに震え、一瞬テッサは目を閉じた。「ええ、六時半よ」

「踊るのは好き？」

「それを私にきくの？」

ブレットのざらついた低い笑い声がテッサの耳を満たした。「踊れる靴をはいてくるといい」

電話を切ったテッサは、鼓動がいつもより速くなり、息苦しくなっているのに気づいた。電話越しでさえ彼の魅力がもたらす衝撃はすさまじかった。彼の黄色がかった豊かな茶色の髪とネイビーブルーの瞳を思いだすと、息をするのがさらにむずかしくなった。

「あなたって家で過ごすことはないの？」ビリーがいつものことだと言わんばかりに言った。毎日少なくとも一つ、誘いを受けるのがテッサの日課といってよかった。

「もちろんあるわ。月曜日は洗濯の日だもの」

ふたりは一緒になって笑った。しかしテッサの気持ちはその夜のことに飛んでいた。一緒に食事をして、踊って……そのあとは？　もう一度、愛しあおうとするかしら？　彼がそうするかもしれないと考えると怖かったが、そうしないかもしれないと考えるともっと怖かった。

ビリーは友人をしげしげと眺めた。「あら、あなたが目をとろんとさせて男性のことを思っているなんて初めて見たわ。特別な人なの？」

「どうも、そうなってしまいそうなの」その言葉の意味するところを承知しつつ、テッサは急に震えだした手を握りあわせた。

「あなたは恋をしたくないの？　私なら、これぞという人を見つけるためならなにを差しだしてもいいと思うことがあるのに」よりにもよって、どうしてテッサが男性のことで悩んだりするのだろう？　ビリーが知っているなかで、テッサほど男性相手にくつろげる人はいなかった。テッサは男性と一緒にいることを心底楽しんでいる。その彼女がこれほど慎重になるのはわけがわからない。

テッサはブレットの名前を出さなかったし、ありがたいことにビリーもたずねなかった。ふたりの関係が人に知られるのをブレットがどう思うかわからなかったが、テッサがブレット・ラトランドと会っているということが周囲に知られれば、潮の満ち引きが月に従うのと同じぐらい確実にゴシップが広まるだろう。彼の地位が地位だけに、ふたりの関係は自然にむずかしいものになる。テッサ自身は社内での昇進にはまったく関心がなかった。それでも人は、彼女が会社ではなくベッドでの能力を使って出世しようとしていると言うだろう。

ブレットに対して気持ちが深まり始めたのと、ふたりの関係がむずかしい状況にあると思いいたったことで、その夜のテッサは口数が少なかった。テッサは、なにを考えているのか読み取ろうとする詮索《せんさく》するようなブレットの冷たい視線が自分に向けられているのを感じた。コーヒーを飲みながら彼はたずねた。「なにか気になることでもあるのかい？」その口調があまりにあっさりしていたので、テッサはそこに秘められた冷たさにすぐには気づかなかった。

テッサはコーヒーを吹き冷まし、一口飲んだ。「そういうわけじゃないわ。ただちょっと困っているの。私たちが一緒に出かけていることは職場の人には知られたくない？」

「誰に知られたってかまわない」

「取り越し苦労だったわね。私たち、たった二回しかデートしていないんだから、当然まだ――」

「ああ、当然そういう仲だ」ブレットはテッサの言葉をさえぎり、彼女の手を取ろうと手を伸ばした。てのひらを上に向けてテーブルに置き、その上にほっそりした指が重ね置かれるのを眺める。二つの手はまったくちがっていた。大きさがちがうのは一目でわかったが、それだけではない。ブレットの手は力強く、引きしまって、日に焼けていかつい。長い指と短く清潔な爪、指先はざらついている。テッサの手はほっそりして繊細、指は透けるようだ。楕円《だえん》形の爪は磨き上げられている。指輪はない。

「結婚したことは？」その指を見ながら、唐突にブレットがたずねた。

「ないわ」

「婚約は？」

テッサはしばらくコーヒーを飲んでいたが、やがて答えた。「二回」

彼の目が細くなった。「なにがあったんだ？」

「ふたりとも結婚したいほど愛していないとわかったの」

「少なくとも一度はそう思った相手だろう」

テッサはため息をついて彼から目をそらした。婚約解消について特に話したいとは思わない。彼女にとっては婚約解消は離婚と変わらなかった。しかしテッサは、くわしくききだそうとするブレットの決意を感じ取った。

「一回目はただの気まぐれを愛だと思いこんだの。それだけのことよ。私は学生で、ウィルは医学生だった。彼はすぐに結婚したがったわ。私に大学を辞めさせ、彼が卒業するのを助けさせるつもりだったみたい。私は指輪を返したの」

テッサの顔をよぎるどんな微妙な表情も見逃すまいと、ブレットはしげしげと彼女を見た。「で、一回目は？」テッサが話を続けたがらないのを感じた彼は、ウィルの話はさして重要ではないと切り捨てた。

「アンドリューは」答えを強制されたような気がしたが、テッサはゆっくりと話し始めた。「私を傷つけたの。そしてそのことを許せるほど彼を愛してはいなかったのよ」

しばらく続いた沈黙のあと、テッサがそれ以上くわしく説明するつもりがないことにブレットは気づいた。「それで？」彼は引き下がらなかった。頭上の薄暗い明かりが黄色がかった彼の髪を濃い金色に変え、顔に影を投げかけて、さらにいかつい、危険な面持ちに見せている。

テッサの手が彼の手のなかで落ち着かなげに動いた。「古い話を蒸し返してもしょうがないわ。もうなんとも思っていないの。自分を取り戻して、前向きに生きているのよ」

「話してほしい」彼はささやいた。その目は真夜中の闇《やみ》のように暗い。

「彼に裏切られたの」いまも昔も変わらない、単純な理由。しかしテッサにとっては、それはロマンスの終わりを意味した。誠実を誓った彼女は、相手にも同じものを求めた。アンドリューは彼女を裏切った。誠実を約束しておきながら、うそしかつかなかったのだ。

ブレットの目がテッサの喉と肩と胸をなぞった。その視線はさわったのと同じぐらい熱かった。「そいつは愚か者だ。君と毎晩ベッドをともにできるのにほかの女と寝るやつがどこにいる？」

テッサはブレットを見上げた。向けられた視線に頬が紅潮する。彼女の手を握ったまま、ブレットが立ち上がった。「踊ろう」

テッサは喜んでブレットに身をゆだねた。自分を包みこむ彼の鋼のような力強さが、体の温かさがうれしい。男性的な魅力は身震いするほどだ。彼の腕のなかにいると、まるで外の世界から守られているかのように安心した。テッサは両腕を彼の首に回し、満足の小さなため息をついた。

「チェスのレッスンは楽しかった?」ブレットがささやくと、唇が彼女のやわらかな髪とこめかみをかすめた。

テッサは喉の奥で笑った。「チェスはしなかったの。サミーは新しいコンピューターに夢中で、ほかのことはなにも考えられないほどだったわ」

「どんなコンピューターなんだい?」

「ネルダというの。コンピューター業界に革命を起こすってサミーは自信を持っていたわ。きっとそうなるでしょうね。彼のためにもそうなってほしいわ。アパートメントにある機器類一式に一財産つぎこんでいるみたいだから。どうやって食費をひねりだしているのか不思議だわ」

テッサの頭の上でブレットの目が細くなった。このちょっとした情報を記憶に刻みこむ。無意識のうちに腕の力が強まり、テッサを胸に抱き寄せた。筋肉質の胸板に彼女の胸が押しつけられる。「もうチェスのレッスンはしないと、彼に言ったかい？」

「いいえ、その必要はなかったわ。サミーはネルダに夢中で気づきもしないでしょうね」

「そもそも、どうしてあの男とつきあってるんだ？　君のタイプじゃないだろう」

テッサは彼の腕のなかでふんと鼻を鳴らした。「サミーはやさしいわ。やさしい男性は私のタイプじゃないと思ったの？」テッサは相手の言葉にあえて反対することなどめったになかったが、ブレットの言葉は聞き流せなかった。あまり深くは考えたくなかったが、彼が相手だとまるで自分が無防備になったような気がする。どんな男性が私の〝タイプ〟だと思っているのかしら？

「あの男はパーティの花形からはほど遠い」ブレットは冷たく言った。「電子機器に関しては天才かもしれないが、君が首根っこをつかまえて引っぱりまわしても、そのことに気づきもしないだろう。一週間も一緒にいれば、君は泣きたいほど退屈になる」

テッサはブレットの考えを読み取ろうと、感情を隠した謎《なぞ》めいた目を見つめた。自分がただの遊び好きな女ではないことを彼に知ってほしい。にぎやかで軽薄な仮面の下に隠された素顔を見てほしい。テッサはそう思った。楽しいことだけを好み、自分自身と同じぐらい人づきあいのいい人だけとつきあう女だと思われているのかしら？「サミーといて、退屈したことなんかないわ」かすかに傷ついた心を隠して、彼女はしっかりした口調で言った。

ウエストに回されたブレットの腕の力がゆっくりと強まり、まるで自分の固い体をやわらかいテッサの体に刻みつけるかのように、彼女をぎゅっと引き寄せた。「もう会わないんだから、あいつは関係ない。僕は君がほしい。いずれ僕のものにする。誰ともわけあったりはしない」

揺るぎない、断固とした口調にテッサは息をのんだ。テッサは追われることには慣れていたが、ブレットは獲物を追うだけでなくつかまえる男だ。弱々しい蝶《ちょう》の羽など彼の力の前ではなんの役にも立たない。自分を彼に差しだすことになるとわかっていても、脅威は感じなかった。

彼は本当に私がほしいのだろうか？　それとも私がむずかしい獲物だから征服したがっているだけなのだろうか？　しばらくのあいだだけでも自分のものだと言いたいがために、逃げまわる小さな蝶をつかまえようとしているのだろうか？

テッサの顔に、澄みきった緑の目にそんな疑問が浮かんでいたのだろう、ブレットは手をすべらせるとてのひらで大胆にも彼女のヒップを包みこみ、ぐいっと引き寄せた。自分のものだと言わんばかりのその挑発的なしぐさに、テッサはもう少しで驚きの叫びをあげるところだった。「覚悟しておくことだ」ブレットはゆっくりと言った。彼のネイビーブルーの目のなかに、なにか危険なものがきらめいた。

テッサは顔が燃えるようだった。誰かが彼のことを見ていないか急いであたりを見回したが、ふたりに注意を払っている人は誰もいなかった。テッサは頬の紅潮が薄れていくのがわかった。穏やかに始まった夕べは、彼女の手に負えないものになってきた。「もう家に帰るわ。お願い」抑揚のない声でテッサは言った。

「いいのかい？　まだ早いのに」

「ええ、いいの。いますぐ帰りたいの」

人目のある場所ではなく、ふたりきりになる場所を選んだのはまちがっていたかもしれないが、見ている人がいないほうが自分をうまくコントロールできそうな気がする。ブレットは女性に無理強いするタイプではない。テッサは今夜のデートが取っ組み合いで終わる心配はしていなかった。ふたりで最初に食事をした日、テッサは彼に挑発的なキスを与えた。しかしそういう状況でも、ブレットはどんな男性よりも理解があった。問題は、彼がキスを始めると、彼女自身やめてほしくないと思うことだった。

絶対にやめてほしくない。彼には自分の欲望を押し通そうとするところがあり、それが彼女の鼓動を速めさせた。ブレットが自分を押し通せば、私は折れるのだろうか？　テッサの立場は弱かった。なぜなら彼女自身、折れたいと思っていたからだ。彼とベッドをともにして、自分を差しだしたい。出会った当初から彼に肉体的に強く惹《ひ》かれていたが、その気持ちは急激に強くなっていた。理性の声は耳に入らず、テッサはブレットを愛し始めていた。彼が女性の心を引き裂く男だということは承知のうえだった。ブレットは、女性に対してあまりに強い性的魅力を持つ彼は、ベッドをともにした相手の名前さえほとんど覚えていないにちがいない。

　アパートメントまでの帰り道、テッサもブレットも黙ったままだったが、ときおり彼の強い視線がこちらに向けられるのがわかった。彼の考えを読むことさえできたら！　でも、彼は完全に自分の考えを隠している。欲望を満たすというあからさまな目的以外に、彼女になにを求めているのかまったくわからない。彼の真の姿を知るには一生かかることだろう。ブレットはあまりにもガードが堅い。情熱のさなかにあっても冷静で抑制がきいている。そのガードを破った女は燃えたぎる火山を目の当たりにするだろう。しかしテッサは、自分がその女になることを考えるだけで興奮に身が震えるようだった。

　今夜もまたブレットは彼女をアパートメントのなかまでエスコートし、全部の部屋をチェックしてから鍵《かぎ》を返した。テッサはじっと立ったまま、近づいてくる彼を不安な気持ちで待った。ブレットは口元にかすかなほほえみを浮かべて彼女の顎を指でとらえ、自分の方を向かせた。

「かわいい魔女め」そうささやくと、温かい息がテッサの顔をなでた。「君は男に近づいたかと思うと逃げだして、相手をもてあそぶ。近づくのはかまわないが、もう逃がすつもりはない。キスしてくれ。この二日間、君の唇と味を思って頭がどうにかなりそうだったんだ」ブレットの唇がじらすようにテッサの唇を軽くかすめた。「キスしてくれ」もう一度言うと、テッサに選ぶすきを与えずに激しく唇を重ねた。彼の舌が深く入りこみ、テッサは頭がぼうっとなった。熱くふくらむ快感に目を閉じ、両手で彼の肩にしがみついた。

ふたりは立ったままからみあい、貪欲《どんよく》に唇をむさぼりあった。やがて頭がもうろうとしてきたテッサは、空気を求めて唇を離した。うつむいて彼の肩にもたれかかる。ふたりのあいだに振動する欲求は気が遠くなるほど強かった。ぴったりと押しつけられている彼の体には欲望のしるしが感じられたが、それでも彼はテッサからの合図を待っているようだった。しかし合図は出せなかった。愛を交わすことはテッサにとって一つの約束を意味した。たった二回しか会っていない相手に対していだいている感情だけで、そこまで親密になっていいものかテッサにはわからなかった。ブレットはやさしく彼女のうなじをなで、張りつめた筋肉を解きほぐした。

「ベッドへ行こう」そうつぶやくと、彼はこめかみと耳たぶにキスし、舌先で耳の輪郭をなぞった。その感触が呼び起こした快楽のさざ波はやがて全身へと広がっていった。「ペースが速いと思ってるんだろう。だが引き延ばしてもしょうがない。いずれ僕は君を奪う。それはふたりともわかっているはずだ」

欲望とためらいに引き裂かれ、テッサは目を閉じた。彼のぬくもり、彼の力強さ。彼を求める気持ちはあまりにも強く、体のなかにうずきしか感じないほどだ。「あなたを愛してしまうのが怖いの」テッサは思わず口走った。彼女の声は彼の肩にさえぎられてしまった。その言葉はうそだった。確かに恐れてはいた。だが、それはもう手遅れだからだ。テッサはもう引き返せないぐらいブレットのことを愛していた。理性の声もそれを変えることはできない。生まれてからずっと、テッサは彼を待っていたのだ。息を止めるのができないのと同じように、感情のうねりを止めることはもうできなかった。

ブレットの動きが止まった。うなじをなでていた手も動かなくなった。彼にとってはロマンチックな意味での愛は存在しないも同然で、そんなものは必要なかった。テッサがその言葉を口にするまで、考えたこともなかった。

最初、ブレットがテッサを食事に誘ったのは二つの理由があった。彼女をベッドに誘いたい、そしてカーター・エンジニアリング社の同僚の話をききだしたい、この二つだ。肉体的な欲求は彼の体を焼きつくし、よじれたシーツの上で悶々《もんもん》として眠れないほど高まっていた。体は欲望に張りつめ、不満がつのった。テッサは、これまでのどの女より興味をそそる存在だった。大胆でありながら用心深く、誘っておきながら抵抗する。生まれて初めて、彼はほかの男のことを考えて腹を立てた。サミー・ウォレスは横領の重要容疑者だったが、それとはまったく関係ない理由でテッサに彼とは一緒にいてほしくなかった。テッサの時間のすべてを、そのキスのすべてを自分のものにしたい。本能的な所有欲が彼をさいなんだ。婚約していたというふたりの男のことを考えると、結婚を考えるほど彼らと親しくした彼女を揺さぶってやりたいと思った。

しかし、ブレットは感情のもつれはごめんだった。愛は貪欲で、多くを要求する。そういう感情的な親密さは苦手だ。彼の心は常に誰からも近づきがたいところにあり、自制がきいている。それを変えるつもりはない。あまりにも多くの男が、愛とかいう高揚感の名のもとにばかなまねをしている。

仕事に集中しなければいけないときに、テッサはブレットの意識に割りこんでくるようになっていた。白いシーツの上に横たわって彼を待つ彼女のなめらかな裸体のイメージが頭から離れず、予想もしないときに意識の表面に浮かび上がるのだった。彼女のせいで、エヴァンとふたりで取り組んでいる追跡劇に集中できなかった。テッサを頭から追いだし、仕事に没頭するためにも、彼女を手に入れ、飽きるまで堪能《たんのう》したかった。

テッサが自分を愛し始めているという事実はショックだった。この気まぐれで誘惑好きな女性が自分のものになったらどんな感じだろう？　本当に僕を愛しているんだろうか？それとも言葉をもてあそんでいるだけなのだろうか？　婚約したというふたりの男のことは本当に愛していたのか？　自分を裏切った男のことをなんと言っていた？　彼を許せるほど愛してはいなかったとか？　テッサにとってはすべてがゲームなのかもしれない。魅力というわなに男を深く誘いこむのだ。しかし同時に、その考えは彼の欲望をそそった。ときおり彼の鼻をくすぐり、つかまえる間もなく消えてしまうテッサのほのかな香水のように。

テッサはブレットが身動きを止めた理由に気づき、彼の肩に顔を埋《うず》めたまま、突如わき上がってきた熱い涙をまばたきして抑えた。「ここでおしまいにしましょう」テッサはささやいた。「私、もう自分を抑える自信がないの。傷つかないうちにこの関係を終わらせたい」そして明るい口調で言った。「お互い、逃がした魚は大きいって思うでしょうね」

ブレットは両手をテッサの肩に置き、彼女の顔が見えるように少し引き離した。眉をひそめている。「だめだ」そっけない口調だった。彼は、自分がテッサの願いを拒否した理由を深く考えたくはなかった。しかし、彼女をこのまま手放すことはできない。テッサの笑い声が死ぬまで心のなかに響き、満たされなかった欲望の痛みを感じることだろう。

「お願い」彼女の目は澄みきっていて率直だった。「誰とでもベッドをともにする女じゃないって言ったでしょう？　一晩だけの関係はいやなの。私は相手にたくさんのものを与えたい。恋愛ゲームの相手として楽しむだけの女ではないし、相手からも多くを与えられたいの。私に与えるつもりがないのなら、もう放して」

「男になにを期待しているんだ？」荒々しくブレットはきいた。ふたりのあいだの距離に耐えられず、もう一度テッサを引き寄せた。

「友情。情熱。誠実さ。信頼」彼女は頭を振り上げた。「そして愛よ」

「おとぎばなしを信じるには、僕はもう年を取りすぎた。愛というのは、愚かなまねをしたやつらがいいわけに使う言葉にすぎない」ブレットの力強い手が肩に食いこんで痛かった。「僕は君がほしいし、君は僕がほしい。それで充分じゃないか」

テッサはふたたび首を振った。しかしもう一度言葉を発する間もなく、ブレットが頭をかがめてキスした。ゆっくりと、激しく、深く。テッサはまたも彼の魔法の前になすすべもなかった。ブレットの両手がテッサの体のいたるところに回った。胸に、ヒップに、太腿に。あたかも手の感触を彼女に焼きつけようとするかのように。体を離したとき、彼の顔は暗く沈み、目は燃えていた。「今夜はそのことを考えておくんだ。明日の夜七時に迎えに来る」

「そんなことをしても意味ないわ」テッサは弱々しく言ったが、はたして聞こえたかどうかあやしかった。彼はもう帰ろうとしている。彼女は頭を垂れ、目を閉じて、長いあいだ部屋のまんなかに立ちつくしていた。彼を相手に安全なゲームなどできない。もう一度恋愛に失敗したら、それを乗りこえられるかしら?

我が身を守らなくてはという本能的な欲求と、手を伸ばして彼をつかみ取りたい、心からも理性からも自分を引き離すことができなくなるまでしっかりと彼にからみつきたいという燃えるような情熱とのあいだでテッサは引き裂かれた。しりごみせずにどちらかに進まなくては、テッサには勝ち目はない。愛は要求するものではなく与えるものだ。テッサは自分を彼に差しだしたかった。ブレットの心は愛を理解できないとしても、彼の体は理解できるはずだ。テッサは怖かった……だが、もう怖がるには遅すぎた。

エヴァンは疲れたように目をこすると、目の前に積み上げられたコンピューターのプリントアウトに戻った。「もうくたくただ。どれも使えないものばかりだ」

ブレットは腕時計を見た。真夜中を少し過ぎている。調査に高い集中力が必要なのがありがたかった。欲求不満から、そして空のベッドから気をそらすことができる。しかしブレットも疲れていた。なにかを見すごしているという感覚がつきまとって離れない。それは、これほど疲れていなければ、頭の一部がテッサのことで占領されていなければ、決して見逃すことのないものだ。テッサ。どうして頭から離れないんだ？　笑みの浮かぶ目や燃えるようなキスはすばらしいが、しょせん大勢の女のなかのひとりにすぎないのに。

「なにか見逃しているな」ブレットはつぶやいた。「目の前にあるはずのものに気づいていないんだ」

「いま目の前をジャンボジェット機が通ったとしても、僕はほとんど気づかないと思うね」エヴァンはあくびをして鉛筆を投げだした。「犯人は本物の天才にちがいない。横領の手順を教えてくれたらボーナスを出すっていうのはどうだ？」

「本当にウォレスだと思っているのか？」ブレットはエヴァンにさっと鋭い視線を投げた。

「コンピューターを自在にあやつれる人物というのは確かだ」

「テッサの話では、自宅のアパートメントのコンピューターシステムに一財産つぎこんでいるらしい。彼ならアクセスコードは全部知っている。好きなときに会社のコンピューターに侵入できるはずだ」

「守衛の記録を調べてみたよ。残業は多かったが、なにもつかめなかったぞ！」エヴァンは激しい口調で言った。

「なにかあるはずだ。照合はすべて終わったわけではない」ブレットは立ち上がって、いらいらとホテルの部屋のなかを歩きまわり始めた。まったく、ホテル暮らしにはもううんざりだ。ぴりっとして澄みきった山の空気、炎を上げる暖炉の薪《まき》の燃える匂《にお》い、体に感じる馬の躍動が恋しかった。まるで見えないいましめを解こうとするかのように、仕事のいらだちを振り払うかのように、ブレットはがっしりした肩を動かした。

エヴァンも立ち上がり、疲れた筋肉を伸ばした。「今夜はこのへんにしておこう。もうすぐ週末だ。昼間にシステムだの付属機器だのの調査をしているふりをしなくていいから、仕事もはかどるだろう。明日の午前中にちょっとサンフランシスコに帰る。遅くとも土曜の朝までにはこちらに戻るよ。なにか持ってきてほしいものはあるかい？」

「ない」ブレットは上の空で答えた。窓の外に見渡すかぎり広がる明かりの海を見つめる。ニューヨークと同じくロサンゼルスも眠らない街だ。牧場では、夜が訪れれば家畜は寝床に入り、人は眠りにつく。

エヴァンが自室に引き上げてしまったあとも、ブレットは窓際にたたずんでいた。しかしもう明かりを見てはいなかった。テッサのやわらかい体が押しつけられる感覚を感じ、顎をこわばらせた。彼女がほしい。わざわざ名前を思いだす必要もなかった。彼女に比べれば、ほかの女性はみな顔もなく、個性もなく、性別さえもないようなものだった。

ホテルのベッドに嫌悪の一瞥《いちべつ》を投げる。あきらめて横になったとしても眠れはしない。牧場のベッドは広々として大きい。ふいにそこに横たわる彼女の姿が頭に浮かんだ。静かに眠る彼女の濃い茶色の髪の毛は枕の上に広がり、春の早朝の冷気から素肌を守るために肩までキルトにくるまっている。ブレットは頭を振ってそのイメージを追い払おうとしたが、消え去るどころか心乱れるイメージがもう一つ加わった。長い冬の夜、明日もまたこの体を自分のものにできるのだと思いながら、彼女と愛しあうというイメージが。

ブレットは顔をしかめた。こんなふうにテッサを心のなかに入りこませるつもりはない。自分のものにしたら、もう彼女は用ずみだ。そうやって奪うことで、彼女も過去に捨てた女たちと同じ存在だと思えるようになるのだから。

4

テッサはいつも少し早めに出社していた。今日は始業時間前にサミーがコーヒーを持ってきてくれた。「砂糖とクリームを入れるかどうかわからなかったから両方持ってきたよ」そう言って、サミーは頬を赤らめながらポケットを探り、砂糖二つと、ふたをはがして使う乳成分不使用クリームのプラスチック容器を取りだした。

コーヒーはありがたかった。昨夜は夜半まで寝つけず、けさは寝すごして、いつものようにゆっくり朝食を食べることができなかったのだ。疲れきった気分だったが、鏡に映る自分の顔を見てやっといつもの一日を迎える勇気が出た。目の下の小さなくまをのぞけば、テッサはいつもどおりに見える。しかし本当はそうではなかった。「あなたは命の恩人だわ」テッサはため息をついた。「ありがとう、サミー。けさは朝食を食べそこねたの」

サミーはもじもじしながら立っていた。「僕たち、昨日はほとんど一晩中ネルダにかかりきりだったんだ。ヒラリーってすごいだろう？　いちいち説明しなくても察してくれるんだ」

「彼女はあなたにぴったりだわ」テッサは力を込めて言ったが、その言葉はサミーの頭をすどおりした。

「ヒラリーが手伝ってくれなかったら、ネルダはまだ完成していなかったよ。それにヒラリーはネルダを売りだすのを助けてくれそうな人を知っているんだ。勤め先の銀行にいろんな人がいるからね」

「彼女はすてきな人だわ。かわいいし」

サミーは驚いたようだった。「ああ、まあ、そうだね。とにかく一番すごいのは頭が切れるっていうことだ。ネルダのためにプログラムを書いてくれたんだよ」

テッサはあきらめた。ヒラリーの代理としてサミーにプロポーズすることこそしていないが、それ以外は全部こころみた。サミーにとってネルダ以上に魅力的な女性がいるのかしら？　だが、それはヒラリーの問題だ。テッサはいま自分自身の悩みで手いっぱいという気持ちだった。悩みの原因となっているのはインディゴブルーの目を持つ男性だ。ブレット・ラトランドが自分の手に負えない男だということは最初からわかっていたはずなのに。

テッサはサミーの背後に動きを感じ、目を上げた。そしてそこにブレットの鋭いまなざしを見つけて、一瞬心臓が止まりそうになった。けわしい顔つきでサミーを見ていたブレットは、その視線をテッサに移した。「おはよう」テッサは、彼のクールな口調の裏に抑えられた怒りを聞き取った。

「おはようございます」感情を感じさせない声でテッサは言った。「ミスター・ラトランド、こちらはデータ処理部のサミー・ウォレス。サミー、ブレット・ラトランドよ」

サミーはあわててぎくしゃくと手を差しだした。熱意で顔が輝いている。「お会いできてうれしいです」

非の打ちどころのない自制心を発揮して、ブレットは握手した。「君の噂《うわさ》は聞いているよ、ミスター・ウォレス。コンピューターの天才だそうじゃないか?」

サミーの頬が紅潮した。しかし口を開く前に、ブレットを見つけたペリー・スミザーマンが駆け寄ってきた。三人のところまで来たペリーは、横すべりせんばかりの勢いで止まった。「ミスター・ラトランド!」その歓迎の口調があまりにそらぞらしいので、テッサは顔をしかめた。「どんなご用件でしょう?」

「実は」ブレットはそっけなく言った。「あなたとふたりきりで話したいと思いましてね。オフィスへ行く前に寄ったんです。いくつか情報を集めていただきたいのですが」

「ええ、もちろん、おまかせください」ペリーはまくしたてた。「どうぞこちらへ……私のオフィスへ……」

テッサとサミーに会釈すると、ブレットは小心なプードルさながらのペリーに付き添われながら彼のオフィスに入っていった。

「いまのを聞いたかい？」サミーは信じられないといった口調だった。「僕のことを知っていたんだ」彼の顔は喜びで紅潮し、眼鏡の奥の瞳が輝いた。

テッサは座ったまま動かなかったが、サミーは彼女の反応がないのにも気づかない様子だった。喜びと興奮のあまり、まわりが見えないのだ。もう仕事を始める時間になっていたが、サミーは来たときと同じようにのんびりと帰っていった。テッサはディスプレイのスイッチを入れ、点滅するカーソルをぼんやりと眺めた。ブレットはいつものように自分を抑えていたが、彼の気分に敏感になっていたテッサは穏やかな外見の下に怒りが煮えたぎっているのを感じた。

けさ、彼の機嫌を損ねるようなことがなにかあったのかしら？　それとも私がサミーと話しているところをたまたま目にしたから？　確かに、仕事以外ではサミーとは会うなとブレットに命令された。でも、いまは仕事中だ。同僚と会うのを避けるためにいつもとはちがう行動をとれとでも言うのかしら？　サミーに嫉妬《しっと》するなんて、考えただけで変だ。サミーはブレットの足元にも及ばない。そのことはブレットも承知しているはずだ。それにサミーはただの友達だと言ってある。なのにブレットはまるでサミーを殴りたいとでも思っているように、にらみつけていた。一方、気の毒なサミーはそんな空気にまったく気づいていなかった。

ブレットは嫉妬しているのかしら？　そう考えると、テッサは頭がぼうっとなるほどの希望を感じた。ブレットが嫉妬する理由はなにもないが、嫉妬したということはテッサが思っているよりもっと深く彼女のことを気にかけている証拠だろうか？

テッサは自分の仕事に熟達していたので、ペリーのオフィスの入口から目を離さずに、いつブレットが出てくるかを待ちながら、効率的に仕事をこなすことができた。テッサは興奮でじりじりしながら待ち、そんな自分がおかしくてひとりほほえんだ。テッサ・コンウェイが男性のことで不安になっているなんて、彼女の友達なら誰も思わないだろう。ちがうのは、ブレットがその他大勢の男性ではなく、彼女にとってただひとりの男性だということだ。これは大きなちがいだった。アンドリューにさえ、いまブレットに対して抱いているような気持ちを持ったことはなかった。しかも、あのときはアンドリューを愛していると信じていたのだ。愛にはいろいろなレベルがあることをテッサは学びつつあった。いまブレットに感じている飢えたような欲望は、これまで想像したこともないほど深いということも。

ブレットがようやくペリーのオフィスから出てきたが、こちらをちらりとも見ずに通りすぎていった。テッサは理屈に合わない痛みを感じた。そもそも職場で噂になるのがいやだと言ったのは彼女なのだ。ブレットはただ彼女の言葉に従って、職場ではふたりの関係をあからさまにしなかったまでだ。それでも、テッサは彼からなにかを期待した。まなざしとか笑顔とか、見かけほど冷たいわけではないことを感じさせるなにかを。

彼がペリーになにを求めたのかはわからないが、あきらかにそれは見つからず、会見は不首尾に終わったようだ。オフィスのドアのすきまから、ペリーが手を結びあわせたり、薄くなった髪を指でかきむしったりしながら行きつ戻りつしているのが見えた。ブレットは、彼への対応を迫られた重役連中や部課長によくこういう影響を与えるらしい。テッサには、ブレットに二つの顔があることがわかっていた。目の前を横切ったというだけで人を叱《しか》り飛ばす冷たく情け容赦ない一面と、あれほど甘美な情熱で彼女にキスした、燃えるようなセクシーさを持つ一面。テッサにはどうもそれがしっくりこなかった。

どうして素顔を知らない男性をなすすべもなく愛してしまったのかしら？　彼は一つの謎《なぞ》だった。その性格はどうしても出られない込み入った迷路のようだ。テッサはもしこの謎が解けたら、そこには生涯続く激しい愛が見つかるような気がした。

ブレット・ラトランドがペリーとふたりきりで会ったという話は、昼までには職場中に広まっていた。「どういうこと？」ランチを食べながら、ビリーが熱心にたずねた。「ペリーに問題でもあったのかしら？」

「私が知るかぎりではなにもないけど」テッサはビリーの言葉に驚いて言った。

「それなら、どうしてラトランドはペリーとふたりきりで会ったの？」

「まあ、あなたったらいつも私に他人となれなれしくするなって言うのに」テッサはとぼけて言った。「私にどうしろと言うの？　あの人に面と向かって〝あら、ミスター・ラトランド、ここでなにをしているの？〟ってきけとでも言うの？」

「誰も驚かないわ」ビリーは怒ったように言った。「そのうえあの人はきっとこう言うわ。〝おや、ミス・コンウェイ、今夜食事に行ってすべて教えてあげようか？〟」

そうだわ、彼はきっとそう言うだろう、と考えてテッサはにっこりした。私って本当にばかみたい。でも早く時間がたってもう一度彼に会うのが待ちきれない。機嫌がいいわけではないようだし、そうなると機嫌のいいときよりずっと扱いがむずかしいことはわかっていたが、それでも彼に会いたかった。がっしりした胸に頭をもたせかけ、花が太陽の光を吸収するように、彼がそばにいることを満喫したかった。知りあってから一週間もたたないのに、彼の存在は胸の奥にあまりに深く根をおろしていたので、それ以前のことを思いだすのがむずかしいほどだ。つまり、黄色がかった髪とネイビーブルーの目を持った背の高い男性が、テッサの知るかぎりすべての男性を押しのけて昼となく夜となく夢に現れるようになる以前のことだ。

いまとなっては、彼のことを意識しないときが一瞬でもあるかしら？　とてもそうは思えなかった。眠っているときでさえブレットは心のなかにいて、彼のことを考えながら眠りについて思いが中断しても、目覚めるとまた同じところから思い浮かべることができるのだった。まるで彼がずっとそこにいたかのように。

「また目がうっとりしているわよ」テッサを眺めながら、ビリーが言った。「相手が誰かは知らないけど、かなりすてきな人みたいね」

テッサは息をのんだ。「そうよ」

「ブレット・ラトランドなんでしょう？　さっき彼のことを話していたときのあなたのほほえみ……うまく説明できないわ」

否定しても、意味はなかった。さっきは確かに頬がゆるむのを抑えられなかったし、どちらにしろ彼に対する感情を否定したい気持ちはなかった。彼を愛していることを恥じてはいない。逆にそのことで自分が輝いているように感じた。まるでいままでの人生で一番生き生きしているかのように。「ええ」テッサは静かに認めた。

ビリーの目の色が変わった。「今週、あのエレベーターのなかで初めて会ったんでしょう？」

「そうよ。そして食事に出かけたの。その晩……それから昨日の夜も」

「二回デートしただけで、もう愛してるって感じてるの？　あの首切り男を？　テッサ、あなたとブレット・ラトランドほど不似合いな組み合わせはないわ！　あなたはパーティの花なのに、彼ときたら……まあ、そのへんは自分で考えて。彼が部屋に入ってくると、みんな黙りこむのよ」

それは人前での顔だ。プライベートで彼がどれほど強い魅力を発揮するか、彼がどれほど熱のこもったまなざしを相手に向け、同じように激しい気持ちを相手に求めるか、ビリーは決してわからないだろう。しかしブレットのキスを知り、彼の体が発する熱を感じたテッサは、彼がジョシュア・カーターだけにひざまずく冷酷非情な問題解決者《トラブルシューター》だとは思えなかった。

「秘密にしておいてくれる？」テッサはビリーに頼んだ。「彼は誰に知られてもかまわないと言っていたけど、私は自分のことが噂になるのがいやなの」

「わかったわ」ビリーは二つ返事で承知し、手を伸ばしてテッサの手をとんとんと叩《たた》いた。「簡単に手に入る人は選ばなかったのね？」

「もちろん」テッサのやわらかな唇がゆがんだ。「簡単に手に入る人は……軽すぎるもの」

テッサがロサンゼルスに移ってきてから、年上のビリーはずっと彼女を見守ってきたが、テッサが深刻なトラブルに足を突っこみかけていると感じたのはこれが初めてだった。テネシーとカリフォルニアの暮らしのちがいに自分を合わせ始めたとき、テッサはどんなことにもユーモアを持って意気揚々と取り組んでいた。しかし、テッサの気持ちがあまりに熱く、ブレット・ラトランドの気持ちがあまりに冷たければ、彼はその非情さでテッサの陽気さを打ち砕いてしまうことになるだろう。友人に向けるビリーのまなざしは心配そうだった。「私が必要になったらいつでも電話して。飲み物と客用ベッドと泣くための肩を貸してあげるわ。そのうち一つでも、二つ一緒でもかまわない」

「ありがとう。もしものときは頼りにしているわ」テッサは友人に温かみのこもった笑顔を見せた。「でもそんなに深刻にならないで！　私、いつも自分の力で立ち直ってきたでしょう？」

「だけど恋に落ちたのは初めてだわ」ビリーは言い張った。「いいこと、愛は地獄と隣合わせなのよ」

まさにそのとおりだ。テッサは一度その炎に焼かれていた。しかしアンドリューがかきたてた小さな火は、ブレットが部屋に入ってきただけで燃え上がる炎とは比べものにならなかった。アンドリューを愛していたという事実を疑ったことはない。しかし不思議なことに、実は単に好きというだけの存在ではなかっただろうかと最近思えてきた。

あのときの感情と、いまブレットに対して抱いている感情は比べようがない。彼の胸に飛びこんでずっとそこにいたい、ただただこの身を押しつけて、二つの体が溶けあうまで離れたくないという気持ちをテッサは抑えられなかった。ふたりはばらばらの存在から互いの一部になり、肉体も心も精神も一つになるのだ。ブレットと離れているときテッサが感じるのは……孤独だった。孤独を感じるのは生まれて初めてだ。ひとりでいたことは何度もあったが、テッサは友達といるときと同じぐらいひとりを楽しんだ。ところがいまは、なにかが欠けているという奇妙な感じがする。

その夜ブレットが彼女のアパートメントに迎えに来たとき、彼が怒っていることがテッサには一目でわかった。彼の怒りは暴力的ではなかったが、自制がきいているだけに余計に強かった。彼のけわしいまなざしを見上げたとき、背筋が寒くなるのがわかった。「ウォレスと手を切る気がないのなら、そう言ってくれ。うそをつかれるのは好きじゃない」

「うそなんかついていないわ」テッサはひるまなかった。「サミーは友達で、それ以上のなにものでもないわ。私たち、同じフロアで働いているのよ。顔を合わせて当然だし、彼の姿が見えるからって机の下に隠れるわけにもいかないわ」

テッサを見おろすブレットの顔つきにはむきだしのなにかがあった。彼は贅肉《ぜいにく》のない、いかつい指でテッサの細い顎に触れた。そっと触れただけだったが、自分のものだと言わんばかりの触れ方に彼女の体は震えた。「二度と僕にうそをつくな」かすれ声でそう言うと、ブレットは頭をかがめてキスした。

最後に彼の唇を味わってから、彼の唇が貪欲《どんよく》に動くのを感じてから、永遠にも近い時間が流れたように思えた。テッサは両手を彼の首に回してしがみついた。軽く触れた彼の指先が歓《よろこ》びを生みだし、全身を駆けめぐり、震わせる。差しだせるかぎりの甘い情熱を込めてキスを返す。ようやくブレットは頭を上げた。目は熱く輝き、額にうっすらと汗がにじんでいる。

夜がふけるにつれ、ふたりのあいだの緊張は高まった。テッサはシーフードが大好きだったが、ロブスターを少しつついただけだった。なぜなら、体中の神経のすべての末端が彼の高ぶりを感じ取り、それに応《こた》えるかのように彼女自身の欲望も痛いほど高まっていったからだ。彼といると、自分が女であることを強く意識させられた。まるでいままで自分の女らしさについて考えたことがなかったみたいに。みずからの感情の激しさにテッサはおののいたが、同時にその力に魅了されもした。逃げだす段階はもう過ぎた。彼の美しい青い目を見つめた最初の瞬間から、手遅れだったのかもしれない。

「明日は僕と過ごすんだ」ブレットは唐突に言った。生まれて初めて、彼は仕事より個人的な用件を優先させた。なすべき仕事はあったが、テッサとの関係を深めたいという切迫した欲望に比べれば仕事などどれほどのものでもない。

その朝、サミー・ウォレスがテッサのデスクのそばをうろちょろしているのを見たときは、冷たい怒りにかられてあの男の喉を締め上げたいと思ったほどだ。いままで女性に対して独占欲を感じたことは一度もなかった。女はあまりにたやすく手に入ったので、肉体的な快楽を提供する相手として以上に考えたことはなかったのだ。しかしテッサは自分を差しださない。じらすようなほほえみと笑みの浮かぶ目で彼を魅了したかと思うと、触れようとする手からするりと逃げだしてしまう。ブレットは男でありハンターだった。必ず彼女を手に入れる。それもすぐに。

「わかったわ」それは招待というより命令に近かったが、テッサはうなずいた。彼女は視線をブレットの精悍《せいかん》な顔にくまなくさまよわせた。胸が苦しくなって初めて、テッサは自分が息をするのを忘れていたのに気づいた。

ブレットは小さくののしりの言葉をつぶやいた。それはうなり声のようでほとんど聞き取れなかった。彼女の顔に浮かんだ戸惑ったような表情に、ブレットは欲望で体がこわばるのを感じた。「ここから出よう」急いで立ち上がり、テッサを椅子から引っぱり上げる。抗議の言葉はなかった。彼が支払いをすませているあいだもテッサは黙ったままだった。車まで行くとき、彼女はそっとブレットにもたれかかった。

空気が冷たくなっていたので、テッサはほてった顔をさわやかな風にさらした。まるで体内の炉が最大の火力で燃えさかっているかのように熱かった。着ている服が急に邪魔に思え、脱ぎ捨てたくなった。ブレットが車のロックを解除し、ドアを開けてテッサをなかに入れた。テッサは震えるように大きく息を吸いこんだ。体のなかで暴れまわるこの欲望をどう抑えたらいいのだろう？　それは彼女を焼きつくし、全身を愛と切望のるつぼに変えてしまった。ブレットが運転席に座ると、テッサは魅せられたような声で彼を呼んだ。

「ブレット」そして手を伸ばした。

胸に触れた手から、ブレットは身を引いた。「自分を抑えきれなくなりそうだ」低く荒々しい声で言う。「君をシートに押し倒してここで奪ってしまいたい。君がそれを求めていないなら、僕を挑発するのはやめてくれ。危ない橋を渡ろうとするな」

テッサ自身、自制の糸が切れそうになっていたが、ブレットの声にせっぱつまった警告の響きを感じ取って身を引き、彼に触れたいという欲求に逆らって両手を膝の上で握りしめた。挑発しているだけだと思われているのかしら？　もてあそぶのが好きな女《パーティガール》と言われる私が、いまは笑っていない。愛し、求め、傷ついている。こんなにも苦しいのに、なぜ愛は至高のしあわせのように言われるのかしら？　ブレットに対する思いはあまりにも強く、深すぎて、まるで彼女の存在の核の大部分が自分のコントロールを離れ、彼の手に握られてしまったような気がした。剣のような愛。ブレットを愛することは刃《やいば》の上でかろうじてバランスをとっているようなものだ。彼は安全に愛せる男ではなかった。愛そうと思ったら、自分の心以上のものを危険にさらすことになる。

テッサにとってブレットは命そのものだった。もし彼になにかあれば、テッサの人生からは光が消えてしまい、笑いは色あせるだろう。そういう相手を愛するのは恐ろしい。しかも、ブレット相手には自分を守るための機知やユーモアといったバリアは通用しない。彼は強烈な男らしさでバリアを打ち破り、彼女の奥深くに情熱の根をおろした。自分に人を深く愛する力があることは知っていたが、ブレットに会うまでその力がどれほど深いかはわかっていなかった。

ブレットの運転は飛ばし気味だった。彼の顔をちらりと見ると、顎は引きしまり、官能的な唇は一文字に結ばれている。冷徹で危険な横顔。遊び半分で相手にできる男ではない。これが太古の昔なら、彼はテッサをかついで運び去っただろう。もう一度彼の顔をうかがうと、テッサの背筋に震えが走った。彼女をおびえさせるような非情さが見えたからだ。

テッサのアパートメントに着くとブレットは黙ったまま鍵《かぎ》を受け取ってドアを開け、一歩下がってテッサをなかに入れた。彼女は明かりのスイッチを入れ、ブレットの方を向いた。しかしドアを閉めて鍵をかける彼を見て、言葉は口から消えてしまった。息をのんで彼の視線をとらえる。半分閉じられたまぶたは官能的で、ネイビーブルーの目は細い線にしか見えなかったが、なにをするつもりかはすぐにわかった。コートを脱ぎ捨て、ネクタイを解いて衿《えり》から引き抜く。そしていっさいを椅子の背に投げかけた。「さあ」テッサの目から視線を離さず、かすれたような声でブレットはささやいた。「こっちへ来て、僕に触れてくれ」

テッサはなにも考えずに彼の腕に飛びこんだ。

ブレットの唇は痛いほど貪欲だった。一方、テッサの唇も歓びに震え、彼の与えるすべてを求めた。彼の両腕は苦しいぐらいにテッサの胸を締めつけたが、それでもまだ近づき足りないという気がした。ふたりの体が離れていることがもどかしく、苦しい。

テッサの耳にハスキーなうめき声が聞こえたが、それが自分のものとは思えなかった。ブレットにもその声が聞こえた。快楽に震える女の声に、彼のなかのすべての男の部分が応えた。ブレットの腕のなかでテッサはうしろにのけぞった。彼女の唇を離れたブレットの唇は、喉をたどって灼《や》けつくような跡を残し、胸のふくらみの近くまでおりていった。その唇がテッサの体から離れることはなかった。ドレスの生地を隔てていても彼の湿り気のある熱が感じられ、彼の欲望はテッサの全身を切り裂かんばかりに鋭かった。

ふいに膝の力が抜け、テッサはぐったりとブレットにもたれかかった。もう立っていられない。ブレットがさっと彼女を両腕で抱き上げた。近くにある椅子に歩み寄り、彼女を膝に抱いて腰をおろす。テッサは愛で陶然となった目を見開いた。夢見るような深い緑色の目でブレットをとらえる。テッサは両手を彼のたくましい首に回した。「あなたを愛さないようにしようとしたの」これ以上、自分のなかの秘密を隠してはおけない。「でも、もう自分を抑えられないわ」

この言葉に、ブレットの体に激しい震えが走った。いままで何人の男が彼女の甘い唇からこの言葉をささやかれたか、そんなことはどうでもよかった。自分が女性に愛されたいと思ったことがあったかどうかさえ関係なかった。彼はずっと、みずからを誰かに捧《ささ》げるという行為に冷たい無関心を通していた――テッサに出会うまでは。

テッサのようにてごわい相手に会ったのは初めてだ。彼女が彼の前に示したのは抵抗ではない。実際彼女があらがうことはまったくなかった。テッサは彼から身をかわし、豊かな女らしさをちらりとのぞかせ、彼の手をすり抜ける。その女らしさがあまりに強烈で、ブレットは彼女を求めずにはいられなかった。テッサこそ、彼の男らしさに釣りあう女だ。愛することで彼女は自分を差しだした。そんな彼女を手放すことは、ブレットにはもうできそうになかった。

背中にあてた左手でブレットはテッサを引き寄せ、おおいかぶさりながら貪欲に唇を奪った。右手でドレスの前面に一列に並んでいる小さなボタンをはずし始める。テッサは彼の力強い手に身を震わせたが抵抗することはなかった。やめてほしくない。こんなふうに永遠に愛してほしい。愛には与えるときと奪うときがある。いまは彼女が与えるときだ。生まれながらの鷹揚《おうよう》さで、愛する男にすべてを惜しみなく与えるのだ。胸の奥で心臓が激しく鼓動し、頭がぼうっとなった。息を吸いこもうとして彼の唇から顔をそむけると、やわらかで優美な喉の曲線があらわになった。ブレットの熱い唇が曲線を探り始め、テッサは小さなうめき声をあげた。彼がほしい。その欲求があまりに強く、胸の奥深くが痛んだ。絶望にも等しい激しさで彼女はブレットにしがみついた。

「落ち着いて」テッサの肩からやさしくドレスをすべり落としながら、彼はささやいた。「時間をかけたいんだ。君がよく見えるようにこれは取ってしまおう。君を裸にして、くまなく味わいたい」

テッサは袖《そで》から腕を抜くと、ブレットの腕に体を預けた。白いキャミソールのなめらかな薄い生地に浮きでている胸の形を、彼の目の前にさらけだす。ブラジャーはつけていなかったので、硬くなったばら色の胸の頂がくっきりと透けて見えた。まるでここを見てと言わんばかりに。ブレットの息遣いが荒く、速くなった。彼女の体を持ち上げ、ヒップで引っかかっているドレスを引っぱりおろし、足の方へ押し下げて脱がせる。膝の上に横たわったテッサの全身を、彼の焼きつくすような視線がゆっくりとはいまわる。キャミソール以外に身につけているのは、揃《そろ》いのフレアパンツと繊細なレースのガーターベルト、シルクのストッキングと華奢《きゃしゃ》なハイヒールのサンダルだけだ。ブレットの手が体の上をさまよい、輪郭を確かめ、シルクにおおわれた脚をなでて足首までおりていく。ゆっくりとサンダルを足からずらし、落ちるがままにまかせる。やがて、その指は脚に戻ってきた。ガーターベルトをもてあそぶ彼の顔は凶暴なまでの欲望でこわばっている。

「君は金庫にしまっておくべきだな」自分の手がたどる道筋から目を離さずに、ブレットがハスキーな声で言った。彼の指はフレアパンツのウエストのゴムのあたりでたじろいだが、やがてゆっくりとそれをおろすと、小さくやわらかいへそのくぼみがあらわになった。指先がへそのまわりでゆっくりと円を描く。彼女の体の、いまだ隠されたままの至宝がブレットをいざなっている。ブレットの手は胸へと上がっていった。彼の愛撫《あいぶ》がテッサの肉体に燃えるような跡を残していく。キャミソールを取って素肌に触れてほしいという切望で、彼女はブレットの膝の上で身もだえした。

「お願い」彼に向かって胸をつきだしながら、テッサはそっと言った。

「これがほしいのかい?」ブレットはささやいた。「これだね?」そして片手をキャミソールのなかに忍びこませ、胸を包みこんだ。彼の親指が硬くなった胸の頂に触れると、テッサは燃え上がった。

テッサはうめいて身をくねらせた。「ええ、そうよ」テッサの震えはあまりに激しく、全身が揺れるほどだった。ブレットがっしりした体にいとしげに彼女を引き寄せ、なだめる。そのあいだも胸にあてた手は動きを止めない。

「落ち着いて、ハニー」ブレットがつぶやいた。「君が望むものを与えよう。僕に触れてくれ。どうしてほしいか教えてくれ」

一番目の命令は難なくこなすことができた。テッサの手はいやおうなく彼の体に惹《ひ》きつけられ、胸に伸びて、シャツ越しに燃えている熱を感じ取った。しかし二番目の命令は……なんと言えばいいのだろう？　あまりに彼を求める気持ちが強すぎて、その刺すような痛みで死にそうだということしかわからないのに。テッサはブレットの力強さ、男らしさに圧倒されていた。

「わからないわ」震えるようにささやいて彼にしがみつき、ためらいがちに深く息を吸いこんだ。「あなたをどう愛すればいいのかわからない」

ブレットの目はあまりに暗く、ほとんど黒に見えた。「いとしいテッサ、僕の愛し方ならわかるはずだ。僕がなにを求めているか知っているはずだ」

「困っているのはそこなの。私にはわからない」テッサは勇気をふるい起こして、やさしく消え入りそうなほほえみを向けた。「あなたがなにを求めているかは知っているけれど、どうすればいいかがわからないの」

ブレットの動きが止まった。燃えるような目でテッサの目を見つめる。彼女の言葉の意味を考えあぐねたが、自分自身が性的に高まっていたのと、彼女の反応をつぶさに見ていたのとで、すぐに答えにたどりついた。「テッサ、愛しあうのは初めてなのかい?」

「ええ」テッサは両手で彼の顔をなでた。「愛しているわ。私の最初の人になって」

奇妙な震えがブレットの顔面を走った。彼はテッサを抱いたまま立ち上がった。「教えてあげよう」ハスキーな声でつぶやいた。「僕にまかせてくれ、ハニー。怖がることはない」

ブレットは足早に寝室に歩いていくと肩でドアを押し開け、ベッドまで行ってテッサをおろした。彼がベッド脇《わき》の明かりをつけると、テッサはそのいかめしい顔を見つめた。いまは冷たくもよそよそしくもない。欲望のあまり、それ以外のことは頭からぬぐい取られている。やさしく残りの衣服を脱がされ、ベッドの上に全裸の体を横たえられた。テッサは無意識のうちに彼の刺すような視線から自分の身をかばうしぐさをした。

「だめだ、見せてくれ」そう言ってブレットはテッサの腕を頭の上に押し上げ、すべてをくまなく眺めまわした。信じられない。これほど美しく繊細な女らしい体が、いままで一度も飢えた男の目にさらされたことがないとは。彼以外の男が誰も、その甘美な深みに身を埋《うず》めたことがないとは。しかし、いくら信じがたくてもブレットは彼女の言葉を疑わなかった。つかまえようとしてもつかまらなかったのは、無垢《むく》だったからだ。愛しあうことに対して無知だからこそ、彼の欲情を押し留めることができたのだ。快楽のありかを熟知している経験豊かな女性なら、とっくに誘惑に負けていただろう。

しかもテッサは僕の、僕だけのものだ。いままで自分が持っていることすら知らなかった原始的な本能が、ほかの男が立ち入ってこないようテッサに自分の名を刻みこめと命じた。ブレットは身を起こし、服を脱ぎ始めた。

ブレットを見守っていたテッサは、高まる興奮に口がからからになるのを感じた。一枚ずつ脱いでいく彼の姿をむさぼるように眺める。彼がこれほど男らしいとは知らなかった。ブレットが脱いだシャツを投げ捨てたとき、日に焼けたなめらかな肌の下に波打つ筋肉が現れたのを見てテッサは息をのんだ。幅広くがっしりとした筋肉質の胸。固く引きしまった腹部。馬を乗りこなす人間だけが持つ力強い脚。ブレットはベッドに横になるとテッサにおおいかぶさり、抱き寄せた。彼の体にすっぽりと包まれてしまうのを感じ、テッサは目を大きく見開いた。彼と裸でベッドにいると、ふたりの大きさと力の差がありありとわかる。彼の力の前では私は無力だ。私がこの場でなにかコントロールできるとすれば、それはブレットから与えられるものだけだ。

テッサの目には、初めて男性と愛しあう女性に特有の本能的なおびえが浮かんでいた。ブレットはそれを見て、やさしさがこみあげるのを感じた。彼女の上にかがみこみ、軽くキスする。荒れ狂う情熱を感じさせない甘いキスだ。どんな犠牲を払おうとも、テッサに無理を強いるつもりはなかった。いつかは差し迫った欲望のままに奪うこともあるだろう。しかしいまはだめだ。彼女の初めてのときなのだから。キスを続けながらブレットはゆっくりと彼女の体に触れ始めた。

間もなく、テッサは彼の腕のなかで身をよじらせた。ゆっくりとしたやけどしそうなほど熱い愛撫で、体のなかに炎が燃え上がる。彼は快楽のありかを心得ていた。経験豊かな指が、そのすべての場所に魔法をかけていく。テッサの爪が彼の肩に食いこみ、理性は熱で曇った。もうなにも考えられない。背を弓なりにそらせ、身をくねらせる以外なにもできない。頭がおかしくなるような快感をもっと見つけだしたい。彼の手が脚のあいだに伸び、その動きで彼女の奥に官能の渦を作りだしていく。渦はどんどん速さを増していく。耐えがたいほどの快感でいまにも爆発しそうになり、テッサはすすり泣いた。

ブレットが身を起こし、彼女の腿のあいだに身を置いた。がっしりした両手でヒップをつかみ、テッサの体を押さえる。そして苦しくなるほどゆっくりと、誰も到達したことのない場所へ侵入し始めた。

満たされるのを感じてテッサは叫びをあげたが、自分が声を出したことすら気がついていなかった。いま彼女をとらえているのは、痛みよりもっと力強いもの、すべてを意識から追いだしてしまうなにかだった。ブレットに奪われていく自分の体、そのなかで荒れ狂う嵐《あらし》、それしか頭になかった。これは単に肉体の基本的な欲求を満たす行為ではない。

互いを自分のものにし、ふたりの存在の核にあるものをつなぎあわせる儀式なのだ。彼女が与え、彼が奪う、しかしそのあいだにもふたりの関係は変わっていく。ゆっくりとブレットが突き入れるごとにテッサは彼のものとなり、同時に彼女をブレットに結びつける絆《きずな》は彼をもがんじがらめにしていく。熱く甘美なテッサの渦にのみこまれそうになり、快楽の強さに身を震わせながら、ブレットは動きを止めて自制を取り戻した。

明かりのなかに浮かび上がったテッサの顔は、苦しんでいるようでも歓びに満ちているようでもある。目を閉じたまま、激しくあえぐ姿を見て、ブレットは胸が締めつけられるような気がした。「痛いかい？　最愛の人《ラブ》？」とっさに彼はささやいた。生まれて初めてその言葉を使ったことにも気づかずに。

「いいえ」あえぎ、身をくねらせながらテッサは答えた。「ええ……どうかしら。ブレット、私、もう耐えられない……ばらばらになりそう……」

「しいっ。いいんだよ」そう言ってもう一度ゆっくりと動きだすと、彼のなかでふたたび炎が燃え上がった。「そのままでいいんだ。僕が見ている。僕にまかせろ。いいかい、テッサ、行くよ」自分を暴走させまいと歯を食いしばり、テッサだけに意識を集中し、その反応を一つも見逃すまいとしながら、彼は腰を動かした。裸の体には汗が光り、黄色がかったブラウンの髪は濡《ぬ》れて黒っぽくなっている。

テッサは頭を振り乱し、やみくもに叫んだ。突然体のなかでうねり始め、みずからを高みへと押し上げていくこの大きな波は、言葉ではとても表現できない。テッサは彼の名前を呼んだ。やがて言葉はすべて失われた。男性としてのブレットがもたらした、この信じられないような感覚に全身をゆだねること以外、もうなにもできない。彼の動き方が変わり、激しく切迫したものになっていることにテッサはぼんやりと気づいた。やがて、終わりを告げる彼の深いうめくような叫びが聞こえた。

あらゆる音が消え、ふたりは疲れきった沈黙のなかで横たわっていた。テッサの喉にブレットが顔を寄せる。テッサは彼の髪をなで、背中と肩をやさしくさすった。あまりに疲れていて、横になっているだけでうとうとと眠ってしまいそうだ。でも、眠る前にこれだけは言っておかなければ。

「愛してるわ」ものうげにテッサはささやいた。深く考えず、とっさに口をついて出た、心からの言葉の贈り物。「ブレット……愛してる」この二つの言葉はテッサにとっては同じ意味を持っていた。彼女はすぐに眠りに落ちた。子どものように、信頼しきった様子で彼の腕に抱かれて。

5

ブレットはそれほど簡単に眠ることはできなかった。ずっとテッサを抱きしめていたかったが、自分が一晩中おおいかぶさったままでは彼女の繊細な体は耐えきれないだろうと思い、体をずらした。

テッサがほとんど聞き取れない抗議の言葉をつぶやいたので、両腕のなかに抱き取り、彼の肌を感じさせ、落ち着かせた。ずっと昔からそうしてきたかのようにテッサはごく自然に頭を彼の肩にもたせかけ、眠ったまま彼の素肌に顔を埋《うず》めた。シルクのようなテッサの黒っぽい髪の毛がブレットの肩と腕に広がる。

愛しあったときのことが頭によみがえり、彼は口角の鋭い唇をまっすぐに引き結んだ。テッサは予想していたとおりだった。いや、それ以上だ。いままで、半狂乱になるほど彼の欲望を駆りたてた女性はひとりもいなかった。テッサがヴァージンだったことがそれをさらに特別なものにし、ある意味で彼を戸惑わせた。

ブレットはなにごとにも完璧《かんぺき》を期する男だ。これが初めてだとテッサが言ったとき、妊娠から身を守るすべを用意していないにちがいないと彼は思った。彼がつかの間、動きを止めていたことに気づいていたかどうかもあやしい。しかしテッサを愛したとき、彼女のなかに深く身を埋めたとき、もし予防しなければどうなるだろうと考えたブレットは、突然彼女を妊娠させたくなった。僕の子どもを産ませたい。妊娠しないよう気をつけるのが腹だたしいほどいやになった。テッサに自分の男としての真髄をそそぎこみたい、ふたりの体を結びつけ、子どもを、僕の子どもという奇跡を生みだしたい。

いままで女性を自分の牧場に連れていきたいと思ったことはなかった。しかし、そこにテッサがいる情景は、まるで彼女がずっとそこにいたかのように簡単に思い浮かべることができた。大きな暖炉、広がる大地、そびえたつ山脈。彼女なら頑丈な造りの牧場風家屋を気に入るだろう。隣で馬を走らせながら、繊細でエキゾチックな顔を爽快《そうかい》さに赤らめるテッサ。僕のベッドのなかにいるテッサ。

ブレットはかすかにほほえんだ。父がテッサのことをどう思うかはわかりきっている。テッサの魅力の前にひれ伏さない男がいるだろうか？　父のトムは、自分は女性には弱いと言ってはばからない男だ。父とテッサなら最初からうまくやっていけるだろう。あの引き延ばすようなけだるげな口調を聞いたとたん、父はテッサの意のままになってしまうはずだ。

突如、記憶がよみがえり、痛いほどの欲望がこみあげてブレットは目を閉じた。〝愛してるわ〟やわらかく流れるような声でテッサはそう言った。この言葉がこれほどしっくり響くものだとは、彼はまったく知らなかった。

いま考えていること、感じていることはなにもかも目新しいものばかりだ。ブレットは意識のどこかで、そういうことを考えさせたテッサに苦い腹立ちを覚えていた。どうして彼女はいままでものにしたほかの女たちとはちがっているんだろう？　ベッドでのひとときを楽しみ、軽くさよならのキスをして、来たときと同じぐらいの気軽さで相手の生活から出ていく。ブレットはそれを望んでいたが、そうはならなかった。確かにテッサは望みのものをくれた。甘くしなやかな体を提供してくれたのだ。しかし同時に、彼が差しだしたいとは思っていなかったなにかを奪っていった。

ブレットは身動きし、手を伸ばしてようやく明かりを消した。すぐに暗闇《くらやみ》に包まれたが、まだ眠れなかった。脇《わき》に押しあてられているテッサの温かい体の感触があまりに心地よく、そちらを向いて全身で抱きしめたいと思った。寝息はほとんど聞こえなかったが、肌に息があたるのがわかった。ブレットは多くの女とベッドをともにしてきた。しかし、抱きあって眠るのは好まなかった。ところがいまはテッサを放したくないと思っている。男というのはこんなにも簡単に変わってしまえるものなのだ。

テッサと結婚する。ブレットは冷静にそのことを考えた。自分で思っていた以上に、テッサは自分と合う。それに結婚してしまえば、彼女がそばにいる男性を誘惑するのを金輪際やめさせることができる。テッサは自分のものだ。あのゆっくりとしたほほえみと南部独特の引き延ばすような話し方で男のハートに火をつけるのを、黙って見ているつもりはない。

テッサと結婚することを考えるうち、満足の喜びがブレットの心を満たした。そうだ、これこそ求めていたものだ。未来を考えるとき、そこに結婚の二文字はなかったが、テッサがすべてを変えてしまった。いまの暮らしに感じていた不満が突然具体的な形をとった。やるべきことは一つしかない。テッサと結婚してカーター・マーシャル社の仕事を辞め、彼女をワイオミングへ連れていくのだ。牧場での暮らしこそ求めるものであり、一番好ましい暮らしだ。彼女も簡単になじむだろう。どちらにしても、父はそろそろ祖父になっていい年ごろだ。

ブレットはまず、テッサとのあいだに生まれるであろう息子たちのことを考えた。その次に目に浮かんだのは小さな女の子だ。人を魅了するテッサのほほえみと大きな緑色の目、波打つダークブラウンの髪を持った女の子。どっと汗が出る。まったく、僕はいったいなにを考えているんだ？　テッサの娘ならきっとはらはらさせられどおしだろう。威勢のいい若い男が寄ってきたら、僕の大事な娘は誘うようにほほえんでみせ、脈があると相手に思わせてしまうにちがいない。

暗闇のなかで、ブレットのいかつい顔にいつのまにかほほえみが浮かんでいた。テッサとの人生は退屈とは無縁だ。彼女は愛していると言った。結婚したいと言いだしたら必ず承諾してくれるだろう。そうすれば、なにもかもうまくいく。緊張から解放されたブレットはテッサを抱き寄せると、じらすような陶然とするような香りに包まれながら眠りに落ちていった。

翌朝、ベッドのなかでなじみのない重さと温かさに違和感を感じ、テッサは先に目を覚ました。目を開けると、すぐ前にブレットの後頭部が見えた。ブレットは寝ているあいだにうつぶせになり、両手足を伸ばしてベッドのスペースの半分以上を占領していた。ライオンのたてがみのような寝乱れた黄色がかった髪を見て、テッサの息は止まり、鼓動は乱れた。

苦しいほどの強い愛情が胸にわき上がる。思わず震える手を彼の方に伸ばしかけたが、途中でやめた。起こしてはいけない。だいたい、いま彼にどう声をかければいいの？　どうふるまえばいいの？　ふたりで迎える最初の朝、私は彼と顔を合わせることに不安を抱いている。そう気づいて、テッサは驚いた。情熱のほとばしる夜はふたりを肉体的に近づけたが、それ以外の部分については自分がどういう位置にいるのか、はっきりわからなかった。

そっとベッドを抜けだしてローブを手に取り、シャワーを浴びようと静かに部屋を出た。目には不安の色があった。私はブレットに対してどんな感情を持っているか告げたけれど、彼は情熱の頂点にあっても私に性的魅力以上のものを感じているとは思わせてくれなかった。性的魅力ならすごかったんでしょうね。シャワーの下に立って顔に水があたるままにまかせながら、テッサは思った。やわらかく曲線豊かな自分の体はブレットの強さを、そして昨日の夜ふたりのあいだに起きたことを思いださせた。

動きを止め、流れる思いに身をまかせる。昨日はすばらしかった。あまりにすばらしくて、痛いほどの快感で死んでしまうかと思ったほどだ。あれがそういうことなのか……あんなに奔放で気持ちの高ぶるものだとは想像もしていなかった。あれこそが愛する男性に自分を捧《ささ》げるということなのだ。

シャワーを終えると、テッサはローブに身を包み、寝室の方をのぞいた。ブレットはまだ寝ている。キッチンに行ってコーヒーのポットを準備し、椅子に座ると、テーブルの上で手を組んでぼんやりした。自分のベッドで寝ている男性のことと昨夜愛しあったことで頭がいっぱいだった。

ブレットは情熱的だったが、彼の一部は遠く離れていて手が届かないところにあるとテッサは感じ取っていた。眺めるだけで人とのつながりを求めることはない心の深奥部分。その部分をわかちあうのは拒むくせに、どうしてあれほど私を求めるのだろう？　テッサは自分の感情を押し留めることができる女性ではなかった。相手に共感する温かい心を持っていたので、常に自分を冷静に保つということができないのだ。

彼には持てるものすべてを差しだしたい。しかし彼のよそよそしい部分に不安を感じ、自分に自信が持てなかった。こんな気持ちはいやだ。テッサはどっちつかずで揺れ動くタイプではない。ふだんの彼女は決断力があり、自分がなにを求めているのか即座に判断することができた。同時に目的のものを手に入れられるかどうかを冷静に計算するしたたかさもあった。

ブレットがほしい。それはいままで感じたことのない、女としての激しい欲求だった。息をするのに空気が必要なのと同じぐらい、彼が必要になっていた。

コーヒーが入ったのでカップにそそいでいると、ブレットが身動きする音が聞こえた。すぐに全身が熱くなり、頬が紅潮する。あわててコーヒーを口に含み、舌をやけどしてしまった。両手が震える。自分自身にコーヒーをぶちまけてしまわないうちにカップをおろした。まるでティーンエイジャーだわ！　そう自分を叱《しか》りつけたが、どんなに叱ったところで胸の激しい鼓動をなだめることはできない。

「テッサ」

しわがれて低い起き抜けの声。それに応《こた》えるかのように背筋に震えが走った。ゆっくりと振り返ると、キッチンの入口にダークブルーの下着一枚で立っているブレットが見えた。たくましい男の体に魅せられたように、テッサは彼の頭からつま先まであますところなく視線を走らせた。興奮と恥ずかしさで顔がほてる。

あからさまな賛美に満ちた視線を感じながら、ブレットは感情をよく表すテッサの顔を見つめた。その大胆な無邪気さに、思わず抱き上げてベッドへ連れ戻したくなる。そのとき、彼女が真っ赤になった。

ブレットは歩いていって両腕で彼女を抱き、そっと胸に押しつけた。「なぜ赤くなる?」やさしい口調でたずねる。

「昨夜《ゆうべ》のこと……私ったらまるで……それにあんなことを言って……」

「それにあんなことをして」テッサの頭の上でそっとほほえみながら、ブレットは言葉を継いだ。「だいじょうぶかい?」

テッサをもう一度愛したいのはやまやまだったが、ほっそりとして華奢《きゃしゃ》な骨格を持ったその体が心配だったし、傷つけたくなかった。

「ええ」テッサはため息をついて彼に頭をもたせかけた。両手をすべらせて彼の引きしまったウエストにかけ、背中のたくましい筋肉をなで始める。「ちょっと痛いだけよ」

ブレットは我慢しろと自分に言い聞かせながらテッサの額にかかるカールにキスし、うしろになでつけた。待つことぐらいできる。たやすくはなかったが、待てないことはない。昨夜描いた将来設計を思いだした彼は、早く実行に移さなくてはというあせりをふいに感じた。テッサを牧場に連れていくのは早いほうがいい。

「来週の週末だが」彼はつぶやいた。「もし時間が取れれば、君を牧場に連れていこうと思う」

テッサは彼の胸から頭を起こした。目が興奮で輝いている。「牧場！　ぜひそうしたいわ。でもどうして時間が取れないなんてことがあるの？　重役でもたいていは週末は休むのに」

「たいていはね」テッサのいらだつ様子にほほえみながら、ブレットは言った。「だがこれは普通の仕事とは――」いきなり口をつぐんで、自分の言葉に顔をしかめる。他人を信用して機密事項をもらすなど、彼らしくないことだ。うっかりすべてをテッサに打ち明けてしまうところだった。彼女がどれほど大きな存在であるか、どれほど心に食いこんでいるかがこのことからもわかろうというものだ。

ブレットに意識を集中していたテッサは、彼が突然緊張したのがわかった。ほほえみが消える。「ブレット？　どうしたの？」そのとき彼女ははっと、ブレット・ラトランドに関するゴシップの断片を思いだした。彼が現れるとき、それはトラブルを意味する。彼のトラブルではなく、彼の仕事の対象となる人間のトラブルだ。人は彼を〝首切り男〟と呼ぶ。彼はどんなトラブルの根も見つけだす。そして、その原因となった人間は解雇される。昨日ブレットと話したあと、ペリー・スミザーマンは魂が抜けたようだった。「ペリー……経理部でなにか問題が起きたの？　それはペリーに関係あるの？」

無意識のうちに、ブレットは口をすべらしたことをごまかそうとした。テッサがあっけなく正解を言いあててしまったので落ち着かない気分だった。「いや、全然関係ない」そうつぶやくと、彼はテッサの気をそらそうと体を折り曲げてくちづけをした。彼女の口元を手で押さえ、ゆっくりと味わう。やがて内部で頭をもたげ始めた欲望が、ペースを落とせと警告を発した。

この策略は成功した。成功しすぎたほどだった。テッサが肩にしがみつき、やわらかな体がぴったりとブレットに押しつけられる。いまここで奪うこともできると気づいて、彼はうめき声をあげた。抵抗しがたい誘惑。テッサを心配する気持ちを投げだし、エヴァンに連絡を取らなくてはいけないことも忘れ、両腕を彼女の体に回して持ち上げた。すぐにテッサはほっそりした腕を彼の首に巻きつけ、激しくキスをし始めた。ブレットはテッサを持ち上げたまま、寝室に戻った。

エヴァンは再度ブレットの部屋に電話してみた。さらにもう一度。それでも応答がない。渋い顔をして受話器を元に戻す。仕事を片づけなければならないときに誰にも連絡先を告げずに消えてしまうとはブレットらしくない。ブレットにははかりがたいところがあったが、こと仕事に関してはとても頼りがいがあった。任務で必要としているときにブレット・ラトランドがいなくなってしまったのは、エヴァンが覚えているかぎりこれが初めてだ。

まあ、心配しても仕方がない。ブレットは自分の面倒は自分で見られるだろうし、仕事が待っている。エヴァンはふたたびコンピューターのプリントアウトのチェックを始めた。細かい字に目をこらす。プリンターの印字リボンの交換が必要なほど印字が汚く、読み取るのがさらにむずかしかった。

なにかを見落としているという感覚がずっと消えない。あまりに明白で最初から見ているにもかかわらず、それに気づかないのだ。この口座のなかの一つはにせものだ。にせものでなければならない。しかし何時間もかけて口座名を見直しても、ちゃんとした口座ばかりだった。リストにきちんとチェックマークをつけてあるのだから、もっと簡単に見つかるはずだ。ジグソーパズルの最後の一片のように。しかしそうはいかなかった。あやしいところはなにもない。それでもなにかおかしいという感じはどうしても消えない。それがなんなのかさえわかれば。

くそっ。文字がちらつく。エヴァンはよく見ようと目を細めた。この仕事が終わるまでに目が見えなくなりそうだ。

すぐそばにあった電話が鳴った。ひったくるように受話器を取る。「エヴァン・ブレイディです」

「なにか見つかったか?」ブレットのしわがれ声が耳に響いた。

「なにも。誰かから別の仕事のお声がかかったのかと思い始めていたところだ。一日中つかまえようとしていたんだぞ」

「そういうわけじゃない。いまはホテルの部屋にいる。シャワーを浴びたらすぐにそちらに行くよ。コーヒーはあるか？」

エヴァンはしばらく前に持ってきたポットに手を伸ばし、持ち上げた。からっぽだ。

「ルームサービスを頼んでおく」

ブレットは急いでシャワーを浴びた。もっと早く仕事に戻るべきだとわかってはいた。しかし仕事に戻らず一日中テッサと愛しあっていたかった。テッサに背を向けるのは簡単ではなかった。彼女は野火となって彼の血管を焼きつくし、理性を失わせる。愛撫《あいぶ》に応える彼女を見ていると、頭のなかからほかのことはすべて消え去ってしまう。もう一度彼女を奪いたい、できるかぎり二つの肉体を溶けあわせたい、ふたりのあいだの距離を埋めてしまいたい、それしか考えられなくなる。テッサのアパートメントを出たとき、疲れに身を縮めて彼女は眠っていた。ブレットは服を脱いでもう一度彼女の横にもぐりこみたいという気持ちとたたかいながら、乱れたシーツを整え、上掛けをむきだしの肩にかけてやった。これほど心を乱す存在は彼女が初めてだ。しかし彼には仕事があった。思いだすのが少し遅くなってはしまったが。

カーキ色のズボンと青いニットシャツを着ると、ブレットはエヴァンの部屋に行ってドアを叩《たた》いた。

「開いてるよ。入ってくれ！」

エヴァンは前ほどは疲れていないようだったが、いらだっていた。吸いがらであふれた灰皿が彼の緊張をものがたっていた。部屋のなかはうっすらとかすみがかかっている。長いあいだなにをしていたのか、彼はブレットにきこうとはしなかった。エヴァンはブレットと長年一緒に働いてきたので、彼がどこまで自分の私生活に他人を立ち入らせるかを知っているのだ。しかも、その一線はさほど奥にあるわけではなかった。

それにしても、ブレットはどこかおかしい。エヴァンはしげしげと彼を眺めた。疲れているようだし、ひげも剃《そ》っていない。なのにどうも……うれしそうに見える。どうしたわけか満足そうだ。ブレットの表情を読むのはむずかしかった。満面の笑みというわけではないが、目にはかすかに満足のきらめきがあり、唇のラインが少しリラックスしている。女だな！　そう思って、エヴァンは口元がゆるみそうになるのを抑えた。ただの女じゃない。テッサ・コンウェイだ。エヴァンはずいぶん昔に、ブレットの心のなかに入りこめる女性は存在しないと結論づけていた。しかしそれはエヴァンが、そしてブレットがテッサ・コンウェイに会う前の話だ。

あくびをしながらエヴァンは立ち上がり、縮こまった筋肉を伸ばした。「尻に根が生える前にちょっと動いてくるよ」

ブレットはいつもの場所に座ると、膝にのせていたプリントアウトの束を取り上げた。

長い両脚を伸ばし、プリントアウトを正面のコーヒーテーブルに立てかける。ルームサービスがいれたてのコーヒーを持ってきたころには、ブレットは額に皺《しわ》を寄せて集中していた。仕事以外のことは頭からすべて締めだし、プリントアウトの文字を一行一行追いながら鉛筆でチェックマークをつけていく。ふたり分のコーヒーをいれて一つをブレットのそばに置いたエヴァンは、座らずに部屋のなかを歩きまわっている。

「座りすぎでおかしくなったのか？」チェックする目を離さずにブレットがつぶやいた。

「ああ。目はかすんでいるしね。月曜の朝になったら絶対にプリンターの印字リボンを変えてやる」

確かに印字は悪かった。二時間後、目が寄ってしまったような気がして、ブレットは作業をやめた。頭を椅子の背にもたせかけ、目と目のあいだをつまむ。「コーヒーはないのか？」

「一時間ほど前になくなったよ」

ブレットは腕時計を見た。もう真夜中だ。テッサはまだ寝ているだろうか、それとも彼を思って悶々《もんもん》としているのだろうか。彼はぐったり疲れるまで仕事をしたかった。そうしなければ、テッサのことを考え、もう一度彼女を奪いたいという欲望でのたうちまわるにちがいないからだ。彼女の隣で眠った昨夜は奇妙な満足感があった。まるで眠っているあいだに彼女を腕に抱くことがブレットをなんらかの意味で満たしたかのようだった。

プリントアウトを見直しているとき、支払いのページにある名前が何度も出てくるのが目についた。なぜ注意を引かれたかというと、それがテッサの名前と同じだったからだ。「このコンウェイ社っていうのはなんだ？　小切手が何度も振りだされている。なんの会社だ？」

「仕入れ先だよ」エヴァンが答えた。「昔からカーター・エンジニアリング社とつきあいがある。基本的な建築資材を扱っているんだ。その会社はもうチェックずみだ」

少しして、ブレットが目を上げた。「コンメイっていうのはなんだ？」

「聞いてなかったのか？　仕入れ先の一つで――」

「ちがう、コンウェイじゃない。コンメイだ」ブレットはうしろ半分を強調した。

「コンウェイと言ったのかと思ったんだ」エヴァンの動きが止まった。じっとブレットを見る。「コンメイはふたりの男が所有している会社だ。コナーズとメイフィールドだ」

ブレットの目が細くなった。「コンウェイにもコンメイにも小切手が振りだされている。二つともまともな会社なのか？」

「くそっ、気がつかなかった」エヴァンはブレットのところへ行って身をかがめると、一見似ている二つの会社名を眺めた。「完全に見逃していたよ。同じ口座だとばかり思っていた」

ブレットはチェックずみのページをめくり、コンウェイ社の名が最初に現れた箇所を探した。本能がこれこそ真犯人だと告げていた。コンウェイ社——テッサの名前と同じでなければ気がつかなかっただろう。

「コンピューター端末がいるな」立ち上がりながらブレットは言った。「元データをあたったほうがいい」中央コンピューターにアクセスして口座の履歴をたどるほうがずっと簡単だ。

「そうだな」エヴァンも同意した。ブレット同様、彼も成功の匂《にお》いをかぎつけていた。疲れは吹き飛んでしまった。土曜日の夜だったので、誰にもさとられずに好きなだけ仕事を進めることができる。ビルのなかは守衛以外は誰もいない。もうほとんど日曜日の朝だった。

午前三時にはふたりとも真犯人を追っているという確信を持っていた。あとはどうやって横領犯までたどりつくかだ。コンピューターによるコンウェイ社への支払いは一年と少し前に始まっていた。特に規則性はなく、目の飛びでるような高額でもなかったが、数千ドルの支払いが積み重なってそこそこの額になっていた。小切手の記録はすべてマイクロフィルムに残してあったが、支払いずみの小切手からは署名を確認することはできなかった。どれも〝銀行振り込みのみ、コンウェイ社〟という文字と、その下に口座番号、銀行名が入ったゴム印が押されていたからだ。ブレットは口座番号と銀行名を書き留めた。

「払い出し伝票か、小切手の口座の名義を確認するまではわからないな」ディスプレイに光る緑色の数字を何時間もにらんでいたので、ブレットは頭痛がした。いらだちがこみあげてきた。自分自身と仕事の両方に対するいらだちだ。日を追うにつれ、それがひどくなってきていた。

ひそかに彼は自分に約束した。もうすぐ牧場に戻るんだ。そこで感じる疲れは、きつい肉体労働のあとの疲労だ。読みにくいコンピューターのプリントアウトにかじりついたり、電子データのなかから情報を得ようとプログラミングの迷路のなかをさまよったあげくの疲れではない。

「このへんで切り上げて睡眠をとろう」

エヴァンもおおいに賛成だった。ホテルに帰る途中の車内はずっと静かだった。部屋に入ると、ブレットは服を脱いでベッドにもぐりこんだ。疲れた筋肉が楽になり、思わずうめき声が出る。目的のものはもうすぐそこだ。ブレットはさっさと片づけてしまいたかった。早く終わらせて牧場に帰るのだ。

なんとおかしなことだろうか。大学生だった昔、いまのように牧場に帰りたいなどと思ったことはなかった。そこは確かに故郷だったが、外の世界にはたくさんの挑戦が待ち受けていて、氷のように切れ味の鋭い知性を使ってみろと彼を誘っていた。ブレットはその挑戦を受け、秘めた根性と鉄の意志で成功した。彼は仕事の能力が一流だっただけでなく、得る報酬も一流だった。そのおかげでさまざまなものを対象に投資をすることができた。

鋭い経済観念に助けられ、牛肉市場で大きな変動があっても、たいていの牧場とちがって彼の牧場の経営基盤は揺らぐことはなかった。テッサは、崩れかけた古い農家で暮らした苦しい時代を思いだすことはないはずだ。お望みならシルクを着ることだってできる。

ブレットは目を閉じたが、テッサのイメージが脳裏に広がり、これでは眠れそうにないと思って目を開けた。まるでテッサを抱いていて、ふたりの手足がからまっているかのように体が熱く燃えた。

横領犯がコンウェイという名を使ったのは、なんといまいましい偶然だろう。

カメラ並みの記憶力を持つブレットの頭にふいにテッサの個人記録が浮かび、彼女が入社した日付を思いだした。カーター・エンジニアリング社で働き始めたのは十五カ月前だ。横領が始まったのがだいたい十三カ月前。彼女は経理部で働いている。そして、サミー・ウォレスと深い親交がある。

暗闇のなかでブレットは毒づいた。くそっ、いったいなにを考えているんだ？　テッサのはずがない。太陽の光と笑い声に満ちたテッサ。きっとサミー・ウォレスがゆがんだ称賛のしるしとしてテッサのラストネームを使ったにちがいない。たいていの男と同じように、テッサがかかわるとサミー・ウォレスは自分を見失ってしまうのだろう。

だが待てよ、どうしてサミーはテッサを自分の汚い犯罪に引きずりこまなければいけないんだ？　名前を使ったりしたら、彼女が最初に疑われるのはわかりきったことじゃないか？　ブレットは唇を引き結んだ。もちろん、やつはそんなことは承知のうえだ！　テッサに罪をかぶせればいいわけだ。カーター・エンジニアリング社で働いているどの社員に比べても、テッサなら追及される可能性が低いと思ったのだろう。

そんな危険にテッサをさらすとは。あいつの歯をへし折ってやりたい。

疲労のあまり、体中が痛んだ。もう夜明け近かったが眠れなかった。テッサのことが、ふたりで過ごした日のことが頭から離れない……ふたりはほとんどベッドのなかにいた。テッサの体という誘惑の前にあっては、彼の決意などなにほどのものでもなかった。まだ彼女を味わいつくしていない。どんなに激しく愛しあおうが、終わったとたんにまた彼女がほしくなるのだ。テッサに対する深い飢え、そしてその飢えを充分に満たせないという感覚は、過去に経験したことのないものだった。それでも、ブレットは飢えを満たそうとした。アパートメントを出たとき、彼女は疲れきって寝ていた。枕《まくら》の上に髪が乱れ広がるままに。

そのイメージが頭から離れない。悶々と寝返りを打っていると、ふたたび苦い思いがわき起こった。どうしてもテッサをほしいという欲求が気に入らない。彼は常に自分をコントロールしていたかった。それなのにテッサと一緒にいると、離れたくないばかりに自分自身の体をコントロールすることさえできなくなる。これほど彼女に支配されてしまっているのが気に入らなかった。

彼女のことは頭から追いだすんだ！　こんなに眠くてたまらないときでさえ、彼の下にあった体のシルクのような肌ざわり、腰に巻きつけられた両脚の感触、彼女の奥深くで燃える熱がよみがえる。肉体がざわめき、ひそかに悪態をつく。ベッドにいるときでさえテッサは彼を誘惑し、笑い、からかい、手のあいだからすり抜けていく。愛しあうことに気を取られて結婚のことは口に出せなかったが、いずれ早いうちにこんな関係には終止符を打たなくてはならない。結婚してしまえば、毎夜ベッドをともにするようになれば、テッサは永遠に僕のものになり、僕は自制心を取り戻すことができるだろう。そう考えながら彼は眠りに落ちていった。

しかし夢のなかでもテッサの支配に苦しめられ、ふたりの関係の主導権をどちらが手にするかであらそった。彼が女性に対してこれほど強い気持ちを持ったのは初めてのことで、自分の感情が予測できず、受け入れることもできなかった。生まれてこのかた信用したのは父のトムだけだ。それがいまはテッサも加わった。彼女はなかなかの難問だった。繊細でありながら力強く、逃げたかと思うと彼のものになる。しかしブレットのものになっているときでも、一部分は彼の手を逃れているような気がする。夢のなかでさえ、テッサは彼の心を乱した。

目が覚めると、もう午後も遅い時間だった。最初に頭に浮かんだのは、彼がどこにいるかテッサが不安がっているにちがいないということだった。反発の気持ちが頭をもたげる前にと、彼は受話器を取って電話しようとした。くそっ、こんなふうに連絡を入れなくてはならないとは、まるで小学生じゃないか！　そう思って一度は受話器を戻したが、いらだちが勝ってもう一度取り上げ、エヴァンの部屋番号を押した。三回目の呼び出しでエヴァンが出た。かすれて眠そうな声だ。ブレットと同じように彼も睡眠不足を取り戻そうとしていたのだろう。

「テッサのところに行ってくる」ぶっきらぼうに言った。「必要なときはそちらに連絡してくれ」

「わかった」エヴァンは眠そうに言って笑った。「行くなとは言わないよ。もし僕が君だったら、ホテルの部屋で時間を無駄になんかしないだろう」

ブレットはシャワーを浴びてひげを剃った。眉のあいだの皺が彼の暗い気分を示していた。国中の男たちが、肉汁たっぷりの骨を前にした犬みたいにテッサによだれを垂らすのを見るのはもううんざりだ。テッサは僕のものだ。彼女の裸体を腕に抱いた男は僕だけだ。この両手と唇と愛の行為で、彼女の美しいシルクのような体のすみずみにまで僕の名前を刻みつけたのだ。

どうしても、もう一度テッサがほしい。なにものもふたりのあいだに入りこめないように、彼女に身を沈め、しっかりと胸に抱いて、彼女にまつわりつく犯罪の影から守りたい。横領犯の隠れみのとして利用されたなどと、誰にも言われなければいいんだが。テッサはサミー・ウォレスが気に入っている。利用されたと知らずに彼が逮捕されたことを聞けば、傷つくだろう。

三十分後、ブレットはテッサのアパートメントのドアベルを鳴らした。やがて待ちきれなくなってベルをあきらめ、手でドアを叩き始めた。

「ちょっと待って！」ドアの向こうでテッサがいらいらとつぶやくのが聞こえた。彼女の機嫌が悪いのに驚き、ブレットの眉が上がった。「誰？」

「僕だ」彼はそっけなく答えた。

ドアは開かなかった。同じようにそっけなくたずねる声がした。「なんの用？」

驚くほど強い怒りがこみあげ、それを抑えようと彼は歯を食いしばった。なんのつもりだろう？　ドア越しに言いあうつもりなんかないぞ。「テッサ、ドアを開けてくれ」自制のきいた声で言い、次にどなった。「早く！」

テッサはドアを開けたが、彼が入ってくるのは阻んだ。その顔は冷たく無表情だったが、緑色の目は燃えるようだ。彼女は情事の経験はなかったが、これだけはすぐにさとったのだろう。愛する男とベッドをともにした次の日、目が覚めるとベッドはからっぽでアパートメントには誰もおらず、行き先や帰る時間を伝えるメモもなく、一日中電話もない、そんな仕打ちには耐えられないと。傲慢《ごうまん》なブレット・ラトランドという男は、自分が去ったときのまま、彼女がまだベッドで待っているとでも思ったのだろうかと。

ブレットは一歩足を踏みだした。ほとんどテッサの頭上におおいかぶさらんばかりだ。それでも、彼女は身を引いて彼をなかに入れようとはしなかった。

彼はダークブルーの目を細めた。体を張って通さないつもりか？　笑える気分だったら笑っているところだ。テッサの背は彼の肩にも届かず、体重は彼よりも確実に四十五キロは少ないはずだ。無骨な彼の体に対し、テッサはシルクとサテンでできているかのようにやわらかい。それなのに意地でも通さないという顔でこちらをにらみつけている。彼女の表情にこれほどかたくなで誇り高いところがあったとは。瞬時に燃え上がる彼女の怒りは、ふだんはけだるい笑みのうしろに隠れている。なぜなら無頓着《むとんちゃく》とユーモアが彼女の鎧《よろい》だからだ。彼女が怒るのは、なにかを本当に恐れているときだけだ。

テッサは恐れていた。ブレットがなにをするつもりか気づく間もなく、片方の腕がテッサのウエストに回り、目線が合う高さにまで体を引き上げられ、足が宙に浮いた。「一晩中仕事だったんだ」冷静で落ち着いた口調で、彼は言った。「エヴァンも僕もベッドに入ったのは夜明けだった。目が覚めるとシャワーを浴びてひげを剃っただけで、すぐここへ来たんだ。自分がどこでなにをしていたか、誰かに説明しなきゃならないなんてことには慣れてない」

テッサはただ彼をにらみつけていた。もしそれが謝罪の言葉なら、まだまだ努力が必要だというしかない。しかしそれはただの釈明にすぎなかった。しかも、いやいやながら口に出したものだ。ただその言葉のなかで、彼はテッサが説明をしなければならない相手だということを暗に認めていた。いきりたつ気持ちはなくなったが、彼女はすべてを許す気にはなれなかった。

「その前にキスだ」

「おろして」ようやく発した声は、ブレットと同じぐらい落ち着いていた。

彼を見つめていたテッサは顔を赤らめた。「だめよ。もしキスすれば、あなたは……私たちは……」

ブレットの口元におもしろがるようなほほえみが浮かんだ。「僕はそのつもりだ。ふたりともいずれそうなる」

彼を殴ってしまいたいわ。「あなたって、エゴだけにはことかかないのね？」

「エゴだけじゃない」そうささやくと、彼は抱いている手に力を込めた。「脚を巻きつけてくれ」

テッサは怒って彼を押しのけようとした。「ブレット、ここは外から見えるのよ！　おろして！」

ブレットはさらに一歩なかに入ると足でドアを蹴《け》って閉めた。「テッサ」うなるように言うと、唇を押しつける。テッサは両手でがっしりした肩を押し返そうとした。彼から逃れようとして、もう一度、さらにもう一度押したが無駄だった。彼の唇は熱く、テッサの唇をむさぼり、唇を割って舌を入りこませようとする。快感が体を貫き、テッサは身を震わせた。ささやくようなうめき声をあげて、彼女は怒りを投げ捨てた。彼を殴りつけるのではなく、愛することにした。愛するのはたたかうよりずっといい。

ブレットは永遠の愛と献身を誓ったわけではなかったが、少なくともこれまでどんな女性にも与えたことのないものをテッサに与えてくれた。説明を求める権利を与えてくれたのだ。彼女が選んだのは簡単に愛せる男ではなかった。しかし彼こそはただひとりの男であり、そのすべてを自分のものにしたいとテッサは思った。

ブレットは息も荒く、貪欲《どんよく》な唇を喉へとはわせていった。ウエストに回した片腕に力を入れ、彼女をぐっと引き寄せる。もう一方の手は彼女の胸にあった。テッサは自然に脚を開いて彼を受け入れた。贅肉《ぜいにく》のない彼のウエストを両腿ではさみこみ、背中で足首を結びあわせる。

「それでいい」彼女の喉元でかすれた声がした。待ち受けるかのような彼女の体に、ブレットが身を押しつける。テッサは片手で胸をまさぐられ、歓《よろこ》びの小さな叫びをあげた。

テッサが身もだえする姿を見て、ブレットは甘美な拷問にはもうこれ以上耐えられなくなり、彼女を抱いたまま寝室に向かった。「愛してると言ってくれ」かすれたような低いささやき声で彼は言った。彼女をベッドに寝かせると、すばやく自分の服を脱ぎ捨てた。

「愛してるわ」彼の目に満足の炎が燃え上がったのが見えた。しかしそこには満足以外のもの、冷たく理解できないなにかが見え、テッサはふいに恐怖を感じた。

だがそのとき、裸になった彼がベッドに入ってきて熱くなったたくましい体で彼女をおおった。彼はすぐに入ってきた。あまりの激しさにテッサは彼の肩に爪を食いこませた。ほとんど暴力的といっていいような強さで、ブレットは彼女を愛した。しかし、そこにはいつも自制が働いていた。ブレットは彼女をコントロールして、ふたりのリズムとペースを決め、テッサのあらゆる感覚を呼び覚ました。彼から与えられた快感はすばらしかった。なのにエクスタシーの頂点にあっても、彼の表情に怒りらしきものがあるのを不思議に思う気持ちは消えなかった。

6

振り込み先にコンウェイ社という架空の会社を指定した小切手数枚分のマイクロフィルム。それを見つめていたブレットの額に汗が浮かんだ。こみあげてくる吐き気をこらえる。なにかを見て、これほど気分が悪くなったのは生まれて初めてだ。彼は目を閉じて力なく椅子の背に寄りかかった。

とても理解できない。どうしても信じられないし、それがなにを意味するのかもわからない。それらの小切手の一番下に書かれた署名の筆跡はとても女らしいものだった。筆跡をごまかそうとして筆記体と活字体の両方を使って書かれていたが、それは問題ではなかった。斧《おの》で殴られたかのような衝撃を受けたのは、その名前だ。テッサ・コンウェイ。テッサ！　信じられない。どうして彼女が？　あれほど強くブレットにしがみつき、あれほど激しく愛しあい、愛しているとささやいておきながら、その裏では彼が守るべき会社から盗みを働いていたとは！

眼前にあるいまいましい証拠からかばうように、ブレットは震える手で両目をおおった。

しかし思いまでは締めだせなかった。思いは刻々と苦いものに変わっていく。僕は利用されたのだ。遠い昔から使い古された動機で。僕とつながりを作っておけば、手軽に金持ちになるためのこのちょっとした計画が見つかっても告発されないと思ったのだろうか？　僕が守ってくれるとでも考えたのだろうか？　なんて女だ、ヴァージンまで捧《ささ》げるとは！　確かに頭はいいのかもしれない。男なら罪の意識と責任感と情熱の鎖にがんじがらめにされて、彼女から自由になることはできないだろう。

まんまといっぱい食わされてしまった。ブレットは苦々しく考えた。しかし、少なくともプロポーズまではしていない。少なくとも彼がどれほど愚か者か、彼女に知られてはいない。彼のプライドにとってはそれが唯一のなぐさめだった。彼女に知られてはいないことが。

張った網に彼が簡単にかかったときは、きっとほくそえんだことだろう。そう思うと、どす黒い怒りがこみあげてきた。最初に会ってから一週間もたっていないのに、彼を惑わせ、仕事を辞めて彼女を牧場に連れていこうとまで思わせたのだ。そして彼女を妻にしたときの未来を夢見させ、子どものことまで考えさせたのだ。

いまいましいのは、もし彼の目が欲望で曇っていなければ、その署名をいつでも確認することができたのに、ということだ。テッサにはこの犯罪をおこなうだけの知識とチャンスがあった。アパートメントは豪華ではないが、あばら屋からはほど遠い。新車に乗り、いい服を着ている。テッサは叔母に面倒を見てもらわなければならないほどの貧しさのなかで育った。貧乏暮らしに戻ったときのことを考えて、保険がわりに盗みを働いたのだろうか?

あのうそつき女め!

彼は椅子をぐいっと押しやって立ち上がり、頭をかきむしった。怒りで全身が震える。怒りはあまりに強く、体のなかで燃えさかっているのがわかるほどだ。動機がなんであれ彼女は泥棒であり、自分は愚か者だ。彼女に熱を上げたばかりに、生まれて初めて自分の仕事をなおざりにしてしまった。こんなことをした自分を許せるようになるにはずいぶん時間がかかるだろう。

ドアをノックする音がしたので、ブレットはくるりと振り向いた。エヴァンにちがいない。「入ってくれ」自分でも驚くほど、その声は抑制がきいていた。

「ラルフがなかなか放してくれなくてね」エヴァンは部屋に入ると、うしろ手にドアを閉めた。ラルフ・リトルはデータ処理部の責任者だ。「あの小切手のマイクロフィルムは手に入ったかい?」

ブレットはデスクを示した。「見てくれ」

エヴァンはデスクに近づき、小切手のコピーに目をやった。一瞬黙りこんだが、うなじをさすりながら静かに言った。「信じられない」

ブレットはなにも言わなかった。

エヴァンはひそかに毒づき始めた。船乗りならほめられるにちがいないようなたぐいの悪態だ。彼は目にあぜんとした表情を浮かべて、ブレットを見上げた。「ぞっとしないな」

苦々しげに口元をゆがませ、ブレットは窓に歩み寄って外を眺めた。「僕もだ」

「くそっ、まさかこんな――あのにせ口座を見つけたときでさえ、こんなことは考えてもいなかったよ。名前が同じなのはただの偶然だと思って深く考えなかったんだ。〝コンメイ〟に似ているから犯人がその名を選んだと思ったしね」

「僕も同じだ」最初の手ひどい衝撃を受けたあと、ブレットはまた自制心を取り戻していた。

しばらくしてエヴァンが言った。「どうするつもりだ？」

「彼女に対する逮捕状を取る。告発するんだ。ここで遂行しろと言われた仕事をやり遂げるまでだ」

その口調の鋼のような冷たさに、エヴァンが顔をしかめた。「二、三日様子を見ようじゃないか。カーター社長に事情を話せば――」

「社長からの指示は、法律が許すかぎり最大限の厳しさで告発することだ。僕はそれを実行する」

「ブレット、やめてくれ。相手はテッサなんだぞ！」

「相手が誰なのかは知っている。泥棒だ」

「僕にはできない」エヴァンはつぶやいた。

ブレットの目は、この世のなによりも冷たかった。そこに浮かぶ表情は、人を寄せつけぬ北極の大地を思わせた。「僕はできる」

どうしてもやらねばならない。その点については選択の余地はなかった。裏切られたという無力感、胸のうちにあったとても大切なものを奪い取られたという感覚を消すことは、なにをもってしてもできない。しかしロサンゼルスへ送りこまれ、遂行すべしと言われた仕事を果たすことはできる。これ以上ばかにされるのを拒むことができる。時間がたてば、テッサにいくぶん感謝する気持ちすらわくかもしれない。一番正しい道は、彼女に会う前に彼がたどってきた道だということをはっきりと教えてくれたのだから。

女を楽しめ。ただしガードをゆるめるな。もう二度と同じまちがいはしない。いま彼がすべきなのは仕事をやり遂げること……そしてテッサのいない夜を耐え忍ぶことだ。たとえ体が彼女を求めていても。たとえ愛しあったときのエロチックで燃えるような思い出で頭がいっぱいになっていても。

すでにそうなってしまった気配を感じて、ブレットは頭を切り替え、デスクに歩み寄るとインターコムのスイッチを押した。「ヘレン、DAのオフィスを呼びだしてくれ」

「地方検事ですか？」ヘレンが確認のため、きき返した。けげんそうな口調だ。

「そうだ」

　インターコムを切ると、ブレットはエヴァンの陰気な顔に目を向けた。

「必要な証拠は揃《そろ》っているが、一応署名の筆跡鑑定を依頼しようと思う」エヴァンが言った。「きっと有罪にできるよ。もし君が望むならね。ただ、頼むから仕事中に逮捕させるのはやめてくれ。彼女にそんなことをしないでほしい」

　ブレットの目が暗くなった。「それは考えていない」彼はぴしゃりと言った。「僕がそんなふうに彼女を辱めるとでも思ったのか?」ふいに体中に痛みが走り、目を閉じた。そうだ、人前で辱めたいわけではない。盗みをしてはいけないということを頭に叩《たた》きこんでやりたい。それが終わったら自分の手首に彼女を鎖でしばりつけてワイオミングに引きずっていき、そこで人生をまっとうさせるのだ。どのようにして自分が利用されたかわかったいまでさえ、ブレットは彼女を求めていた。遊び半分で相手にされたにしても、そのせいで傷ついたことは自分でも承知していた。

　インターコムが鳴った。「ミスター・ラトランド、一番に地方検事のジョン・モリソン氏です」

「ありがとう、ヘレン」

　ブレットは一番のボタンを押した。ヘレンがどうやって検事本人を呼びだしたかいぶかることもなかった。それはどうでもいいことだ。いま彼がすべきなのは、この仕事に意識を集中し、うまく切り抜けることだ。

十分後に電話を切ったとき、胸に大きな穴があいたような気がした。これで歯車が回りだした。額に浮かんだ汗をぬぐい取る。「これを全部、検事のオフィスに持っていかないと」いまいましい小切手のコピーやプリントアウトの束、口座番号のリストを指す。どれも合法的な出金の記録を対象からはずすために使ったものだ。

「ああ。僕がやるよ」エヴァンの口調はうつろで、顔色はさえなかった。エヴァンがこれほどしょぼくれて見えるのなら、いったい自分はどんな顔をしているのだろうとブレットは一瞬思った。

エヴァンはテッサの顔を知っていただけだ。しかしブレットは……なんというちがいだろう、ベッドで欲望にあえぐ彼女を組み敷いたのだ。甘く熱くねばりつくような体は、歓《よろこ》びと忘我の境地で彼の激しい情熱を受け入れた。彼女を妊娠させないようにするだけの理性が残っていたのはさいわいだった……そのことに思いいたったとたん、彼は凍りついた。昨日の午後、戸口に立ったまま彼女を抱き上げ、しっかりと引き寄せたときのことを思いだした。背後で結びあわされた彼女の脚。そのままベッドへ運び、一刻も早くという欲望にのみこまれて避妊することを忘れてしまった。踏みこんで考えれば、もしかしたら避妊する必要などないと思っていたのかもしれない。なぜなら、すぐに結婚するつもりだったから。遅かれ早かれ彼女は妊娠することになっていたはずなのだ。だが、いまとなっては……。

あれも計算のうえだったのだろうか？　テッサは避妊のことは一言も言わなかった。僕の子を身ごもれば、逮捕されても僕が助けざるを得ないと踏んで、わざと無視したのだろうか？

だが、だからどうだというのだ？　故意にか偶然にかに関係なく、もし彼女が妊娠すれば守ってやらなくてはならない。僕の子どもを刑務所で産ませるわけにはいかない。仕事を辞める夢も問題外だ。ジョシュア・カーターに内緒で彼女に対する訴えを取り下げたとあっては首になるのが落ちだ。しかし僕には法的にそれをおこなう権限があり、必要とあらばその権利を行使できる。苦い笑みがブレットの口元に浮かんだ。テッサが妊娠していればいいと思っているとは。自分の頭がどれほどおかしくなっているかを示す、いい証拠だ。テッサが妊娠していれば、彼女がみずから足を踏み入れた混乱のなかから助けだすためのいい口実となる。

「ブレット？　だいじょうぶか？」

ためらいがちに投げかけられたエヴァンの言葉で、ブレットは物思いから覚めた。気がつくと、こぶしをぎゅっと握りしめている。彼は無理やりゆっくりと力を抜いた。「平気だ」この言葉に喉が焼けてしまう気がした。まるで大声で叫んだかのようだ。「これを検事のところへ持っていって、終わらせてしまおう」

その日テッサはビリーとランチをとったが、唇に浮かんだほほえみを消すことも、瞳のきらめきを曇らせることもできなかった。恋をしているのだ。昨日あったことを考えると、ブレットも自分に恋しているにちがいないと思えた。口に出しては言わなかったけれど。彼がそんな言葉を気軽に口に出さないことを、テッサは無意識のうちに気づいていた。彼は感情的に弱い部分を認めたがらないのだ。抑制のきいた性格のせいで、ブレットの心に近づくのは容易ではなかった。しかしテッサは、まばゆいような奇跡が起きて自分がまさにそれをやってのけたことを疑っていなかった。

信じられないほどたくましくセクシーな男性に愛されている自分を振り返ると、不思議な気がする。彼女の人生はこれまで平凡そのものだった。彼の愛を勝ちえるために、目をみはるようなことや称賛されるようなことをしたわけではない。仕事のできるエリート社員でも弁護士でもなく、職業に情熱を傾ける医師でも、才能に恵まれたアーティストでもないのだ。ただの経理事務員で、そんな自分の人生に満足している。野心家というタイプではないのだ。天から恵まれたものは、ユーモアと人生を楽しむ才能だけ。こんな私に彼に愛される資格があるの？　実際に愛されているのだから、そんなことはどうでもいい。そうでしょう！

テッサはあまりに幸福感に満ちあふれていたので、ぞんざいに皿を並べていたウェイターにも満面の笑みを返してしまった。そのせいでウェイターは思わず一瞬足を止め、けげんな面持ちで戻っていった。

「調子がよさそうね」ビリーはわざとそっけなく言った。

「そう？」調子がよい、どころではない。テッサは歓喜の光に包まれている気持ちだった。

「ウェイターがよだれを垂らしていたわよ」ビリーは笑った。「とっても楽しい週末だったみたいね？」

「まさかこんなに速いペースで進むとは思っていなかったわ」テッサは遠回しにビリーの質問に答えた。「恋愛というのは、建物のれんがを一つ一つ積み上げていくようにゆっくり作り上げるものだと思っていたのに」

「ブレット・ラトランドは悠長にれんがを一つ一つ積み上げるタイプには見えないわ。あなたにお説教したのはまちがいだったわね。気の毒に、あなたに見込まれたら男性は逃げられないもの。気をつけなさいと言うべき相手は、あなたじゃなくて彼だったのよ。それで、結婚式はいつ？」

「その話はまだ出ていないわ」テッサは落ち着いて答えた。近いうちにきっと話しあうことになるだろう。「今週末、彼がお休みを取れれば、ワイオミングにある彼の牧場に連れていってもらう予定なの」

「本当に？　家族に会うの？」

「お父さまだけよ。ふたりで牧場を所有しているの。ほかに家族がいるとは言っていなかったわ」

「それならだいじょうぶね。まあ、わからないけど」ビリーは満足そうにため息をついた。「私たち、息が合うわ。週末に関しては」

輝くようにほほえむビリーの顔を見たテッサは、彼女の左手にさっと目を向けた。ダイヤモンドが光っている。テッサは喜びの声をあげると、ビリーを椅子から引っぱり上げるようにして抱きしめた。「いじわるな人！」うれしそうに笑う。「誰かと真剣につきあっているなんて一言も言ってくれなかったわね！　相手は誰なの？　デビッド？　ロン？　ちがうわ、言わないで！　わかってるから！」

「そうかしら」ビリーは笑った。レストラン中の注目の的になっているのも気にならない様子だ。

「パトリックね！」

「どうしてわかったの？」ビリーが叫び、ふたりはもう一度抱きあった。

「乾杯しないとね」そう言って、テッサはライムを一絞り垂らした、彼女好みのミネラルウォーターのグラスを取り上げた。「ビリーとパトリックに！」

「テッサとブレットに！」ビリーがティーカップを持ち、テッサのグラスとかちんと合わせて乾杯した。ふたりは腰をおろし、ビリーがたずねた。「どうしてわかったの？」

「簡単よ、我が友ビリングスリー嬢」テッサはふふんと笑った。「パトリックはほかのふたりより、気が利いてるもの」

ビリーはここ一年ほどパトリック・ハミルトンとデートしていた。そしてほかのふたりの崇拝者とも。だが、誰かを特に気に入っているそぶりは見せなかった。しかしテッサには、ビリーにはパトリックが一番合うように思えた。彼は土木技師で、スーツよりジーンズとヘルメットのほうがしっくりくるタイプだ。その自信たっぷりの男らしさが気むずかしいビリーのハートを射止めたのだろう。

「ありがとう」ビリーがそっと言った。「あなたがいなければどうなっていたことか」

「どちらにしても彼と出会って結婚していたわよ。言ったでしょう、パトリックは気が利いてるって」

「彼が振り向いてくれたのは、あなたと知り合いになってから、パンクバンドのコンサート帰りみたいな服装をしていた私をあなたが変えてくれたからよ。あなたのおかげだっていうことはわかっていたんだけど、気づかないふりをしていたの」ビリーは少し照れたように言った。「パトリックから誘われたときは、現実とは思えなくて頬をつねっちゃったわ。だってあの彼がよ！　私はこのとおりだし。とても信じられなくて、希望は持つまいとしたの。でも週末に……実はね、パトリックは仕事で二年近く海外に行くことになったの。そしたら彼……この指輪を私の指にはめて、こう言ったの。僕にはとても我慢できない――本当にこう言ったのよ――二年も君と離れて暮らすなんて。だから君は仕事を辞めて僕と一緒にブラジルに行くんだって」ビリーはにっこりした。「私、もう少しで舌をかむところだったわ。せっかちにイエスって言ったものだから。今月の終わりに退職願いを出すつもりよ」

ふたりはこのおめでたい話に熱中するあまり、もう少しで午後の仕事に遅れるところだった。

その日一日、テッサはうきうきした気分だった。ブレットから今夜の予定をたずねる電話はなかったが、なぜか連絡があるとは思っていなかった。ふたりの関係がこれほど深まったいま、テッサに予定などないことは彼も承知していると思えたし、その夜会えることを疑ってもみなかった。好意を抱いている男性ふたりからの誘いを断ったときもたいして残念に思わなかった。しょせん彼らはブレットではないのだから。

仕事が終わるとテッサは急いで家に帰り、冷凍庫から牛肉のパックを取りだして、解凍するためシンクに置いた。ブレットがどんな仕事をしているのかは知らないが、昨日の午後ここへ来た彼の顔にはストレスが表れていた。疲れているんだわ。夕食がほしいと言うならここで食べればいい。彼が仕事で来られないとしても、自分の食事を用意する必要がある。テッサはそう割りきって考えた。ただ、今夜彼に会えないと思っただけで寂しい気がした。

キッチンのまんなかでテッサは立ち止まった。目はうっとりとなり、鼓動が速まる。ブレットに会うまで自分がこれほど官能的になれるとは思っていなかった。それなのに、彼を一目見ただけで体が熱くなる。彼を求める気持ちのあまりの激しさに、思わず警戒心がわき起こる。人生すべてが彼を中心に動くようになってしまい、それ以外のことが目に入らないからだ。

彼に愛されるとき、熱に浮かされるような欲望にテッサの理性は吹き飛んでしまう。自分ではその欲望をコントロールできず、したいとも思わない。死ぬまでずっと、毎晩彼と一緒にベッドに入りたい。彼の子どもを産み、彼とけんかし、愛し、牧場では馬を並べて走りたい。あの美しいダークブルーの目に欲望がくすぶり、矢も盾もたまらず彼女に手を伸ばすまで、じらせたい。シルバー叔母さんに話すのが待ちきれないわ……。

シルバー叔母さん！　テッサは叔母からのエアメールが郵便受けにあったのを思いだし、声をあげた。帰ってきたときは冷凍庫から牛肉を出すことばかり考えていて、持っていたものを全部カウチに投げだしてキッチンに駆けこんだのだ。テッサは居間に戻ると郵便物のなかから叔母の手紙を選《よ》りだし、封を切った。

ニュースがいっぱいの長い手紙に、ほほえみを浮かべる。故郷の山々は花盛りで、ガトリンバーグでは早くも夏の混雑が始まっているらしい。ドールショップは順調で、手伝いの人をひとり雇ったという。それから、セヴィアヴィルの古い農家を買いたいという男性がいる。テッサが自分の持ち分を売ることに興味はあるだろうか？

最後の段落になってようやくブレットの名前が出てきた。そこを読んで、テッサは大きな声で笑ってしまった。磁石に引きつけられる鉄よろしく、叔母が彼に注目せずにいられないのはわかりきっていた。

〝そのブレット・ラトランドとかいう男性を連れてきなさい〟叔母は手紙でこう述べていた。〝彼の名前を書くとき、あなたは手が震えているわよ！〟

ドアベルが鳴ったので、テッサは笑いながら手紙を置いた。ドアを開けたとき、ブレットかもしれないという期待で胸が躍った。しかし立っていたのはブレットではなかった。目の前にいるのは知らない男女だ。「テッサ・コンウェイさんですね？」女性がたずねた。「ええ。なんのご用ですか？」

その女性はバッグのポケットからバッジを取りだして見せた。「ロサンゼルス警察のマディソン刑事です。こちらはウォーニック刑事。あなたに逮捕状が出ています」

テッサが自分のアパートメントに戻ったのは、その夜遅くのことだった。明かりをつけることなど思いもよらず、真っ暗ななかを手探りしてカウチに向かい、座りこんだ。そこに置かれたままだったシルバー叔母からの手紙がかさかさと音をたて、テッサは無意識のうちにそれをどけた。体全体が小刻みに震え、止めることができない。

この悪夢が始まって以来、テッサはずっと震えていた。まさかこんなことが起きるなんて。現実のはずがない。最初、テッサはマディソン刑事の言葉を信じなかった。笑い声をあげ、誰のいたずらなのか知りたいと思った。ウォーニック刑事が権利を読み上げ、穏やかに、しかしきっぱりと、バッグを取ってきて一緒に来るようにと命じた。それでもテッサは深刻なことだとは思わなかった。外に連れだされ、あきらかに覆面パトカーらしい車の後部座席に座らされて初めて、これが冗談ではないことに気づいた。体が震えだしたのはそのときだ。

逮捕の容疑は横領だった。彼らの言葉のなかでそれだけはわかった。ふたりはたくさんのことを話したが、いくら気持ちを集中してもテッサはほとんど理解できなかった。あまりに驚き、おびえていたのでのみこめなかったのだ。警察署内は喧噪《けんそう》をきわめていた。人々が入ってきては出ていったが、誰もテッサを見もしなかった。身も凍るほどの淡々とした手際よさでテッサの身柄登録が進められた。指紋を採取され、写真を撮影され、尋問を受け、勧告を与えられる。誰かが指先についた黒いインクを拭《ふ》き取るティッシュをくれたので、テッサは一心不乱に指をぬぐった。両手の汚れを取り除くことが、なによりも大切に思えたのだ。

ようやく、ブレットに連絡しなければという考えが頭に浮かんだ。彼ならこの悪夢から助けだしてくれる。彼のことを考えただけで気持ちが落ち着いた。ブレットに解決できないことなどない。彼ならこの誤解を解いてくれるだろう。これは誤解以外のなにものでもないのだから。

でも、もし彼がホテルにいなかったら？　アパートメントで、なぜ彼女がいないのかと怒りをつのらせながら待っていたら？　誰かほかの男性と出かけたと思われていたら？

——ある意味でテッサはそうしたのだ。ウォーニック刑事に腕を取られて車に乗りこんだときのことを思いだし、テッサはくすくすと笑いだしそうになった。

しかしホテルに電話してみると、ミスター・ラトランドに誰からもつなぐなと言われていると告げられただけだった。緊急だと説明しようとしたが、ホテルの電話オペレーターは聞く耳を持たなかった。必死の思いでテッサはエヴァン・ブレイディの部屋を呼びだした。ブレットは仕事に忙殺されているのだろう。エヴァンなら、ブレットに伝言を伝えてくれる。

エヴァンは二度目の呼び出し音で電話に出た。テッサはもどかしい思いで口早に自分が誰かを説明し、ブレットに話したいことがあると告げた。長い沈黙のあと、エヴァンは抑揚のない声で答えた。「彼はもう知っているよ」

指がひどく震えて、テッサはもう少しで受話器を取り落としそうになった。「な、なんですって？」思わず言葉に詰まった。「どうして……いいえ、そんなことはどうでもいいわ。彼はいつ戻ってくるんですか？」

「いや……それは……戻ってくるとは思えない」

全然わけがわからない。テッサは目を閉じ、しばらく前から感じ始めた吐き気とたたかった。「どういうことですか？　私の話をわかっていないいんじゃ――」

「いや、わかってる」電話の向こうの声が少しかすれたようだ。「ミス・コンウェイ……テッサ……ブレットは君を告訴した人間のひとりなんだ」

エヴァンはそれ以外なにか言ったのだろうか？　テッサにはわからなかった。受話器を耳から離すと、こぶしが白くなるほどしっかり握りしめたまま座りこんだ。やがてウォーニック刑事が彼女の手からそっと受話器を取り上げ――おそらく規則違反になるのだろうが――誰かほかの人に電話しようかと言った。テッサは断った。心はうつろで、感情は凍りついてしまった。ほかの誰に電話しろというの？　そもそも電話してどうなるというの？

テッサは、マディソン刑事とウォーニック刑事が心配そうな視線を交わしたのに気づかなかった。手に押しつけるようにして渡された濃いブラックコーヒーの入った発泡スチロール製のコップだけを見つめ、それ以外のすべてを意識から追いだしていたからだ。コーヒーを口にすることはなかったが、それでもしっかりと握りしめていた。冷たくなった手にぬくもりが感じられるのがありがたかった。

弁護士を雇う余裕がなければ裁判所が代理人を指名してくれると聞かされ、テッサはわけがわからないというように顔をしかめた。「弁護士を雇うことはできます」静かにそう言って、ふたたびブラックコーヒーの表面に浮かぶ渦に視線を戻した。

保釈証書に自分で署名していいと言われて署名したが、テッサはひとまず自由の身になったことを理解せず、座り心地の悪い硬い椅子から立とうとしなかった。十一時に勤務が終わったマディソン刑事が自分の車に連れていってくれて、テッサはやっと家へ戻ることができた。

テッサはなにも考えられなかった。形にならない言葉が頭のなかに渦巻いていたが、それをとらえて筋道の立った考えを形作ることはできなかった。ようやく体をのろのろと動かし、ぎこちなくカウチの上で丸くなった。絶対に目を向けまいとしている痛み、彼女を待ち受けている痛みから自分を守るかのように。その痛みは、いまにも彼女に飛びかかり八つ裂きにしようと待ちかまえる獣のように、意識のすぐ外側にうずくまっている。それを見ようとしなければ、その存在を認めなければ、安全でいられる。私は安全なのよ。そう自分に言い聞かせながら、テッサは心地よい眠りの暗闇《くらやみ》に沈んでいった。

目が覚めたときはすっかり明るくなっていて、テッサは急いで飛び起きた。頭のなかはまだ完全に目を覚ましきっていなかったが、とっさに遅刻だと思った。急がなければ仕事に遅れてしまう。なぜカウチに寝ていたのか不思議に思うこともなく、皺《しわ》になった服を急いで脱ぎ捨ててバスルームに駆けこんだ。

シャワーを浴びようとして、ようやく昨日のことを思いだした。ぐったりと壁に寄りかかると、唇が震えだした。遅刻ですって？　守衛は私をなかに入れてはいけないという命令を受けているにちがいない！　私は職を失ったのだ。ほかに確かなものがなにもなくても、それだけは確かだ。

初めて涙が出たのはそのときだ。無意識のうちに石鹸《せっけん》で体を洗い、シャワーで流しながら、テッサは身も世もなく泣いた。どうして私にこんなことが？　ばかげてるわ。盗みを働いたことなんか一度もない。どうしてブレットはそれがわからないのかしら？　わかって当然なのに！　誰かがわざと私に横領の罪を着せたとしか思えない――それ以外に考えられない！　ブレットと話をしなくては。私を泥棒というからにはしっかりした証拠があるはずだ。それでも、彼に無実を信じてもらわなければならない。

テッサは急いでシャワーを止め、タオルで体を拭くと、それを体に巻きつけたまま電話に向かった。カーター・エンジニアリング社の番号を押す。ブレットのオフィスまで簡単につなげてもらえたので、気持ちが一気に高まった。しかし電話に出た秘書のヘレンに、ブレットと話したいと告げると彼女は口ごもった。

「申しわけありません」ようやくヘレンが言った。「ミスター・ラトランドは電話に出られません」

「お願いします」テッサは頼みこんだ。「テッサ・コンウェイです。どうしても話したいんです！」

「申しわけありません」ヘレンが繰り返した。「あなたからの電話はつなぐなと、はっきり指示されていますので」

電話を切ったテッサは、また震えだした。どうしたらいいのかしら？　私になにができる？　ブレットに拒まれたことで、彼女は自分を見失ってしまった。いいえ、自分を見失ってなんかいないわ。

やがてテッサは大きく息を吸い、背筋を伸ばした。それなら今夜、ホテルで直接会えばいい。私を泥棒と思わせておくつもりはない。ブレットがこの訴えを起こした人間のうちのひとりだということも、彼自身の口から聞くまでは信じるつもりはなかった。こうしているあいだにも自分を守る手段を見つけなければ。大きなショックを受けたが、気概までなくしたわけではない。やってもいないことでおとなしく刑務所に送られるなんてごめんだ。最初にすべきこと、それは弁護士を見つけることだ。それには電話帳がいる。

正午になる前にテッサはカルヴィン・R・スタインという弁護士を見つけ、会って長い時間話をした。駆け出しの法廷弁護士であるカルヴィンは、三十代初めの目の鋭い男だった。彼はテッサの話をかたっぱしから書き留めた。ほとんど関係ないと思えるものばかりだったが、テッサは質問にはどれも進んで答えた。

弁護士は今後のなりゆきを教えてくれた。このような重罪の場合、まず大陪審で予審をおこない、証拠を検討して、カリフォルニア州が正式起訴をするに足るものであるかどうかを決定する。大陪審で証拠が不充分と見なされれば彼女に対する訴えはすべて取り下げられる。

テッサはその点に希望を託した。もし正式起訴になれば……とても耐えられない。

ようやく弁護士のオフィスを出たときは体に力が入らず、歩けそうにないほどだった。そういえば、ビリーとふたりで笑いあい、乾杯しあった昨日のランチ以来なにも食べていない。たった二十四時間前までは太陽はどれほどさんさんと輝いていたことか！　いまはすべてが灰色だ。南カリフォルニアの春の日のきらめきも目に入らなかった。

なにか食べなくてはと思ったが、そろそろブレットがホテルに戻ってくる時間だ。絶対に彼をつかまえなくては。彼が泊まっているホテルへ行き、ホテル内のコーヒーショップでなにか食べることにすれば確実だろう。

コーヒーショップに入ってクラブサンドイッチを注文したものの、ほとんど食べることができなかった。一切れかんでいるうちにサンドイッチはどんどん大きくなるかのようで、そのうえなんの味もしなかった。無理やり一口のみこむと、今度はレタスを抜き取り、細かく裂いて少しずつ食べた。

グラスに入ったミネラルウォーターをちびちびと飲みつつ数分ごとに時計をチェックする。ブレットは五時ちょうどにオフィスを出るのかしら？　彼がどんな習慣を持っているのかを知るほどつきあいが長いわけではないのだ。テッサは鋭い痛みとともに、そのことに気づいた。彼女が横領などするはずがないとブレットがまっさきに思うほど、長いつきあいではないのだ。

ウェイトレスにちらちらと疑わしげな視線を向けられていることに気づいたテッサは、いよいよ運を試すことにした。もしブレットが部屋にいなければ、しばらくロビーで待ってもう一度訪ねればいい。さいわい部屋番号をきく必要はなかった。先週、連絡が必要になったときに備えてブレットが教えてくれたからだ。

上がっていくエレベーターのなかで膝ががくがく震え、テッサは手すりにしがみついた。彼の部屋を探すあいだも震えは止まらない。やっと見つけると、テッサはなにも書かれていないドアの前で立ちつくした。なかに入れてくれなかったらどうしよう？　何度か深く息を吸ってから、テッサはドアを勢いよくノックした。

誰かを待っていたのだろう、ブレットは確認もせずにドアを開けた。そして凍りついたようにテッサをじっと見た。荒削りな顔に軽蔑《けいべつ》の表情が浮かぶ。「まさかここに来る度胸があるとは思わなかったよ」彼は冷たく言った。

「あなたに話があるの」彼の表情を見て泣きだしたい気持ちをこらえ、テッサは必死に言った。

「そんなことが必要なのか？」うんざりしたという口調だ。「なにも解決しない。僕の時間が無駄になるだけだ」

「あなたに話があるの」テッサは繰り返した。ブレットはため息をついて一歩下がり、ドアを大きく開けた。

「それならさっさと終わらせよう」

テッサはなかに入った。神経質に指でバッグをさわる。彼に会ったら一番に自分が無実だと言おうと思っていたが、いざ顔を合わせ、彼の目に浮かぶ嫌悪の表情を見たとたん、できなくなってしまった。まるで彼女が部屋のなかに悪臭を持ちこんだかのようだ。ブレットは苦しんでいるようには見えなかった。こんなことをせざるを得なかったせいで、テッサが受けたのと同じぐらいのひどい苦しみを味わっているようには見えなかった。いつもどおり冷静で自制がきいている様子だ。彼の目には、ふたりでわかちあった愛の時間を思いださせるようなものはまったくなかった。

テッサは部屋のまんなかで立ち止まり、小刻みに揺れる指の動きを止めようとした。「エヴァン・ブレイディが――」声が震え、彼女は口ごもって咳払《せきばら》いした。「エヴァン・ブレイディが、あなたは私を訴えた人のうちのひとりだって言ってたわ」

「そのとおりだ」ブレットはあっさり言い、彼女から離れて窓の前のライティングデスクにもたれた。長い脚を伸ばし、面倒くさそうに足元で交差させる。

「あなたはそんなこと一言も――」

いきなりブレットが笑いだした。冷たく軽蔑に満ちた笑い声。生皮をはがされるような痛みにテッサは身をすくませた。「僕たちがセックスしたから、僕が君にのぼせ上がったから、盗みを見逃すとでも思ったのか？　君とのセックスはなかなかよかった。それは否定しない。だが僕には果たすべき仕事があったんだ」

テッサは呼吸をするのさえ忘れて、じっとブレットを見つめた。鼓動の音が大きくなり、頭のなかに響き渡った。これは彼の言葉じゃない！　テッサは彫像のように身動きもせず、真っ青な顔で立ちつくした。燃えるような目でブレットを見すえる。彼の言葉がゆっくりと心に染み渡り、自分のなかでなにかが死んだような気がした。舌はあまりに重く動こうとしなかったが、なんとか言葉を絞りだした。「まさか……まさかあなたが私を誘ったのは、それだけが……それだけが目的で……」

「おかげで調査がはかどったよ」そう言って、ブレットは笑顔を見せた。「君が提供してくれた特別手当を楽しむべきじゃなかったのかもしれないが、君はずいぶんセクシーだったし、逃げだすのを防ぐためにも安心させたかったんだ」歯を食いしばりながら笑顔を作ってみせる。テッサみずからが口実を与えてくれたことがありがたかった。もう少しで降伏しそうになっているなどと、さとられてはいけない。なにはなくともプライドだけは守らなければ。くそっ、彼女はなんて魅力的なんだ。この繊細な女性が横領を働くなどありえないことのように思える。自分の目で証拠を確かめたというのに。

「それからもう一つ」苦い思いをさりげない口調の裏に隠して彼は言った。「日曜の午後は君のおかげで理性を失ってしまって、し忘れたことがある。まさかとは思うが、もし妊娠していたら知らせてくれ。まったく、君がわざとそうしたかもしれないと気づくべきだった。妊娠すれば事情は変わるからな」彼は心ならずもつけ加えた。

テッサは微動だにしなかった。その顔は蒼白《そうはく》だ。「事情が変わるとは思えないわ」そう言うと、彼女は立ち去った。

7

いままでにも傷ついたことはあったが、ブレットのホテルの部屋を出たときほどの思いをしたことは、テッサには一度もなかった。痛みはあまりに深く、激しく、どこまで広がっているのかさえわからない。しかし、ある意味でその痛みはありがたくもあった。おかげでショックに対しても無感覚になったからだ。

ブレットは私を愛していなかった。しかもずっと利用していたのだ！　ふたりのあいだにはなにか特別なものがある、かけがえのないものがあると思っていたのに、調査のために私を選びだしただけだった。私が愛と思いこんでいたものはまぼろしだった。ブレットがなにか感じていたとしても、それは欲望にすぎなかったのだ。私が差しだしたから、ブレットは私の体を利用した。彼にとっては、あれはつかの間の情事以外のなにものでもなかったのだ。

すべてがあきらかになったいま、テッサは初めてディナーに誘われた際に彼がなにげない質問をしたことを思いだした。かすれた笑い声がもれる。会話を盛り上げ、相手のことを早く知ろうとしてたずねたのだとばかり思っていた。ところが、彼は情報を探りだそうとしていたのだ！

まるで……汚されたような気がした。逮捕されたときも指紋を採取されたときも、こんな気持ちにはならなかった。なぜなら、その告発に対して、ブレットがおこなった告発に対して、自分が無実だと知っていたからだ。しかし、いまは心と体の両方を踏みにじられた気分だった。知るかぎりのあらゆる意味でなにも疑わず率直に彼に愛を捧《ささ》げたのに、ブレットは彼女をまるで売春婦のように利用した。心を踏みつけにしたことなど気にも留めず、彼女が汚されて抜け殻のような気持ちでいることも無視して、くるりと背を向けたのだ。

テッサは息が詰まりそうなほど大きなかたまりを喉に感じた。無理やりそれをのみこみ、あたりを見回して驚いた。自分のアパートメントに戻ってきている。どうやってここまで来たのだろう。ブレットのホテルの部屋を出てからの記憶はいっさいなかった。壁の時計を見ると、たいして時間はたっていない。たぶんまっすぐに帰ってきたのだろう。

打ちひしがれたことはこれまでに何度もあったが、テッサはいつも必ず立ち直り、ユーモアと人生を楽しむ力を取り戻してきた。いまユーモアは消え去ったが、そのかわりに鉄の意志が備わった。絶対に負けることをみずからに許さない鉄の意志。ブレット・ラトランドに胸破れる思いをさせられたからといって、やってもいない犯罪でむざむざ刑務所に入るつもりはない。無実を証明するためならなんでもする。ブレットに打ち負かされるのは、彼女自身がそれを許したときだけだ。テッサにはそうするつもりはなかった。

いま彼女に残されたもの、それはプライドと自分が無実だという確信だけ。これだけで生き延びてみせる。痛みに背を向け、ブレットのことは頭から追い払わなければ。彼のことをくよくよ考え続けていたらどうかしてしまう。

この決意とともに、テッサの心のなかでドアが一つばたんと閉まった。電話に向かう彼女の表情は穏やかだった。いま必要なのは絶対に裏切らない、ただひとりの人間だ。

「テッサ、あなたの声が聞けてうれしいわ！」何百キロという距離と三つの地域時間帯《タイムゾーン》を隔てて、シルバー叔母はうれしそうに声をあげた。「ちょうどあなたのことを考えていたのよ。結婚式のことで電話したの？」

「いいえ」テッサは落ち着いて言った。「シルバー叔母さん、私、逮捕されたの。来てもらえるかしら？」

五分後に電話を切ったとき、翌日にはそちらへ行くからだいじょうぶ、というシルバー叔母の静かな励ましの声が耳に響いていた。ブレットの裏切りとは正反対の愛と信頼の見本を求めるとしたら、それはまさにシルバー叔母だった。叔母はなにもきかずにすぐさま救いの手を差し伸べてくれた。叔母の憤りはあまりに激しく、この瞬間にブレット・ラトランドに手をかけることができれば、彼は身を守るひまもなく叔母に八つ裂きにされていただろう。

電話を切るか切らないかのうちにドアベルが鳴った。昨夜、ドアの外にふたりの刑事が立っていたこと、そしてブレットを待ち焦がれていた気持ちを手ひどく踏みにじられたショックを思いだし、テッサは凍りついた。なにか悪いことが起きたの？　保釈が取り消されたのかしら？

「テッサ？　だいじょうぶ？」

それは心配そうなビリーの声だった。友人を招き入れようとドアを開けながら、ビリーはどこまで知っているのだろうとテッサは思った。オフィスではもう私の逮捕の噂《うわさ》が広まっているのだろうか。

なかに入ってきたビリーは心配そうな目をしていた。「病気なの？　今日あなたがどうして出社しなかったのか誰も知らないの。ランチのときに電話をかけたんだけど、誰も出なかったわ」

「コーヒーを飲む？」感情を表さない落ち着いた声でテッサは言った。ビリーはすでに一つの疑問に答えてくれた。テッサが休んだ理由はまだみんなに知られていない。もちろんいずれは誰もが知ることになるだろう。ゴシップは必ずもれるものだ。細かいほこりが床のひびわれに入りこむように。

「先に答えを聞きたいんだけど、ともかくコーヒーをいただくわ」ビリーはいらだたしそうに言った。

もちろん打ち明ければいい。このことを隠す必要などない。なにも悪いことはしていないのだから。「首になったんだと思うわ。きっと」苦いほほえみが口元に浮かんだ。解雇通知を受け取ったわけではないが、逮捕状が出たのだから当然だろう。

テッサについてキッチンに向かいながら、ビリーは次々と質問を浴びせかけた。「首になった？　ばかなことを言わないで――なにを言っているの？　どうしてあなたが首になるのよ？　ブレットのことはどうなったの？」

テッサは棚からコーヒーの缶を取りだし、淡々とコーヒーをいれる準備を始めた。「ブレットが私を逮捕させたの」どうでもいいことだと言わんばかりの口調で言う。「横領の容疑でね。私に興味を持ったのは、調査を進めたかったからだったのよ」

テッサは振り向いてビリーを見た。この突然の打ち明け話でふたりの友情は終わってしまうのだろうか。いまの時点では、テッサはシルバー叔母以外の人間を信用する気になれなかった。

ビリーの頬が赤黒く染まった。「本当なの？」かすれた声でたずねる。

テッサはなにも言わなかったが、その青白い、表情のない顔を見てビリーはさとったのだろう。

「あいつ、なんにもわかっていない大ばか野郎だわ！」両手をぎゅっとこぶしに握りしめながらビリーは言い捨てた。「あなたが泥棒だなんて……それならうちの母だって泥棒よ！　どうやってそんなばかげた話をでっち上げたのかしら？　いったいどんな証拠があるというの？」

「知らないわ。今日弁護士を雇ったの。きっと彼が見つけてくれると思う」ビリーがすぐさま味方についてくれたことで、テッサは凍っていた心の一部が温められたような気がした。でも、それはほんの小さな一部でしかない。あとのほとんどは一時間前に死んでしまったからだ。

ビリーはテッサを見つめた。その目にうつろな表情が浮かんでいる。ビリーは唇を震わせた。「なんてことなの。とても耐えられない」そうささやいて手を伸ばし、テッサをしっかり抱きしめる。「あんなにしあわせそうだったのに、彼からこんな仕打ちを受けるなんて……明日退職願いを出すわ！　あんな怪物と働くなんてもうできない！」

「私ならだいじょうぶ」テッサは静かに言った。「自分が無実だって知ってるもの。それがなによりも大切だわ。私のために会社を辞める必要なんかないのよ。パトリックと結婚したら、いろいろなものを買うお金が必要になるでしょう」

「でも――」

「お願い。そんな必要はないの」

テッサの言葉にビリーはようやく納得し、仕事を辞めるのはあきらめた。しかし気性の激しい性格が頭をもたげ、アパートメントのなかをすごい勢いで歩きまわりながら、ブレットなんか八つ裂きにしてやるとどなり、テッサを守るためにどんな手が使えるか熱っぽく語った。テッサは黙ったままで、あまり真剣に聞いていなかった。未来に対する興味はすっかり色あせてしまった。彼女には本当の未来などないのだ。もし汚名を晴らしたとしても――いや、絶対に汚名を晴らすのだ――真に人生を取り戻したとはいえないだろう。なんの喜びも感じることもなく淡々と生活を繰り返すだけだ。笑いのこだましか残っていない抜け殻のような生活を。

ビリーが落ち着いたので、ふたりはテーブルについてコーヒーを飲んだ。ビリーはテッサを元気づけようとし、テッサはビリーを安心させるためだけにそれに応《こた》えようとした。しかし事件のことはまるで歯の痛みのようだった。いくらほかのことを話していても、結局はそのことに意識が戻ってしまうのだ。

「職場ではなんの話も出ていないの」ビリーは不思議そうに言った。「ペリーでさえ知らないはずよ」

苦い表情を浮かべてテッサは言った。「このことを隠そうとは思わないわ。私は犯人じゃないんだし、自分の罪を認めるような行動はとらないつもり。たぶんブレットとエヴァンには内密にしておきたい理由があるんでしょう。でも私に関するかぎり、誰に知られてもかまわないわ。最後の最後まで戦うつもりだっていうことを知ってほしいの」

「私に話を広めてほしい？」ビリーがおずおずとたずねた。

「お願いするわ。こういう格言があるでしょう、攻撃は――」

「最大の防御なり。了解。これできっと彼も考えこむはずよ」

「彼がなにを考えようがどうでもいいの。私は自分の人生のために戦っているんだから」

テッサはきっぱりと言った。

ビリーが帰ってしまうと、テッサは家のなかがすべて施錠されているかどうか注意深く見て回った。しかしそれでも無防備な感じがした。まるで誰かが壁の向こうからこちらをのぞいているかのようだ。そのとき恐ろしい考えが浮かんだ。ここは盗聴されているのかしら？　大急ぎであたりを見回したが、こういう事件で盗聴器が使われることなどまずありえないと思い直した。

体をひきずるようにしてシャワーを浴びに行き、寝る支度をする。しかし寝室に入ろうとしたときテッサの足は止まり、目はベッドに釘《くぎ》づけになった。あのベッドで寝ることなんてできない。ブレットがあそこで一緒に眠り、肌と肌とを触れあわせて愛の世界へと導いてくれた。一晩中抱きしめていてくれたのだ――なのに、それはすべてうそだった。彼女を信用させようとする演技だったのだ。彼の腕のなかにあったのは、安心ではなくうそだった。

テッサは身震いして予備の毛布を取り上げ、居間に戻って昨夜と同じようにカウチの上で丸くなった。真っ暗ななかで横たわり、うつろなまなざしを暗闇《くらやみ》に向ける。いつになったら怒りを感じるのかしら？　怒りを感じることができるのかしら？　怒りはいま彼女が必要としている力を与えてくれるはずだ。ところが、いま感じているのは裏切られたというむなしさがもたらす痛みだけだ。あまりに深く、涙さえ出ない痛み。けさシャワーを浴びながら彼女は泣いた。しかし、それはまるで何年も前に誰か別の人に起きた出来事のようだ。

ブレットが逮捕にかかわっていると知ったときもうそだと思いたい気持ちがあった。彼女自身傷ついていたが、彼も傷ついていると思っていた。あまりに明白な証拠が見つかったせいで彼女を告発せざるを得なかったのだと思いたかった。はっきり言葉にして考えたことはなかったけれど、すでに彼を許していたのだ。愛しているばかりに。けさはまだ希望を持つ余裕があった。

だが、いま彼女の目の前にあるのは寒々とした長い年月だけだ。アンドリューと別れたあと、深く傷つきながらも、心のどこかではまた太陽の輝く日が来ると感じていた。打ちのめされたわけではなかった。怒り、傷ついてはいたけれど、打ちのめされたわけではない。なぜなら、裏切られたことで心が粉々になるほどにはアンドリューを愛してはいなかったからだ。

けれども、誘惑好きの陽気な少女にもついに運命に借りを返すべきときがきた。いままでは浅い傷だけですんだが、今度はそうはいかない。たとえ無実が証明されても、ブレットが彼女を愛していなかったという事実、一度も愛したことがないという事実は変わらないのだ。

テッサは苦々しい思いで考えた。いままでは自分の魅力を当然のものと考えていた。今度のことは因果応報なのだ。どんな男性も彼女の魅力に抵抗できないことをあたりまえと考えて、ブレット・ラトランドがそうならないことなど考えもしなかった。これまで、けだるいほほえみと長いまつげをもってすれば、どんな男性も彼女に夢中になった。しかしブレット・ラトランドにはそれが通用しなかった。テッサを意のままにあやつりながら、ブレットはほくそえんでいたにちがいない。そのあいだずっと、テッサは相手を魅了しているのは自分だと思いこんでいたのだ。

でも、神に誓って言えるけれど、悪意を持って男性を誘惑したことは一度もない！　こんな仕打ちを受けるいわれなんかないわ！

それは昨日にもましてひどい、人生で最も暗い夜になった。昨夜はほとんど感覚が麻痺《まひ》していたし、眠ることもできた。ところが今夜は眠れなかった。横になっていても眠りは訪れず、毛布のなかでさえ体は凍え、どんな祈りの言葉も心の暗闇を晴らしてはくれなかった。鼓動はゆっくりと重苦しく、愛する男性の腕のなかで感じる歓《よろこ》びや興奮によって速くなることは二度とないように思えた。

夜明けになり、テッサは起きだして朝食の用意をしたが、無理してもトースト一切れしか食べられなかった。シルバー叔母の飛行機の到着時間まではまだ何時間もあるのに、それまでなにもすることがない。

テッサは服を着て、車でロサンゼルス国際空港に向かった。そしてコーヒーショップに入り、コーヒーを何杯もおかわりして数時間をつぶした。そのせいで胃が苦しくなり、制酸剤をいくつか買わなければならなかった。座り心地の悪い椅子に座ってシルバー叔母の飛行機を待っているあいだ、頭のなかはからっぽで、どうでもいいことしか考えられなかった。

飛行機は一時半に到着し、テッサが待っているとシルバー叔母が出てきた。叔母の姿を見たとたん、肩の重荷がいくらか減ったような気がしてほほえみさえ浮かんだ。

「テッサ、よく迎えに来てくれたわね」テッサの声とよく似た叔母のハスキーな温かみのある声は、愛情あふれる腕に抱かれたように心地よく響いた。家族ならではの強い愛と忠誠心を込めて、ふたりは抱きあった。

「来てくれてうれしいわ」テッサはただそう言った。

「来たからにはあなたが必要とするかぎり、ここにいるつもりよ。ガトリンバーグはしばらく私がいなくてもだいじょうぶ」

ふたりはシルバー叔母のスーツケースを受け取った。車に着くまでに、シルバーはすっかり計画を練り上げていた。愛する姪《めい》をむざむざ刑務所送りにするつもりはない。ブレット・ラトランドには、怒り狂った猫の尻尾《しっぽ》をつかんだことを後悔させてやらなければならない。まずはテッサが雇った弁護士に会って、テッサのために死にもの狂いで戦ってくれるかどうか見きわめなくては。

正午には、カーター・エンジニアリング社の全社員にテッサ・コンウェイが横領の容疑で逮捕されたという噂が広まっていた。

ブレットは冷たい怒りを感じた。くそっ、なるべく長く伏せておけるよう打てる手はすべて打ったのに。テッサのしたことは許せなかったが、力の及ぶかぎり助けたいと思っていた。最悪の事態から彼女を救うことができなかったという苦い思いが、体内にひそんだ飢えた獣のようにブレットをさいなんだ。たった二日、ゴシップを抑えておくことさえできなかった。今回のことを知っているのは、彼自身を除けばエヴァンだけだ。ヘレンも、勘がいいからいまごろはもう事態を察しているだろうが。しかしふたりに問いただしてみると、誰にも一言ももらしていないと言う。

ヘレンは心配そうにブレットのいかつい顔を見やった。これほど憔悴《しょうすい》した男性の顔を見るのは初めてだ。「けさ、十人以上からそのことをきかれましたよ」ヘレンは言った。「出どころを探りましょうか？　誰かがしゃべったにちがいありません」

「見つけてくれ」ブレットはそっけなく言った。ヘレンは有能で意志も強い。必ずや今日のうちにゴシップの出どころをつきとめてくれるだろう。そいつをつきとめたら、もう少し落ち着いた気分になれるだろうか。しかし、この三人のほかにいったい誰が知っているというんだ？

ブレットは会社一の人気者からはほど遠い。仕事柄、それは無理なのだ。彼のよそよそしい性格が、人との距離を縮めることをさらにむずかしくしていた。しかし、その朝ほど自分の不人気をありありと感じたことはなかった。ビルの人間がみな彼に冷たい視線を向けた。守衛まで。テッサの魅力は会った人すべてをとりこにしてしまっていて、たとえどんな証拠があろうと目をつぶり、彼女の味方になろうとしているかのようだ。

一時間ほどたったころ、テッサの友人のマーサ・ビリングスリーが腕を組み、顔に敵意をみなぎらせて彼の部屋に立っていた。「あなたがこのニュースの出どころをつきとめたがってるって聞いたわ」ビリーは冷たく言った。「言ったのは私よ」

ブレットは立ち上がった。小柄な赤毛のビリーの上にそびえたつような長身。それでも、ビリーはにらみつけるのをやめなかった。「君は彼女の友達だろう」彼はぴしゃりと言った。

「そうよ。だからこそテッサがどんなにひどい目にあっているか、みんなに知ってほしかったの。生まれてから一ペニーだって盗んだことのない人なのよ。もし私の言うことが気に入らなければ首にして」

「そのことは誰から聞いたんだ？」ブレットはビリーの最後の言葉を無視してたずねた。

「テッサから」

理由はわからないが、ブレットはテッサ本人が広めたとはまったく思っていなかった。できるかぎり隠しておこうとするにちがいないと思ったのだ。「電話があったのか？」

「いいえ。昨日の夜彼女のアパートメントに行ったの」

ブレットはゆっくりとてのひらを握りしめた。ホテルの彼の部屋を出ていったとき、テッサの顔は蒼白《そうはく》で表情はうつろだった。彼女が言い残した言葉が頭のなかをぐるぐる回っていたが、その意味をつかむことはできなかった。〝いいえ、事情が変わるとは思えないわ〟よそよそしい声でそう言い、静かに去っていったテッサ。たとえ自分が妊娠していても彼が告発を取り下げるはずはない、と言いたかったのだろうか？　その顔はあまりに青白く、思わずあとを追いそうになったが、プライドがそれを許さなかった。彼女がうそつきで泥棒だとわかったというのに、雌犬を追いかける雄犬のようにのこのこついていくわけにはいかない。

「彼女は元気だったか？」その言葉が思わず口をついて出た。

ビリーは刺すような目でブレットを見た。「あなた、心配なの？」

「やめてくれ。元気なのか？」自制の糸が切れそうになっているのを感じて、ブレットの頬の筋肉が引きつった。

怒りだしたら止まらないビリーはあとに引くつもりはなかった。「気になるのなら、自分の目で確かめるといいわ。テッサがなかに入れてくれるかどうかあやしいけど」ビリーは部屋を飛びだし、ドアをばたんと叩《たた》きつけていった。あの小柄な赤毛の生意気女をつかまえて揺すぶってやりたい。しかし同時に、ブレットは感心せずにいられなかった。彼に刃向かえる人間などほとんどいないのだ。

彼はそわそわと窓際に歩み寄った。テッサはなにをたくらんでいるんだ？　カーター・エンジニアリング社の人間を大勢味方につければ、告発が取り下げられるとでも思っているのだろうか？

テッサの考えなどわかるわけがない。彼女は泥棒であり、人をだますことにかけては天才なのだ。動かぬ証拠を目の前につきだされて真実を受け入れざるを得なくなるまで、彼自身だまされていたのだから。その演技はあまりに完璧《かんぺき》で、いまでもまだ心のなかで二つのイメージがたたかっているほどだ。テッサに表の顔と裏の顔があったという事実が、彼にはどうしても理解できなかった。

それでも、ブレットはテッサを自分のものにしたかった。なんということだろう。彼はいまだにテッサを求めていた。

テッサはベッドのシーツをはぎ取って新しいシーツを敷いた。「叔母さんはベッドで寝てちょうだい」テッサは穏やかな口調でそう言った。「私はカウチで寝るわ」

「とんでもない」テッサと一緒にシーツの皺《しわ》を伸ばしながらシルバーが言った。「私がカウチに寝ますよ」

「きゅうくつよ、ふたりでカウチに寝るのは」テッサは顔を上げなかった。「私はベッドで寝られないの。カウチに寝ているのよ、この前――」

言葉を切ったまま、テッサは手だけを忙しく動かした。シルバーは心配そうに姪を見やった。テッサは変わってしまった。逮捕されて気が動転しているだけではない。誰だってそんな目にあえば不安で頭がおかしくなってしまうだろう。しかしテッサには神経質なところはなかった。むしろ不自然なほど落ち着いている。だが、内側から輝きを放っていた光が消えてしまっていた。シルバーは、それが永久に消えたとは思いたくなかった。けれど、こんなテッサを見るのは初めてだ。アンドリューと別れたあとでもこんなことはなかった。

シルバーはベッドに目をやり、テッサを見た。「その男はあなたを誘惑したのね？」

「私、そのときは愛しあっていると思っていたの」沈黙のあと、テッサが言った。彼女は叔母にほほえんで見せたが、目は笑っていなかった。「だいじょうぶよ。少なくとも妊娠はしていないわ」

「本当に?」

「ええ。けさわかったの」これでもうブレットはなにも心配しなくていい。雑念に惑わされずに私を告発することができる。そこまで考えて、テッサは彼のことを頭から追いだした。

これ以上考え続けていたら気がくじけてしまう。それだけはいやだ。痛みから逃げ続けなければまともに動くことすらできなくなる。そのために、テッサは目の前のことだけに意識を集中した。彼と一緒に過ごした時間を思いだしてもなんの足しにもならない。精神的に苦しくなるだけだ。

本当に疲れてしまった。こんなに疲れたのは昨日寝ていないからだけれど、今夜は少しは眠れるだろうか。目は燃えるようだったが、閉じて眠るのはむずかしい気がした。

電話が鳴り、テッサは飛び上がった。顔から表情が消え、まなざしはうつろになった。

「出てちょうだい」彼女はとっさに叔母に頼んだ。「ベッドの用意をしてしまうから」

シルバーは顔をしかめて居間に行き、受話器を取った。「もしもし」

寝室にいても、叔母が話す声が聞こえる。テッサは身をこわばらせた。もしブレットだったら? そんなばかな。ブレットが電話してくるはずがない。彼女からの電話を絶対に取りつがせないようにしているほどなのだ。向こうから電話をしてくるわけがない。掛けぶとんの皺を伸ばすと、テッサはバスルームに行ってドアを閉め、叔母の言葉が聞こえないように水を流した。

しばらくすると、叔母がバスルームのドアをノックしたのでテッサは急いで水を止めた。

「お友達のビリーからだったわ」

ドアを開け、静かに答える。「ありがとう」叔母なら余計な説明はいらない。

シルバーはビリーの言葉をそのまま伝えようかと思ったが、やめた。ブレット・ラトランドのことはもう話したくないと、テッサははっきり態度で示していたからだ。

それでも、テッサがふいに立ち上がって電話のところへ行き、プラグを引き抜いたのを見てシルバーは不安になった。

翌日、弁護士との打ち合わせにはシルバーも一緒に行くことになった。カルヴィン・スタインは第三者が同席することをこころよく思っていなかったかもしれないが、顔には出さなかった。テッサをじろじろ眺める目つきは前回よりずっと鋭くなっていた。

「地方検事のジョン・モリソンと話しました。このケースは疑う余地がなさそうだと思っているようです」

弁護士と視線を合わせたテッサは、相手が自分の無実を信じていないことをさとり、身も凍る思いがした。「お金は盗《と》っていません」彼女の声は抑揚がなかった。「盗ったのは、誰かほかの人よ」

「それならば、そいつはあなたがやったように見せかけるのがとてもうまかったということになる」

「その誰かが誰なのかを探しだすのがあなたの仕事じゃないの？」シルバー叔母が割って入った。カルヴィンをにらみつけている。

彼の目がこんなに冷たかったとは……テッサは思った。「いいえ、ちがいます。それは警察の仕事です。私の仕事は、あなたの姪御さんに法的な助言をし、法廷で代理人となることです。そして相手の持っている証拠に対抗できる証拠を提示するか、または陪審が検察側の証拠に疑問を抱くようにもっていくことです」

「それなら、真犯人を見つけることでしか私の無実が証明できないとしたら？」

弁護士はため息をついた。「ミス・コンウェイ、あなたはテレビの『ペリー・メイスン』の再放送の見すぎですよ。そういうものじゃないんです。これはコンピューター犯罪ですよ。しるしのついた札束も、指紋も、血のついたナイフもないんです。すべて電子データ上でおこなわれたことですからね」

「そして私の名前が使われた」

「あなたの名前が使われました」弁護士はうなずいた。

テッサは背筋をまっすぐ伸ばした。声はカルヴィンと同じぐらい落ち着いていた。「そのとおりよ。それならそのお金はいったいどこにあるの？　私はそのお金をどうしたのかしら？　使ってしまった？　もしそうなら、いったいなにに？　どこかにお金をしまいこんで使わない横領犯がいるとでもいうんですか？」

「そういうこともあるようです」弁護士は眉を上げた。「他人名義で投資したり、普通預金口座に預けておくことだってあります。横領の場合、刑期は比較的短いですから、釈放されたあとにその金を受け取り、姿をくらませるんです」

「真犯人が自白する以外、私の無実を証明する方法はないんですね？」

テッサは立ち上がった。「では、私がやるしかないですね。まずありえないでしょう」

カルヴィンはかすかに顔をしかめて立ち上がった。「どういうことです？　あなたがやるしかないというのは？」

「自分の無実を証明することよ、もちろん」

「どうやって証明するんです？」

「本当の横領犯をつかまえるんです。助けてくれそうな人がいるの」

車に戻ると、シルバーがきっぱりと言った。「テッサ、あの弁護士は役に立たないわ。ほかをあたったほうがいいんじゃないかしら」

「弁護士を変えたって同じよ」テッサは車の流れが切れるのを待ってアクセルを踏みこんだ。「あの弁護士は私に対して正直だわ。私を信じているふりをするだけの弁護士より、

人って誰なの?」

ややあって、シルバーがうなずいた。「これからどうするつもり? 助けてくれそうな人って誰なの?」

「助けてくれるかどうかはわからないけど、頼んでみるつもりよ。その人はサミー・ウォレスといって、コンピューターの天才なの。コンピューター上の犯罪者を見つけだすことができる人がいるとすれば、それはサミーだわ」そう言うと、テッサは顔をしかめた。「でも彼を、首になる危険にさらすのはいやだわ。サミーはカーター・エンジニアリング社で働いているの。私の手助けをしていることが知れたら、たぶん解雇されるでしょうね」

「とにかく頼んでみなさい」シルバーが言った。「本人に決めさせればいいんだから。次の職を探すことなんか、刑務所に行くことに比べればよっぽどいいわ!」

逮捕されて以来初めて、テッサはにっこりした。すぐに消えてしまったが、心の底からの笑顔だった。「そうでもないと思うけど」

テッサのすぐ目の前には刑務所が待っている。あまりの恐ろしさに考えることさえ避けているほどだ。彼女はふと思った。告発されたのではなく、ただ会社を首になっただけだったら、自分の無実を証明しようとこれほど必死になったかしら? 刑務所と汚名さえ避けられれば、泥棒の刻印を受け入れていたかもしれない。そう思うと自分が恥ずかしかった。きっとそれが一番楽な方法だろう。でも、いまはちがう。テッサは名誉の重みを知っていた。いま彼女に残されているのは名誉と自由しかない。しかもその自由は風前のともしびだ。

　シルバー叔母に食べないと許さないという意気込みで迫られ、テッサはこの苦難が始まってから初めてまともなものを口にした。食べ終わるとふたりであと片づけをし、ガトリンバーグのお店や、テネシーに大勢いるテッサの友人のことを話した。ニュースを聞いているあいだは、テッサも気持ちがほぐれた。やがてサミーが家に帰ってくる時間になった。もちろん断られるだろう。テッサの手助けをするのが危険であることぐらい、サミーだってわかるはずだ。しかし彼に頼るほか方法はない。

　呼び出し音が続き、テッサはじっと待った。もしサミーがネルダに没頭していたら、電話が鳴っていることすらなかなか気づかないはずだ。待ったのは正解だった。十二回目の呼び出し音でサミーは受話器を取り、いくぶん驚いたような声で答えた。「もしもし？」

心ここにあらずといった口調だ。

「サミー、テッサよ」

「テッサ！　どこからかけてるんだい？　実は君の……その、えーっと、噂を聞いたんだけど、まさか――」

「それは噂じゃないわ。私、横領の容疑で逮捕されたの」

「そんなばかな」サミーはいきまいた。「私は無実よ」

「無実に決まってるじゃないか。わざわざ言わなきゃわからないと思ったのかい?」

「いいえ、そういうわけではないけど」テッサは静かに言った。「サミー、真犯人を見つけるのを手伝ってほしいの。ただ……もしあなたが私の手助けをしていることが知れたら、仕事を首になるかもしれないわ。危険をおかしたくないと考えたとしても、当然だと思ってる」

「そっちへ行くよ」珍しく断固とした口調で彼は言った。「住所は?」

住所を教えるとサミーは電話を切った。ビリーに続いてサミーが即座に助っ人《すけと》を買って出てくれたことを思い、目が涙で痛んだ。これであの人さえ――だめよ! 思いが形になる前にテッサは思考を断ち切った。

一時間後、サミーがやってきた。ブロンドの髪はくしゃくしゃだったが、いつものぼんやりとした雰囲気はなかった。サミーはテッサを抱きしめると、その痩《や》せぎすの体からしばらく放さなかった。「心配いらないよ」自信たっぷりに彼は言った。「真犯人を見つけて、君を助けだしてあげるから。僕にコンピューターをあやつってほしいんだね?」

「ええ。でも簡単にはいかないと思うわ」テッサは釘を刺した。

サミーはにやりとした。きっとコンピューターとの知恵比べが待っていることを思って、腕が鳴るのだろう。「知っていることを話してくれるかい?」

テッサが知っていることはほとんどないのだが、心のなかで何度も繰り返すうち一番可能性の高い筋書きが浮かび上がってきた。何者かが支払い先として架空の口座を作り、その口座に対して小切手を発行するようコンピューターに指示したにちがいない。小切手は銀行に入金され、口座から金が引きだされた。しかし、テッサはにせの口座の名義を知らなかった。きわめて重要な事実が抜け落ちていることを知ってサミーは顔をしかめた。

「名義がわからなければ手のつけようがないな」

シルバーがずばりと言った。「知っている人にきけばいいわ」

サミーはびっくりした様子だったが、やがて笑って言った。「つまり、あの人にきけってことですか、ミスター・ラト――」

「だめ、あの人にはきかないで」テッサがものすごい剣幕でさえぎった。「あなたの仕事が危なくなるわ。これにからんでいるってことは誰にも言ってはだめよ」

「誰にもわからないさ。人に言わずにできることだから。口座名だけはどうしても見つけださないと。職場で探ってみるよ」サミーは眉を寄せて考えこんだ。「真犯人は、まずにせ口座の候補を探すために仕事中にコンピューターを使ったはずなんだ。その方向でなにも探りだせなければ、誰かにきいてみる。きっと誰か知っているはずだ。ペリーが知ってるかもしれない。君は彼の下で働いているんだからね」

〝働いていた〟よ。テッサは心のなかで言い直した。過去形なのだ。なにもかもすべて。

電話が鳴り、シルバーが出た。パニックに陥りそうになり、テッサはあわててサミーにたずねた。「最近ヒラリーはどう？」

「知らないな。僕に腹を立ててるみたいなんだけど、なんで腹を立てられるのかわからないんだ」

サミーの面倒を見るという習慣は簡単に抜けるものではなかった。「もっとヒラリーにかまってあげるの。それでうまくいくかどうかやってみて」テッサはそうアドバイスした。

「かまってあげる？　デートに誘えってこと？」

「ええ、いいんじゃない？　困ることでもあるの？　彼女を好きなんでしょう？」

「うん、でもヒラリーは僕のことは――」

「好きよ」かすかに笑顔を浮かべて、テッサはサミーを励ました。「あなたがいなければ夜も日も明けないと思ってるわ。デートに誘ってみて」

シルバーが電話を終えて戻ってきた。座りこんだ叔母の額に困ったような皺が刻まれている。「向こうで問題が起きたわ」そう言ってため息をついた。「緊急の場合に備えて、店にここの電話番号を残してきたの」

「どうしたの？」テッサがたずねた。

「小さなことが積み重なっているのよ。納入業者からの納品が遅れているし、昨夜《ゆうべ》の嵐《あらし》のあいだに屋根が雨もりし始めるし、あるお客さまがお孫さんの誕生日プレゼントに買った人形を椅子に置いておいたら犬が粉々にかみ砕いてしまったというし。これが特注の人形でね」シルバーはまたため息をついた。「もう一つほしいって言われたの。日曜までに」

しばらくしてテッサが言った。「家に帰ったほうがいいわ」

「いいえ、あの人たちには私なしでなんとかやってもらうわ。あなたをここに置いてはおけないもの」

「いつでも来られるじゃない」テッサはそう諭した。「大陪審が始まるまではこれといってすることはないし、それまでまだ二週間もあるのよ」

シルバーは迷った。常識をわきまえた彼女はテッサの言うことが正しいと思っていたが、それでもテッサを置いていく気にはなれなかった。テッサが怒ったり泣きわめいたり、ブレット・ラトランドのことをさんざんののしったりしていれば、心配はしなかっただろう。でも実際にはそうではなかった。テッサはすべてを内側にしまいこみ、落ち着いた表情と慎重な自制心のうしろに隠してしまったかのようだ。痛みと怒りと裏切られた愛がふつふつと煮えたぎる胸のうちを。あの男には答えてもらいたいことがたくさんある。

「私ならだいじょうぶ」テッサは叔母を納得させようとした。「行ってちょうだい。いま電話すれば明日の便が取れるわ。問題が全部解決したらすぐに戻ってきて。もしそれで気がすむようならね。こっちにはサミーとビリーがいてくれるから、寂しくはないわ」

「そのとおり。僕が毎日来るか電話するかします」サミーはそう約束した。

「そう、わかったわ」シルバーは折れた。「でも私も毎晩電話するから」

そのときテッサは気づいた。また電話に出なくてはならない。いいわ、それがなんだというの？ ブレットはかけようとはしないだろう。電話に出たり、ドアを開けたりするのが怖くなっているだけのことだ。ほかのすべてと同じように、この恐怖も克服しなくては。しかし胸の奥深くでは小さな痛みを感じていた。ブレットから電話がかかってくることはもうないのだ。

8

　ブレットは身を固くしてベッドの上に座っていた。体中から汗が噴きだし、悲鳴をあげまいと歯を食いしばりながら。ののしりの言葉をつぶやいて、乱れたシーツを蹴《け》るようにしてはねのけ、ベッドから飛びおりる。胸の鼓動は激しく、何キロも走っていたかのように息が乱れている。すっかりくしゃくしゃになった髪の毛に指を通しながら、裸のまま狭苦しいホテルの部屋のなかを歩きまわる。

　夢はとてつもなくリアルだった。一番恐ろしいのは、それがいずれ本当になるということだ。テッサは有罪となり、目の前で刑務所へと送られていった。ごわごわした青い囚人服を着せられた彼女は血の気がなく消え入りそうで、倒れんばかりに見えた。両脇《りょうわき》をがっしりした看守に付き添われ、振り返りもせずに歩いていき、闇《やみ》のトンネルへと消えていく。姿が見えなくなると鉄格子が音をたてて閉まり、施錠された。もう二度と会うことはできないのだ。その瞬間に目が覚めた。声にならない声でやめろとどなり続けたせいか、喉が痛かった。

胸がむかつくような夢だ。夜の闇のなかでブレットは真実をさとった。テッサがどれほど金を盗もうと、彼をだまそうと、このまま刑務所へ行かせることはできない。

テッサの一瞬にして輝きだす笑顔、きらめくまなざし、ゆっくりと流れるような口調、どんな人も魅了せずにおかない明るい笑い声。そしてエクスタシーに熱くなる体。ハンマーで叩《たた》きつけるような激しさで記憶がよみがえり、ブレットは目を閉じた。彼の腰に巻きついたシルクのようになめらかな脚。奪う瞬間に彼女の目に浮かんでいた、信頼しきった情熱の表情。歩くときのアンニュイでそそるようなヒップの動き。笑いながら誘いかける、扇情的なまばたき。彼女のすべてがブレットを苦しめた。このワインのように甘い苦しみが、死ぬまでつきまとうことになるのだ。

飲み物がほしい。ちらっと時計を見ると、もう夜中の二時半に近かった。ブレットの口元がゆがんだ。これでは朝早すぎる……それとも夜遅すぎるのか……酒を飲む時間ではない。父がいたら、うなずいてにやにや笑いながらこう言うだろう。女というのは男に酒を飲ませずにはいられないものだと。父のことを考えたせいで、テッサを父に会わせに連れていけなかったことが思いだされた。週末に連れていくとテッサに約束したも同然だったのに。

いまは月曜の早朝で、週末は終わってしまっていた。テッサを逮捕させてから一週間が過ぎた。この一週間、テッサの不在がもたらした傷のせいで、ブレットは少しずつ死につつあった。

　彼の感情は、傷ついた悲しみと痛みからむきだしの怒りへと大きく揺れ動いた。やがて怒りはプライドに変わり、決意となった。

　もう二度とあの女にはだまされない。しかしテッサが刑務所に入るのを止めなければ、彼女を永久に失ってしまうことになる。それに比べればプライドなどたいしたことではないように思えた。有罪かどうかなど、もう関係ない。この腕のなかにテッサを取り戻したい、それしか頭になかった。死ぬまで彼女を守り、大事にするのだ。こんな騒ぎなど、もう二度と引き起こさせはしない。

　自分にとってテッサほど大切なものはないと気づいたことで、ブレットは落ち着きを取り戻し、肩の荷がおりたような気がした。これからやるべきことはこれしかない。簡単にことが進むとは夢にも思わなかったが、進むべき道は決まった。まずはサンフランシスコ行きの最初の便をつかまえるのだ。

　こうして彼はふたたび眠りについたが、朝は早く起きだし、熱心に準備を始めた。荷造りの必要はなかった。たとえ車を使うことになってでも、その日のうちに戻ってくるつもりだったからだ。シャワーを浴び、ひげを剃《そ》る。鏡に映る決意に満ちた厳しい表情には気づかなかった。航空会社に電話して九時二十分発の便を予約してから、彼はエヴァンに電話した。

「これからジョシュアに会いに行ってくる」エヴァンが出ると、彼はいかめしい声で言った。

「なにかあったのか?」

「彼女を刑務所に入れるわけにはいかない」

エヴァンはため息をついた。「そうくると思ったよ。ご老体になんて言うつもりだ?泥棒をみせしめにしてやると固く心に決めているようだぞ」

「僕がなんとかする」ジョシュアにことを荒だてる気がないなら、すべてが丸くおさまるプランがある。ジョシュアには金が戻り、テッサは刑務所に行かなくてすむ。もしジョシュアがうんと言わなければ、ブレットは自分がなにをすべきか承知していた。

「テッサとは話したのか?」

「いや。彼女にはまだ伏せておきたいんだ」混乱状態のままテッサを放《ほう》っておくのは残酷かもしれないが、希望を持たせ、知らせがあるまで気を張ったまま待たせるのはもっと残酷だろう。

「これでなにもかもうまくいくかもしれないな」エヴァンが満足そうな低い声で言った。

「たぶんな」電話を切ると、いかつい口元に苦々しげなほほえみが浮かんだ。

大勢の人がテッサを助けたいと思っている。誰もが腹を立て、ブレットのことはまるで疫病神扱いだ。あの小柄な赤毛の癇癪《かんしゃく》持ちには、いつ背中を刺されるかわかったものではない。留守中、自分のオフィスの書類の位置が微妙に変わっていて落ち着かない思いをしたこともあった。重要な書類はブリーフケースに入れて鍵《かぎ》をかけてあるし、テッサに関する証拠はすべて地方検事に渡してあるからどうということはないのだが。どちらにしても、彼のオフィスに忍びこんだことがばれれば、そいつはすぐに首なのだ。気骨に欠けるあのペリー・スミザーマンでさえ、今回のことでは不機嫌な顔をした。そのちぐはぐさに、ブレットは一瞬おかしさとともに苦々しさを感じた。

もうすぐ昼というころ、ブレットは紫がかったグレーのビロードの絨毯《じゅうたん》の上を大またで歩いていた。ここはカーター・マーシャル・ビルの廊下だ。何人かとすれちがったが、声をかけてきたのは数人で、ほとんどはそのまま通りすぎた。ブレットのしかめっ面を見れば、よほどの向こう見ずでもないかぎり声はかけられなかっただろう。

ジョシュア・カーター社長のオフィスに入ると、秘書のドナが目を上げた。ブレットとわかり、彼女の美しい顔にほほえみが浮かんだ。「これは驚きですね。あなたがいらっしゃるとは思ってもいませんでした」

「そのとおりだ」声は低かったが、彼はかろうじて笑顔を作った。ドナはいつもなにかと助けてくれる。

「いったんこちらに引き上げですか?……次になにか起きるまで」

「いや、すぐに帰るよ。ジョシュアに会いたいんだ。緊急の用で」

ドナは渋い顔で唇を引き結んだ。「そうですね、社長は昼食会の予定が入ってるんですが、それはなんとかしましょう。どうぞ」

「助かる。君の次の結婚式では、ぜひ踊らせてもらうよ」

「かんべんしてちょうだい」ドナはつぶやいた。最近泥沼の離婚劇を経験したばかりで、男性とつきあう気分ではないのだ。

ブレットは強くドアを叩き、すぐに開けた。ジョシュア・カーターがデスクから顔を上げた。驚きに目を丸くしたが、やがて笑みを浮かべた。「押し入ってきたところで君だと気づくべきだったな。まさか帰ってきているとは思わなかった。うまくいったんだな?」

ブレットはブリーフケースを椅子に置き、ジョシュアのオフィスの壁の一方を占めているカウンターに歩み寄った。うしろに回って、常になみなみとコーヒーが用意されているポットを取りだす。そしてやけどしそうなほど熱いコーヒーをカップにそそぎ、ボスの顔を見た。

中背だが長年の厳しい労働のせいでがっしりした体つきだ。髪は薄くなり、眼鏡が手放せなくなっていたが、青くけわしい目にいまも宿る輝きから、敵に回したら恐ろしい男だとわかる。無一文から身を起こしたジョシュアは、抜け目ない商才と固い決意で富を築き上げた。そんな彼からなにかを盗もうとした人間に対して、訴えを取り下げる気にはならないだろう。だが、意志の強さではブレットもジョシュアに劣らない。ふたりで火花を散らすことになるはずだ。

「取引をしましょう」ブレットは淡々と言った。

その声の調子に、ジョシュアの灰色の眉が片方上がった。青い目に警戒の表情が浮かぶ。

「取引だと？　穏やかじゃないな。ヘッドハンターが君を盗もうとしているのかね？」

「いえ、ロスの件です」

「横領でつかまった女のことか。そいつがどうした？」

「彼女のことで取引したいんです」

「どんな取引だ？」ジョシュアが声を荒らげた。

「全額の返還と引き換えに、すべての訴えを取り下げてください」

ジョシュアは立ち上がり、デスクに腕をついた。深く息を吸いこむ。「そんなことはできん」

ブレットはコーヒーを飲んだ。まさに予想していたとおりの返事だ。「刑務所に入れたくないんです」彼は冷静に言った。

ジョシュアの性格の特徴を一言で言うとすれば、それは抜け目のなさだ。彼はじっとブレットを見つめていたが、やがてばかにするように言った。「だが自分のベッドには入れておきたいんだな？」

「そうです」

「まさかこんな日が来るとはな」ジョシュアはつぶやいた。「私もコーヒーをもらおうか」

ジョシュアが近づいてくると、ブレットはコーヒーをついでカウンターに置いた。「小言ぐらいで無罪放免にするつもりはない。いくらなくなったんだ？　五万ドルか？」

「五万四千ドルです」

「なにに使ったんだ？　宝石か？　豪華旅行か？」

ブレットは肩をすくめた。テッサが金を使った証拠は発見できなかった。いいものを着ているが、五万四千ドルもするとは思えない。「金は返します」

「まだ持ってるのか？」

「知りません。もし持っていなければ僕が払います」

灰色の眉がぎゅっと寄った。「ブレット、遊びの相手にしては高くつくじゃないか」

「遊びじゃありません」

「どちらでも一緒だ」ジョシュアの声に初めて無力感がにじんだ。彼はブレットを心底気に入っていた。まさに自分と同じタイプの男だ。仕事をやり遂げるためにはなにもかえりみない男……少なくともその女が現れるまでは。「それなりの女なんだな」

「彼女は特別です。彼女を逮捕させたというので、ロサンゼルス支社は僕に対して反乱を起こさんばかりです。エヴァンでさえ、魂を抜かれたみたいになっています」ブレットは黄褐色の髪に指を差し入れた。「そして僕は、彼ら全部を合わせたよりもっとひどい状態です」ブレットは苦々しげに言った。

「聞かせてもらおうじゃないか。どうして告発を取り下げねばならない？　法を破った女にはつぐないをさせるべきじゃないか？」

「もうつぐないはしています」血の気の失《う》せたテッサの顔を思いだし、コーヒーカップを握るブレットの指に力が入った。最後に会ってからすでに一週間がたつ。彼は痛いほど彼女に触れたかった。そしてささやきたかった。なにもかもだいじょうぶだ、僕がなんとかするから、と。

「その女と結婚するつもりなのか？　結婚を拒まれたらどうする？　いま君のことを好ましく思っているとはとても思えんがな」ジョシュアは言った。

それは承知していたが、ブレットはそのことを考えまいとした。考えるのはもっとあと、テッサが自由を失う恐れがなくなってからのことだ。テッサに対する訴えを取り下げさせ、身の安全を確保したら、彼女の怒りと向きあおう。怒りは彼自身のなかにもあった。ふたりのあいだにあったことに決着をつけるには嵐《あらし》のような数日が必要になるだろう。それでも彼女を手放すつもりはなかった。

「結婚してくれると思います」ブレットは硬い表情で言った。そしてジョシュアに突き刺すようなダークブルーの目を向けた。こんなことを言うぐらいなら舌をかみ切ったほうがましだという思いがあったが、ジョシュアにうそをつくつもりはなかった。ジョシュアにはいつも公明正大に接してきたし、それをいまさら変えるつもりはない。「あなたがどんな決断を下そうと、僕は間もなく仕事を辞めるつもりだということを知っておいてほしいんです。牧場に戻ろうと思っています……テッサを連れて」

「それを私に言うのは賢明とは思えんな」ジョシュアがぴしゃりと言った。

「正直に言ったまでです」ブレットは言い返した。彼はジョシュアにへつらったことがない。ジョシュアはそんなところも高く買っていた。どれほど状況が厳しく、知らせが不愉快であろうと、ブレットからは必ず真実を得ることができた。

「その女が……テッサが……辞める理由なのか？」

「彼女は理由の半分にすぎません。牧場に戻りたいという気持ちが抑えられなくなってきました。牧場経営こそ自分が得意とするところで、満足を得られることでもあるんです」

「いまやっている仕事だって、得意としているじゃないか」

「牧場経営もそれに劣りません」

ジョシュアは顎をさすりながら、ブレットに目をやった。慧眼《けいがん》の彼は、ブレットと取引する以外に道はないことを見抜いていた。ブレットのもくろみどおりに。取引するか、さもなくばブレットを永久に失うかだ。「どのみち君を失うのなら、訴えを取り下げても仕方あるまい？」

ブレットの目がきらめいた。「それは交渉次第です」

ジョシュアがいきなり笑いだした。「これが交渉だと！　この部屋に入ってきた瞬間から、君は私を追いこもうとしていた。そして私はまんまと追いこまれたわけだ。協力しなければ、君はきっぱり辞めると言う。もし君の女に対する訴えを取り下げれば……特別コンサルタント業務は……続けてもらえると思っているが——どの程度やってくれるんだ？」

「それは相談しましょう」ブレットはよどみなく言った。

ため息をつきながらジョシュアは手を差しだした。「取引成立だ」ブレットはその手を握った。胸の奥の緊張が、静かにほぐれていった。


電話が鳴り、テッサは一瞬身をこわばらせた。なにが映っているのかわからないまま眺めていたテレビを消し、電話に出ようと立ち上がる。ここ数日、彼女はシルバー叔母とサミーからの電話に出ていた。ビリーは電話ではなくたびたび訪ねてきてくれる。だが、テッサはベルが鳴るたびに背筋に震えが走るのをどうすることもできなかった。サミーの調査はまだ収穫なしで、口座名は依然としてわからず、コンピューター上の調査に役立つ情報も入手できていない。すべてが行きづまっているというのにそのときは刻々と迫ってきている。来週には大陪審が始まるのだ。

しつこいベルの音で電話のことを思いだし、テッサは肩にのしかかっている恐怖という名の冷たいマントを振り捨てた。またシルバー叔母だろうかと思いつつ、受話器を取る。テネシーではいまは夜の十時で、叔母はもう寝る時間だ。しかし叔母はいつも寝る前に電話してきた。

「もしもし」

「テッサ。ブレットだ」

テッサはまるであやつり人形のように飛び上がった。急いで耳から受話器を離す。ブレットは名乗る必要などなかった。その低く荒々しい声を忘れたことは一度もないのだから。すすり泣きをこらえながら、息もたえだえにテッサは叩きつけるように電話を切った。それ以上なにも聞きたくない。

ああ、どうしよう、ああ、どうしよう、どうしていまごろ電話なんかしてくるの？　やっと自制心を取り戻し、立ち直ってきたところだったのに、彼の声を聞いただけで身を守るための殻は粉々に砕け散ってしまった。泣き叫ぶ声が耳に突き刺さり、膝が動かなくなったかと思うと、突然力が抜けた。テッサは小さなボールのように床の上に縮こまって泣き始めた。また電話が鳴りだしたが、もう出ることはできなかった。たとえ出ようとしても体が動かなかっただろう。

裏切られた痛み、差しだした愛を軽蔑《けいべつ》された痛みのすべてが涙となってあふれだした。全身を震わせ、胸をずたずたにし、喉を引き裂くかのような涙。息を大きく吸いこむことさえできれば、あまりの痛みに叫ぶこともできただろう。だがテッサは床にうずくまることしかできなかった。

　声が出なくなるまで、喉が腫《は》れ上がって焼けるように痛くなるまで、テッサは泣いた。それでも、涙は止まらなかった。やっとの思いでようやく立ち上がり、老人のように腰を曲げて壁に手をはわせながらバスルームに向かった。なかに入り、冷たい水を顔に浴びせる。あまりの冷たさに一瞬息が止まった。しかしこれで自制心が戻った。テッサはしばらく嗚咽《おえつ》を止めようとして身を震わせながらシンクの上に顔を伏せていたが、ようやく身を起こした。鏡に映る自分の顔を見て、ふたたび息が止まった。肌は赤く、ところどころ涙で汚れている。さっき嵐のように泣いたせいで目は腫れ上がり、ほとんどふさがらんばかりだ。

　自分の顔を、そしてなにかに憑《つ》かれたようなうつろな目を見ながらテッサは思った。彼を忘れることはできるのかしら。一度も愛してくれなかったことを知ったときの、あの痛みが消えることはあるのかしら。

　水を飲むと、腫れて痛む喉に触れて息ができなくなりそうになった。どうして電話をかけてきたの？　いい気味だと言うため？　この仕打ちだけではまだ足りないと言うの？

　ふたたび電話が鳴った。テッサは必死の思いで居間に走っていき、コードを引き抜いた。突然の静けさは、それまで鳴っていた音と同じぐらい神経に突き刺さった。テッサは唇をかんだ。叔母さんかサミーだったのかもしれない。でもかまわない。またブレットかもしれない危険をおかして電話に出る気はなかった。耐えられない。もうこれ以上は。はてしなく長い、眠れぬ夜だった。翌朝起きてみると、昨夜の苦悩が顔に表れていた。腫れはひいていたが血の気がなく、目の下にくまができている。まずはシルバー叔母に電話して、なにもかも問題ないと告げなければ。問題のないものなど、一つもないように思えたが。電話のコードをつないで番号を押す。シルバー叔母は待ちかまえていたかのように最初の呼び出し音で電話に出たが、いざとなるとテッサはなにも言えなかった。

「もしもし？　もしもし？」叔母の必死な声が聞こえた。

テッサはなんとか咳払《せきばら》いをし、喉の痛みに顔をしかめた。「シルバー叔母さん」しわがれ声でそう言った。

「テッサ？　テッサなの？　どうしたの？」

テッサはしゃべろうとしたが、声が出てこない。もう一度息をのみこんで声を絞りだした。「喉が痛いの」

「まあ、かわいそうに。そうだと思ったわ！　病院には行った？　昨夜《ゆうべ》は電話に出なかったから、心配でたまらなかったの。いつから具合が悪いの？」

「昨日の晩よ」一言ごとにしゃべりやすくなったが、まるで自分の声でないような気がする。かえるみたいながらがら声で、ちがうのはほんの少しわかりやすいというだけだ。昨夜のことを話しても叔母に心配をかけるだけなので、喉の病気にかかったと思わせておくことにした。子どものころから喉を痛めやすく何度も喉頭炎《こうとう》にかかったので、叔母も変だとは思わないだろう。

「とにかく気をつけなさい。聞いてる？　あなたが話せるようになるまで電話はしないから、よくなったら知らせてちょうだい。まだ病院に行っていないなら、今日行くのよ。約束して」

テッサががらがら声でなにか言い、叔母はそれを約束と受け取った。電話を切ると、テッサはすぐさまコードを引き抜いた。こう何回も抜き差ししていたら、プラスチック製のプラグは一カ月もしないうちにだめになってしまうだろう。でもそれもどうでもいいことだ。そう考えてテッサはがくぜんとした。サミーが魔法を起こしてくれなければ、しばらくは電話のいらない生活を送ることになるのだ。とにかくコードは抜いておこう。お金はできるだけ節約したほうがいい。

テッサは自分を追いたてるようにしてシャワーを浴び、髪を洗った。そして喉の痛みを和らげようと湯気のたちこめるなかにしばしたたずんでいた。ヘアスタイルをあれこれ考える気にもならず、タオルで髪を乾かしてとかしただけで、肩の上にまっすぐ垂らして乾くにまかせた。服を着てから、氷を入れたグラスにオレンジジュースをつぎ、朝食がわりに飲んだ。この冷たさで喉の腫れがひけばいい。バスルームの蒸気は全然役に立たなかった。

もうすぐ昼というころ、誰かがドアベルを鳴らし、ドアを激しく叩きだした。テッサはその場に凍りついた。またも涙がこみあげてくる。ドアを開けることなどとてもできない。

「ミス・コンウェイ！　いるんですか？　カルヴィン・スタインです。すぐに話したいことがあるんです」

テッサは眉をひそめた。なにを急いでいるのかしら？　なにかあったの？　昨夜ブレットが電話してきたことと関係あるのかしら。テッサは急いでドアに駆け寄り、鍵とチェーンと格闘してどうにかはずし、ドアを開けた。ダークブルーのスーツをぴしっと着こなしたカルヴィン・スタインがなかに入ってきた。濃い眉の下のグレーの目は突き刺すような冷たい光を放っている。

テッサはドアを閉めて、弁護士と向きあった。両手を組みあわせ、青ざめた顔に心配そうな表情を浮かべながら。その目はもの問いたげだ。

「急いで支度してください」彼はそう命じた。「午前中ずっと電話で連絡を取ろうとしていたんですが、壊れていたみたいですね。地方検事補から、一時間半後に検事のオフィスに集まるようにと言ってきたんです」テッサは身動き一つしなかった。まるで狩人《かりゅうど》に追われる小さな動物のような気がした。「急いでください」弁護士はじれったそうに言った。

「今日はずいぶん道が混んでるんです。向こうに着くのに一時間はかかりますよ。それはともかく、電話の修理は頼んだんですか？」

テッサは首を振った。そしてのろのろと電話のところへ行った。コードを持ち上げ、抜いてあることをカルヴィンに示す。彼のいらだちはさらに高まった。

「大人のやることとは思えませんね、ミス・コンウェイ。電話で連絡が取れれば僕がここまで来る必要はなかったのに」

黙ったままテッサは寝室に入ってドアを閉めた。タイトスカートと短いジャケットという組み合わせの白いリネンのスーツを機械的に身につける。顔色の悪さを考えると、白を選んだのは失敗だったかもしれない。しかしよぶんな手間をかけて着替えようという気持ちにはならなかった。ざっと化粧をして鏡を見ると、けばけばしい顔が映っていて、テッサはティッシュでその化粧をほとんど落としてしまった。いつもどおりに化粧をしたら、青ざめた顔がまるで塗りたくったピエロのように見えたのだ。髪はまだ濡《ぬ》れていたがなにかしている時間はなく、一つにまとめて頭の上にピンで留めた。

寝室に入ってから二十分後、テッサは小脇にバッグを抱え、無表情で出てきた。なにが待っていようと、もう打ちのめされたりはしない。それは彼らを喜ばせるだけだ。〝彼ら〟というのはシルバー叔母とビリーとサミーを除いた全員であり、弁護士もそのなかに入っていた。

弁護士は時計を見た。「早かったですね」そしてあら探しをするかのように、表情のない青ざめたテッサの顔を眺めた。「そんなにおびえないでください。ただのミーティングなんですから」

テッサはのろのろとうなずいた。カルヴィンは、自分が来てから彼女が一言も発していないのに気づいた。ふたたび渋い顔をする。

「ミス・コンウェイ、だいじょうぶですか？」

「ええ」テッサは声を絞りだした。「どこもなんともないわ」

「病気なんですか？」

「いいえ」テッサは先に歩きだした。「私は自分の車で行きましょうか？　そうすれば帰りに送ってもらわずにすむわ」

ほとんど聞き取れないようなかすれ声にカルヴィンは顔をしかめた。「いや、この道路の状態では、はぐれますよ。喉の薬はのんだんですか？」

どうして私の喉のことなんか気にするのかしら？　答える気にもならない。弁護士はテッサのあとを追ってアパートメントを出て、鍵をかけた。テッサの肘を取った手はぎこちなかったがやさしかった。弁護士はテッサを車のところへ連れていき、ドアを開けた。

「地方検事補の名前はオーエン・マッキャリー」車のなかでカルヴィンは告げた。「僕はこのミーティングのことは楽観視しているんです。答弁取引を受け入れるという申し出があると踏んでいます。審理が開かれない可能性もあるし、執行猶予になって保護観察ですむことも考えられる」

これは喜ぶべきことなの？　テッサは窓の外に目を向けた。寒々として孤独で、道に迷ってしまったような気持ちだ。弁護士が思わず見せた心配そうな表情も、目に浮かんだ困惑も、テッサの目には入らなかった。

カルヴィンが言ったとおり道路はひどく混んでいたが、五分ほど余裕をもって到着することができた。その五分でふたりは地方検事のオフィスへ歩いていった。こぢんまりした専用オフィスに案内してくれたのは、愛想のいい若い男だった。カルヴィンに背を押されて部屋に入ると、ブレットの自制のきいた浅黒い顔がテッサの目に飛びこんできた。その瞬間、頭のなかが真っ白になってしまったのはさいわいだった。自分が座ったことも、カルヴィンが安心させるように手を軽く叩いたことも気づかなかった。

しかし、自分を守るための空白の時間は長くは続かなかった。互いに紹介しあう人の声が意識に飛びこんできて、テッサはゆっくりと部屋のなかを見回し、自分の立場を確認した。だが、絶対にブレットの方は見ないようにした。もちろんエヴァン・ブレイディもいた。今日は火花の散りそうなエネルギーは感じられない。地方検事補のオーエン・マッキャリーは、世界を手中にしようと意気込むカリフォルニアの青年野心家といった風情だったが、その目には退屈したような世慣れた表情があった。もうひとり背の高い銀髪の男がいて、ベンジャミン・スティーフェルと紹介された。カーター・マーシャル社の代理人だ。

テッサはブレットの灼《や》けつくような視線がじっと自分に向けられているのを感じた。こちらを見ろと言わんばかりの視線。テッサはさらに奥深く自分の殻に閉じこもった。心の扉を閉ざし、目の前のミーティングと関係のない思いのなかに自分を追いやった。ミーティングはカルヴィンにまかせておけばいい。そのために雇ったのだから。

テッサが部屋に入ってきた瞬間から、ブレットは息をすることさえむずかしいような気がした。彼女の顔は真っ青で表情がなく、記憶にあるよりずっとはかなげに見えた。大きくて生き生きとしたエキゾチックな唇はまったく動かない。人を魅了する愛らしいほほえみが口元にのぼることもない。もちろん、ほほえみを期待したわけではなかったが。とにかくいまはまだ無理だ。それでもブレットは、抵抗しがたい魅力をテッサがふりまくことを、輝く瞳の上でまつげが誘うように動くことを期待していた。しかし彼女は精巧な大理石の胸像のように座り、こちらを見ようともしない。視線を向けさせようと燃えるような思いを込めて見つめたのに。ブレットは、どうしても彼女と目を合わせたかった。そしてなにもかもうまくいくと安心させたかった。

昨夜電話を切られたときは揺すぶってやりたいと思ったが、彼女の気持ちがわかるような気もした。あのときブレットが自由を差しだそうとしていたことなど、彼女は知るよしもなかったのだ。

なにを考えているんだろう？　テッサの顔はいつも表情豊かで躍動的だったが、いまはまるで仮面をかぶっているようだ。どうして僕を見ようとしない？　僕の申し出を聞いたら泣くだろうか？　たとえ安堵《あんど》の涙であっても彼女が泣くと考えるのはつらかった。ここから連れだして、ふたりきりになれる場所に行きたい。そして彼女の涙を拭《ふ》いてやり、ふたりの仲を固めるための一歩を踏みだすのだ。

こちらを見てさえくれれば。

「ミス・コンウェイ。テッサ」

テッサの注意を引こうと、カルヴィン・スタインがそっと呼んだ。テッサは生気のない目つきで弁護士を見て、なぜ彼が自分を殻から引きだそうとしたのか、その理由を話すのを待った。

弁護士はテッサの手を取ると、冷えた指を温めるかのように両手で包みこんだ。「ミスター・ラトランドから申し出がありました。地方検事のオフィスの了解が得られれば、あなたに対する訴えは取り下げるそうです。ただし、自分が有罪であるという供述書に署名すること、紛失した金を全額返済することが条件です」カルヴィンの声は低く、テッサにしか聞こえなかった。部屋のなかにいる誰もが、ふたりは相談していると思ったことだろう。まさか、当然テッサが聞いていたはずのことを弁護士があらためて説明しているとは思うまい。しかしテッサの顔に視線を走らせるカルヴィンのグレーの目はやさしかった。

「テッサ、わかりましたか？」

「ええ、わかりました」彼女はつぶやいた。

その目にはぼうぜんとしたような、苦悩にさいなまれるような表情があった。弁護士はとっさに彼女の前に回り、周囲の視線をさえぎった。「この申し出を受けたほうがいい」そのささやきは命令だった。「あなたは充分つらい思いをした。公判となれば、危ない橋を渡ることになります」

テッサが絞りだした声は、ほとんど聞き取れないほど小さかった。「無罪判決の可能性はないと思っているんですね？」

「確率としてはかなり低いでしょう。証拠は強力です。むちゃな賭《かけ》はやめてください。刑務所に入ったらあなたは死んでしまう」カルヴィンは怒ったように言った。

なぜ怒っているのかしら？　彼は最初からテッサの無実を信じていなかった。しかし法のもとではたとえ有罪の人間でも適切な弁護を受ける権利がある。それこそいまこの弁護士がおこなっていることだ。できるかぎりのアドバイスをしようとしているのだ。

手足から力が抜け、テッサは小さくため息をついた。「罪を認める書類に署名しなければならないんですね？　供述書に？」

「それが向こうの条件です」

テッサはほほえみを浮かべた。血の気のない唇がゆっくりと動く。「でも私は無実なのよ」

弁護士の目に絶望の色が浮かんだ。「テッサ、そのことは忘れてください。向こうの申し出にすべてを賭《か》けましょう。そしてこの件には背を向けるんです」

「背を向けるしかないわね。だって鏡で自分の顔を見られなくなるもの。私に残されているのは自尊心と正直な心だけなのに、うその供述書に署名すれば、それも失うことになるわ。それは臆病《おくびょう》者のすることよ」声はとぎれがちで、絞りだすようなか細いものだったが、なんとか自分の思いを伝えることができた。

「なにを言うんですか。高潔を気取っている場合じゃないでしょう！」

「あら、私は高潔なわけじゃないわ。ただ必死なだけ」テッサは弁護士を説得しようと、握られている両手で今度は相手の手を握り返した。「それはできません。ごめんなさい。やってもいないことを認めることはできないわ」

カルヴィンは出かかった悪態をかみ殺した。顔はテッサと同じく青ざめ、汗ばんでいる。背後では相手側の面々が落ち着かなげに身動きしている。いったいなにを長々と相談しているのか、なぜ弁護士は頼みこむような口調で話しているのか、不審に思っているのだろう。テッサはカルヴィンの手を放すと立ち上がり、オーエン・マッキャリーを見た。それ以外は頑として見ようとしなかった。

「この申し出を受け入れることを拒否します」ちゃんと聞こえるようにと必死に声を振り絞る。「やってもいないことを認めることはできません」

ののしりの言葉を吐きながら、ブレットがさっと立ち上がった。テッサはそちらに目を向けなかったが、彼が近づいてくるのを感じ、心臓が止まりそうになった。彼女はカルヴィンの腕にしっかりつかまり、まるでブレットが見えない存在であるかのようにその横を通りすぎた。

ドアが閉まり、沈黙が戻ってくると、エヴァンが震える声で呪《のろ》わしい言葉をつぶやいた。エヴァンの方を振り向いたブレットの目には、なんとも言えない感情が燃えていた。彼は恐怖に内臓をわしづかみにされたような気分だった。「なんてことだ。僕はいったいなんてひどい仕打ちをしてしまったんだ」ブレットは声を詰まらせた。「テッサは無実だ。横領などやっていない！」

ベンジャミン・スティーフェルがため息をついた。「まさかこんなことになるとはな」そんな言葉じゃもの足りない。怒りに身を震わせて、ブレットは思った。そして野獣のように荒々しく、オーエン・マッキャリーに向き直った。「訴えを取り下げてくれ。完全に。いますぐ」言葉が弾丸のように飛びだした。

マッキャリーも動揺は隠せなかったが、出た言葉はこうだった。「ミスター・ラトランド、彼女に対する証拠はあまりに強力で――」

「そんなことは知っている」ブレットが割りこんだ。「僕も一緒にそれを見つけたんだからな。だが早計だった。テッサに濡《ぬ》れ衣《ぎぬ》を着せたやつを探すべきだったんだ。僕は訴えを取り下げる。いまここで」

ベンジャミン・スティーフェルが言葉をはさもうとした。「ブレット、カーター社長は絶対に――」

「社長の承認など必要ない。僕には訴えを取り下げる権限があるし、それをいま行使しているんだ。もちろん社長には犯人を差しだす。つかまえて献上するさ」

エヴァンの目にもブレットの目に燃えているのと同じ怒りがあった。「ベンジャミン、我々はもう少しで無実の女性を刑務所に送るところだった。最初からしっくりこなかったんだ。彼女の性格からして、とても考えられないことだった。カーター社長には調査の進行状況を知らせるが、もし気に入らないなら――」エヴァンは肩をすくめた。「首にしてもらって結構だ」

ブレットはとらわれた獣のように部屋のなかを歩きまわった。いま起きたばかりの出来事で、自制心は吹き飛んでしまった。テッサが申し出を断った瞬間、理屈だてて考えるまでもなく、彼女が無実だということがわかった。本能的に、一点の曇りもなくそう思ったのだ。テッサを追いつめ、傷つけた――どれほど傷つけたかを思い、ブレットは顔をしかめた。僕を見ようとしなかったのも当然だ！

時計を巻き戻し、この一週間をなかったことにできるなら、ブレットはなんでも差しだしただろう。男としての保護本能が頭をもたげ、胸は怒りで荒れ狂った。世界で一番愛している人の人生をだいなしにするところだった。真の横領犯を見つけなければならない。書類上だけでなく、人々の心にも残ったテッサの汚名を晴らすために。それが僕にできる唯一のつぐないだ。

9

カルヴィンはテッサを放《ほう》っておく気になれなかった。彼女をアパートメントまで送り届けたが、立ち去ることなど到底できそうになかった。一方テッサは、落ち着きなく歩きまわる弁護士を眺めながら、なにをしたいのだろうといぶかった。カルヴィンもまた彼女を見つめていた。彼女がしたことがまだ信じられないというように、グレーの目に苦悩の表情を浮かべながら。

テッサは胸の奥にある殻に閉じこもっていたが、それでも彼が歩きまわるのが気になり始めた。「カルヴィン、ごめんなさい」痛む喉で、できるだけやさしい声を出そうとしながら彼女は言った。「あなたがアドバイスしてくれたのが一番賢明な方法だったのはわかってるわ」

「そんなことはありません」彼の声はくぐもっていた。「あれはただ……ああ、くそっ、僕は人を信じることを忘れていたんだ。人の言葉を素直にそのまま受け取ることを。あなたを信じるべきだったのにそうしなかった。あなたが犯人だろうが無実だろうが弁護士の僕には関係ないとたかをくくっていたんだ」

「関係ないのよ。そうでないと、あなたは仕事をやっていけないわ」どうして彼をなぐさめようとしているのかしら？　テッサはぐったりと疲れていて、むしょうに眠りたかった。弁護士が帰ってくれれば毛布をかぶってカウチで寝ることができる。もう目を開けていられない気がした。腕も脚も鉛のように重く、全身がだるかった。

誰かが玄関のドアを叩《たた》いた。こぶしで殴りつけているような音だ。カルヴィンはテッサに目をやったが、彼女は出るそぶりを見せなかった。まるで鷹《たか》が飛び去るのを待つ小動物のように、じっと息をひそめている。仕方なく彼は自分でドアを開けた。戸口いっぱいにブレット・ラトランドが立ちはだかっていた。その顔は暗く凶暴で、目つきはたけだけしい。

「彼女はだいじょうぶなのか？」ブレットは大声で言った。

カルヴィンは振り向いてテッサを見たが、彼女はまっすぐ前を見つめたままこちらを見ようとしない。弁護士が引き留めるのも聞かず、ブレットは脇《わき》をすり抜けてなかに入った。

「ミスター・ラトランド、これはきわめて変則的な――」

「変則的だろうがなんだろうが関係ない」

ブレットは言い返し、テッサに駆け寄ると前にしゃがみこんで顔を見つめた。彼女の視線は彼からすっと離れ、壁のどこかに焦点を結んだ。ブレットは彼女の手を取った。このわずかなふれあいにも体がしびれるような気がした。彼女の肌を感じたのは、ほのかな香りが感じ取れるほど近づいたのは、久しぶりのことだ。腕に抱き上げ、ぎゅっと抱きしめたい。しかしテッサは血の気のない顔で身動きもせず、完全に彼を無視している。手は氷のように冷たかった。ブレットはもう一方の手を取り、温めようと両手で包みこんだ。

「テッサ、訴えは取り下げた。わかるかい？　君は自由の身だ。なにも心配することはないんだ」

弁護士はやっと話す力を取り戻した。「なんですって？　訴えを取り下げた？　でもどうして……どういうことです？」

「すぐに全部説明する」ブレットはテッサの顔から目を離さなかった。「テッサ、僕の言っていることがわかるか？」

「ええ」彼女はささやいた。感覚がなく、なんの感情もわかなかった。安堵《あんど》も、驚きも、好奇心さえもなにも感じたくない。なにも考えたくない。ブレットがこんなに近くにいるいまは。どうして帰ってくれないの？　どうして手を放してくれないの？

「その声、どうしたんだ？」はっとしてブレットはたずねた。

するとテッサがこちらに目を向けた。その目に浮かぶ表情に、ブレットは息をのんだ。

「帰って」

テッサの目のなにかが、顔つきのなにかが、手を放せと彼に告げていた。ブレットは彼女の手を放すと表情を変えないまま、立ち上がった。「キッチンで話そう」そう弁護士に言うと、連れだって部屋を出ていった。

テッサはそこから動こうとしなかった。向こうで自分のことを話しているとは思ったが、ブレットがいる場所に行くことは絶対にできない。彼の存在はテッサを圧倒した。そして抱えきれないほどの痛みをもたらした。痛くないふりすらできないほど強い痛みを。分析することも向きあうこともできない痛みを。

まるで時間が引き延ばされたように、ふたりが何時間も話している気がした。彼女はただもう横になって眠りたかったが、ブレットがこんなにそばにいるのにあえてそうする気にはなれなかった。なにをそんなに話すことがあるのかしら？　訴えの取り下げが法的に困難だなんてことはないでしょうに。訴えは取り下げた、とブレットは言っていた。私は自由なのだ。刑務所の影におびえる必要はなくなった。なのに、なぜそれが実感として感じられないのだろう？

ふたりがキッチンから出てきた。弁護士はテッサのところへ来て手を取った。「あなたはもうだいじょうぶです」安心させるように言った。「ミスター・ラトランドがすべて面倒を見てくれます。僕はもうオフィスに戻らないといけませんが、あとで連絡します」「待って」テッサは必死の思いで言った。ちらりとブレットを見る。まさかブレットとふたりきりにするつもりかしら？

「ミスター・ラトランドがすべて面倒を見てくれますよ」カルヴィンはそう繰り返すとテッサの手を放し、ドアに向かった。テッサは立ち上がろうともがいた。彼を止めなければ。とにかくなにかしなければ。ブレットとふたりきりになるなんて考えられない！　しかしブレットが動き、弁護士をドアまで送っていったので、その広い肩で行く手がさえぎられた。テッサは躊躇《ちゅうちょ》した。ブレットのそばには近づきたくない。彼はドアを閉め、振り向いてテッサと向きあった。

自暴自棄の思いがテッサに力を与えた。息をのみこみ、そのせいで喉はひりひりと痛んだが、彼女はまっすぐにブレットを見すえてかすれた声で言った。「私のアパートメントから出ていって」

「その声はどうしたんだ？」彼女の言葉など無視して、ブレットがもう一度たずねた。避ける間もなく彼がそばにやってくる。その手にグラスが握られていることにテッサは初めて気づいた。黄色っぽい透明の液体が入っている。ブレットはグラスをテッサに持たせると、彼女の手を自分の両手で包みこんだ。グラスは持っていられないほど熱かった。「ホットレモネードだよ。飲みなさい。喉にきくから」

テッサの冷えきった手には、温かさが天国のように感じられた。子どものころ、これを飲めば治るからとよく飲まされたものだ。テッサはグラスに唇をつけると、甘味と酸味がいりまじった、癖のある味わいの温かい液体をそっと口に含んだ。その味は舌の上で甘い思い出を呼び起こした。喉がひりひりしたが、かえって心地よかった。

「その声はどうしたんだ？　病気なのかい？」

どうしてそっとしておいてくれないのかしら？　こんなに何度も同じことをしつこくきかれては、叫びだすか頭が変になるかしてしまいそうだ。「いいえ、病気じゃないわ！」テッサは声を張り上げたが、実際にはかすれ声でしかなかった。

「いつから悪いんだ？」

ブレットのねばり強さがじわじわとテッサを支配し、自制心を打ち壊していった。だがそもそも彼は、テッサに自分でもコントロールできないほどの反応を起こさせた、ただひとりの男なのだ。

彼女はブレットから離れた。彼を見つめているうちに、体が小刻みに震えだした。いかつい、ハンサムとは言えない顔、驚くほど美しい青い目。出会ったその日からテッサを惑わせた顔と目だ。テッサは彼を愛し、彼はテッサに新しい世界を開いてみせた。震えがひどくなり、テッサは突然激しい怒りにかられた。顔をゆがめ、グラスの中身を彼にぶちまける。

「いいかげんにして！　あなたなんて大嫌い！　嫌いだと言ったのよ、聞こえた？」

昨夜、ブレットの声を聞いただけで、傷ついた心のまわりに張りめぐらせた壁は壊れてしまった。そしていま彼のせいで、胸の奥にたまった怒りがついに噴きだした。テッサはブレットに飛びかかって顔と言わず胸と言わず、手が届くところすべてをこぶしで殴りつけた。かすれた声で激しく叫んだが、喉を使いすぎて声が出なくなり、いつしか叫び声は聞こえなくなった。興奮が高まり、目から涙があふれだした。ブレットは頭をうしろに引いて顔を守ったが、その場から動こうとはしなかった。テッサが胸を殴るにまかせ、こぶしと痛みを受け止めながら、彼女になんという仕打ちをしてしまったのかと思い、胸が痛んだ。

やがてテッサは力つきて弱々しく彼にもたれかかった。ブレットはやっと彼女を胸に抱き留め、まだ叩き続けようとする手を封じこめた。

「テッサ、君の気がすむのなら熱湯をかけられたってかまわない」息も荒く彼は言った。唇でそっと彼女の髪と額とこめかみを愛撫《あいぶ》する。「くそっ、すべてを白紙に戻すことさえできたら！」それは魂の深みから発せられた苦い叫びだった。

体に回されたブレットの腕の感触は苦痛以外のなにものでもなく、テッサはとても耐えられないと思った。それでも、彼を押しのける気にはならなかった。ブレットのシャツとスーツのジャケットは投げつけたレモネードでべとべとで、テッサの顔や髪にまでレモネードがついた。テッサは疲れきって彼の広い胸の上で頭を休ませた。高級なウールだもの、レモネードでだめになったりはしない。テッサはぼんやりとそう考えた。クリーニングにお金がかかるのはいい気味だわ。

部屋全体が渦を巻いて回りだした。ブレットは彼女を抱き上げると、キッチンに運びこんで椅子に座らせた。ペーパータオルを水に濡《ぬ》らしてテッサの顔からレモネードを拭《ふ》き取り、髪の毛を軽く叩く。頭の上でまとめた髪からそっとピンを抜き取り、指でくしけずると、ダークブラウンの髪がぱらりと肩にかかった。もう一杯レモネードをつぎ、テッサの手に押しつける。「これでレモネードはおしまいだ。僕に投げつけたいならそれでもかまわないが、飲んだほうが気分がよくなる」

テッサはおとなしく飲んだ。あまりに疲れきって抵抗する気力もない。ブレットはと見ると、コートを脱いで椅子の背にかけ、さらにシャツのボタンもはずして脱いでいる。たくましい裸の胸を見たとたん、胃がひっくり返りそうになった。以前、あの胸をおおう毛に指をからませ、それが太陽の光を思わせる黄褐色の頭髪より数段濃い色をしていると気づいたのだ。肌をくまなくさぐろうとするテッサの指の感触に、彼の体がどのような反応を示したかを思いだし、彼女はとっさに視線をはずして意味もなく床を見つめた。ブレットは胸と肩からレモネードを拭き取っている。動作とともに上下する腕と背中の筋肉。ふくらみ、波打つ二頭筋。たとえ見ていなくても、その様子は心のなかにはっきりと浮かび上がった。

「ほら、全部飲みなさい」

やさしい声がして、テッサは飛び上がった。ブレットがそばに来ていることに気づかなかったのだ。彼はタオルで胴を拭きながら、じっとテッサに注意を集中している。彼女はレモネードを飲み干し、空のグラスを返した。ブレットはそれを洗って水切りかごに置いた。戻ってくるとテッサの膝と背中に両腕を回し、抱き上げた。テッサはかすれ声で抗議の言葉らしきものを発した。

「しいっ」ブレットがなだめた。「しゃべってはだめだ。喉が痛くなるだけだよ。君は疲れているから眠らなければいけない。僕はベッドに運ぶだけだ。目が覚めたらきっと気分もよくなっている。話すのはそれからだ」

ブレットはテッサを寝室に運んでいった。彼女は驚いて腕のなかでもがいたが、力はほとんど残っていなかった。彼女の服を脱がせるのは、わがままな子どもを着替えさせるのと同じぐらい大変だった。やっと裸にすると、ブレットはテッサをひんやりしたシーツのあいだに横たえ、窓のところへ行ってシェードをおろし、明るいカリフォルニアの日差しをさえぎった。

テッサは身を固くしてじっとしていた。彼がいるところでは起き上がりたくない。もう一度一糸まとわぬ姿をさらすのは耐えられない。このベッドに寝るのもいやだ。ブレットは靴と靴下を脱ぎ、ズボンも脱ぎ捨てた。

テッサはやっとの思いで起き上がった。声にならない抗議の言葉が唇にのぼった。「だめだ、話すんじゃない」ブレットは厳しい声でそう言って、下着を脱いで輝くような裸体のままベッドのそばに来た。そしてなかに入ると、テッサを枕《まくら》の上に押し戻した。「寝るんだ。僕は君を抱きしめているだけだよ。なにもしゃべってはいけない」彼はテッサがまたなにか言おうとしたのを見て、繰り返した。「喉に無理させたんだ。休ませてやらないと」

ブレットはテッサを引き寄せた。裸体から発する熱が温かくテッサを包みこみ、全身に染み渡っていく。彼の両腕はふたりをつなぐ糸のようにテッサをからめ取り、彼の肩のくぼみはぴったりとテッサの頭を受け止めた。その男らしさに包まれてテッサはつかの間、弱々しくもがいたが、ブレットは性的な意味では近づこうとせず、ただ抱きしめるだけだったので、疲れはてていたテッサはすぐに抵抗をやめた。

「寝るんだ、ダーリン」ブレットがささやき、テッサはそれに従った。

何時間かたって、テッサはバスルームに行きたくなって暗闇《くらやみ》のなかで目を覚ました。ブレットの両腕を振りほどき、からまったシーツに足を取られながら、半分眠ったままバスルームに向かう。出てくると、ブレットが廊下の壁にもたれて待っていた。彼は一言も言わずにテッサをベッドに連れていくと、もう一度腕のなかに抱いた。彼の温かい喉元に顔をすり寄せ、かすかに麝香《じゃこう》の匂《にお》いのする忘れられない香りを吸いこみながら、テッサは深い眠りに落ちた。夢も見ない長い眠り、それこそ彼女の体と魂が必要としていたものだった。

ふたたび目を覚ますと、ベッドには自分しかいなかった。人が本能的に持っている光と時間に対する感覚から、もう午後も遅い時間だと察しがついた。ということは、二十四時間以上眠っていたことになる。起きたばかりで頭がぼんやりしたが、永遠に続くかと思われた暗い日々に比べれば力がみなぎっているように感じた。

ブレットはまだいるのかしら？　なぜか、まだ彼がいたとしてもあまり怖くはなかった。充分に体を休ませたいまなら、彼と顔を合わせることができる。ベッドから出てローブをはおると、衣服を出してバスルームに向かった。なによりもまずシャワーを浴びたい。テッサはゆっくりとシャワーを浴びた。肌が引きしまるような冷たい水で、頭のもやが晴れるといいと思いながら。

歯を磨き、髪をとかすというちょっとした身づくろいの作業が気持ちを落ち着かせ、気分もさっきよりさらによくなった。バスルームから出ると、ブレットが辛抱強く外で待っていた。その姿を見ると体全体が震えたが、もうパニックになることはなかった。

「朝食ができてる」そう言ってブレットはかすかにほほえんだが、目は笑っていなかった。「もう午後の四時だけど、朝食といってもさしつかえないだろう。君はオートミールが好きなんだね？　そうでなければ買っておくはずがないからな。オートミールなら喉が痛くても食べやすい。喉の具合はどうだい？　話せるかい？」

「ええ」自分のがらがら声が、テッサは少し恥ずかしかった。

いかつい温かなブレットの手がテッサの手首をとらえ、身を引く間もなく彼の頭が近づいてきてそっと唇を重ねた。

「だいじょうぶだ。声はいずれ元に戻る」彼は安心させるようにそう言うと、テッサの背中をそっと押してキッチンへと連れていった。

彼の唇の感触に動揺してしまい、テッサは震える手で熱いオートミールを食べた。私が起きだすのを耳にしてすぐに作ったのだろう。どうしてキスしたのかしら？　そもそもどうして一晩一緒に過ごしてくれたのかしら？　もちろん愛からではない。テッサはものうげに考えた。たぶん罪悪感だわ。ともかく、それは彼が背負うべき十字架だ。テッサにはテッサの問題があった。なかでも大きいのはどうやって彼を忘れるかということだ。もしできればの話だが。彼のことを考えなくなる日が、朝目覚めたときそばにいてほしいと思わなくなる日が、来るのだろうか。そんな日が来るとはどうしても思えない。

テッサはブレットの服が変わっているのに気づいた。カーキ色のズボンと、ゆったりした白いコットンのプルオーバー。袖《そで》をまくり上げているので筋骨たくましい腕が肘までむきだしだ。「いつホテルに戻ったの？」彼のいでたちを指して、テッサはかすれた声でたずねた。

「戻ってない。エヴァンに電話して着替えを持ってきてもらったんだ。たとえ一時間でも君をひとりにしたくなかったからね」

テッサは考えこみながらコーヒーを飲んでいたが、やがて口を開いた。「私ならだいじょうぶ。ばかなことをしでかすつもりはないわ。そういうことを心配しているならね」

「いや、それは考えていなかった。僕が怖かったのは、留守のあいだに君が目覚めて僕を締めだすことだ」ブレットはあっさりと言った。

テッサはうなずいた。「そうね」

「運を天にまかせる気にはならなかったんだ。とにかくいまは」ブレットの口調が熱を増した。「この一週間で君にしてしまったことを埋めあわせられるとは思っていない。でも一生かけてつぐなっていくつもりだ」

テッサの胸に怒りがこみあげた。「あなたの罪悪感のことなんかどうでもいいわ！　言ったでしょう、だいじょうぶだって」

ブレットは彼女の怒りの言葉には答えず、コーヒーを飲んだ。「君の叔母さんに電話したよ」その言葉はテッサを心底驚かせた。「君の電話帳で番号を見つけたんだ。関係ない話だが、叔母さんの名はSのところじゃなくてAのところにあった」

「アーント・シルバーだからよ。シルバー・アーントじゃなくて」テッサはどうでもいいと言わんばかりにつぶやいた。「どうして叔母に電話したの？」

「心配しているだろうと思ったし、とりあえず君に関してはすべてが解決したことを知ってほしかったんだ。僕には真犯人をつかまえる仕事が残ってるけどね」ブレットは厳しい表情で言った。

テッサはこれにも驚いた。「どういうこと？」

「君がやったんじゃないってことは知っている」

「本当に？　例の証拠とやらはどうなったの？」テッサは興奮のあまり立ち上がった。

「僕がまちがっていた。君は無実だ」

ブレットがテッサに向けた強いまなざしは、彼が思っていたのとは反対の効果を上げた。なだめるのではなく、驚かせたのだ。テッサは、なぜそういうことになったのか本気で考えてはいなかった。彼が訴えを取り下げた理由について、筋道だてて考えたりはしなかったのだ。きっと私のことを哀れに思ったのだろう、調査のために私を誘惑したことに良心が痛んだのだろう、その程度にしか思っていなかった。無実だと思っているというブレットの率直な言葉は、ほとんど理解を超えていた。

「わからないわ」身を震わせてテッサは言った。「前は信じていなかったのに、どうしていまになって信じるの？　証拠はなにも変わらないんでしょう？　なにか新しい事実でもあったの？」

「いや、目新しいものはなにも見つかっていない」

ブレットの、彼女に対する気持ちはとても一言では説明することはできないものだった。どちらにしても、テッサはまだそれを聞ける状態ではない。前夜、眠る彼女を腕に抱きかかえながら、ブレットはまんじりともせず数時間を過ごした。テッサを告発したのはまちがいだったと、突然にこれほど強く思ったのはなぜだろうと考えながら。

理由の一部は、あくまで自分の名誉を守ろうとするテッサの姿を見たことだ。彼女なら、自分をかばうためにうそをついて名誉を汚すことはしないはずだ。それよりも強い理由となったのは彼女の愛し方だった。すべてをさらけだす率直な愛し方、そして彼が初めての男性だったという事実。テッサは二十五歳で、二度婚約している。まさかヴァージンだとは思っていなかった。誰だってそうだろう。しかしテッサは自分を大切にする気持ちからヴァージンを守ってきた。男性とそれほど親しくなる準備が自分にはまだできていないと、無意識のうちに感じ取っていたのかもしれない。婚約者をそれほど愛していなかったのだ。不実を許したり、自分を与えてもいいと思うほどには。

ブレットの胸のうちがきりきりと痛んだ。テッサは僕を許してもいいと思うほど愛してくれているだろうか？　甘美な体を与える程度には愛してくれていたが、それは彼がテッサの愛を踏みつけにする前の話だ。もし許してくれなかったらどうすればいい？

テッサは落ち着かなげに椅子の横に立っていた。ブレットの顔つきを見ると、その話題を続けるのははばかられた。そこで一つ前の話題に戻った。「シルバー叔母さんはなんて言っていたの？」

「泣いていたよ」ブレットはぶっきらぼうに言った。ほかに電話線を焼き焦がしそうなこともいろいろ聞かされたのだが、それは彼とシルバーのあいだだけにおさめておくことだ。ほとんど言われて当然と思うことばかりだった。ブレットが口をはさんだのは、テッサを利用したと言ってシルバーが彼を責めたときだけだった。

シルバーは、少なくともいまは、彼がテッサのことをどう思っているかまちがいなく知っている。しかしテッサ本人となると話はちがう。辛抱強くいかなければならない。時間をかけなければ、彼が与えた傷を癒《いや》すことはできない。いま愛していると言っても耳を貸そうとはしないだろう。

「叔母さんは……叔母さんは今週末に来てくれるの？」

「いや。その必要はないからね」

テッサはがっくりと肩を落とした。「それなら、故郷に帰らないと」声はかすれていたが、〝故郷〟と言ったときの口調は痛切だった。

テッサは奇跡のような芽吹きの春を迎えている静かで壮大な山々が恋しかった。帰れば山歩きができる。カリフォルニアに来る前に毎年そうしていたように国立公園のなかをめぐれば、ひとり静かに心の傷を癒すことができるはずだ。ここにはもうなにも残っていない。アンドリューを忘れようとしてテネシーを離れたのだが、そのもくろみは想像以上にうまくいった。アンドリューはもうぼんやりした思い出でしかない。ブレットが火をつけた炎がすべてを焼きつくしてしまったからだ。テッサは家に帰りたかった。

テッサがここを去っていく。そう考えると、ブレットは息が止まりそうだった。しかもいまはあとを追うわけにはいかない。テッサを手放さないためにも、ロサンゼルスにとどまって横領犯を見つけなくてはならない。いま行かせてしまったら二度と取り戻せないかもしれないと思うと、彼は怖かった。

「いまはまだだめだ」ブレットは鋭く言った。

テッサの緑色の目が恐怖に見開かれる。「だめって？」

「君の助けがいる」とっさにそう言ってしまった。

テッサは警戒しているようだ。「なにを助けるの？」

「君に濡《ぬ》れ衣《ぎぬ》を着せた真犯人を探すんだ」彼は即座に答えた。

「役に立てるとは思えないわ」

「君に対する訴えが取り下げられたことはまだ誰も知らない。真犯人は自分の身は安全だと思っているだろう。しかし君がここを離れればその男も感づく。金を持って逃げるかもしれない」

「その男？」テッサが眉を上げた。

「深い意味はない」

やがてテッサは口を開いた。「あなたがその男をつかまえようがどうしようが、私には関係ないわ」

ブレットは色をなして立ち上がった。「自分を刑務所送りにしようとしたやつをつかまえたくないのか?」

テッサは思わずあとずさった。「悪人がつかまって罰せられるのは当然だと思うけど、いまはとにかくどうでもいいの。ただ全部忘れたいだけ……今回のことを。なにもかもすべてを」

僕のこともだな。そう思うと、ブレットのなかに怒りがこみあげてきた。それは無理だ。僕がそんなことは許さない。ダークブルーの瞳を怒りに細め、ブレットは腕を伸ばしてテッサに触れようとした。怒りにもかかわらず、その手はやさしかった。触れられてテッサは身じろぎしたが、胸に引き寄せようとする彼に逆らおうとはしなかった。ブレットはテッサを抱きしめ、髪をなでた。「君は疲れきっているんだ。つらい目にあったからね」そうささやく。「かわいそうに。僕はなにもかもつぐなうよ。いまはなにも考えなくていい。僕が面倒を見るから」

「私は疲れていないわ。それに自分の面倒は自分で見られるわ」たくましいブレットの体をそばに感じると、彼に組み敷かれたときのこと、全身が砕け散りそうな激しさで愛されたときのことを思いだしてしまう。テッサは無意識のうちに抵抗の言葉を発したが、ブレットはなにも聞いていなかった。

「どれほど君を抱きしめたかったか」テッサのこめかみに唇をすべらせながら、彼はハスキーな声で言った。「君は甘い香りがする。ハニー、一つ教えてくれないか。妊娠は？ 君は身ごもっているのか？」

鋭い痛みがテッサの体を走った。訴えを取り下げたのはそのせい？ 私の無実を信じていると言ったのは……でまかせ？ 「いいえ」吐きだすように言うと、両手を彼の腹部にあてて押しやろうとした。「いいえ、妊娠してないわ。先週わかったの」

ブレットはテッサの両手を取ると、そのままやさしく彼女の背に回し、片手で押さえた。テッサが妊娠していないのは残念だったが、結果としてはよかったかもしれない。ふたりの最初の子どもの誕生を、快感や愛以外のものと結びつけたくなかったからだ。テッサは腕のなかにしっくりとおさまった。まるでなくなっていた自分の一部が戻ってきたかのように。やわらかい丸い胸が押しつけられているのを感じて、彼の体の奥で欲望が頭をもたげた。一糸まとわぬ彼女を一晩中腕に抱きながら、疲れきっているのだから眠らせなければと思って愛しあうのを我慢したことで、欲望はいやがうえにも高まっていた。

ブレットの変化を感じ取り、恐怖とエクスタシーの記憶とでテッサは息が詰まりそうになった。

エクスタシーは彼女の一部であり、その記憶は一度として消えたことはなかった。ブレットに対して自分は無力だと知っていたから、彼のことが怖かった。テッサは愛を捧《ささ》げたのにブレットは、思いもよらぬほど深く彼女を傷つけた。愛しているからこそ、もう一度傷つけられるかもしれない。しかもテッサは彼に対して身を守るすべを持たないのだ。

「ブレット、やめて」テッサは声を絞りだした。「そうなるのはいやなの。いまはとても耐えられない。お願いよ」

「わかった」ブレットはかすれ声で言った。「わかったよ。君を抱きしめる以上のことはしない。僕が君に無理強いしたことがあるかい?」

「ないわ」息がもれるようなささやき声だった。テッサは彼を信じた。肉体的に彼がひどいことをしたことは一度もない。

体の緊張はかすかに解けたが、ブレットはなおもテッサをしっかりと抱きしめていた。やがてテッサも徐々に緊張を解いた。昨夜は生まれたままの姿で彼に抱かれていたが、なにもなかったのだ。服を身にまとってキッチンに立っているいま、彼女は危険を感じなかった。

ドアベルが鳴った。テッサが身を引き離し、おびえた小動物のように振り向いた。「落ち着いて」その反応に顔をしかめてブレットは言った。「たぶんエヴァンだろう。今日の午後遅く来るように言っておいたんだ。仕事をしようと思ってね」

「どうしてホテルで仕事をしないの?」彼について居間に入りながらテッサは問いただした。

「もう部屋がないからさ」なにげなくブレットは答え、ドアを開けた。

テッサは警戒心を抱いた。それはあまりに明確でただの疑いとは言えないほど確かなものだった。テッサにははっきりわかっていた。しかし、ふたりの関係がこれほどもつれてしまっているいま、あまりにプライベートなことをエヴァンの前で追及するのははばかられた。ブレットもそれを計算に入れていたにちがいない。

エヴァンはこちらの調子が狂ってしまうほどの気安さで、テッサに挨拶《あいさつ》した。ブレットにしっかりとウエストに腕を回され、引き寄せられるようにしてカウチに座らせられたときも、彼女はなにか変だと思った。エヴァンが中身の詰まったブリーフケースから書類を引っぱりだし始めても、ブレットは彼女を抱いた手を放さなかった。テッサは身を固くして座っていたが、ぎりぎり体が触れあわないところまでブレットから離れた。熱心な身ぶりにほろりとくるとでも思ったのかしら？　そんなものは、しょせん見せかけでしかない。テッサは二度もだまされるつもりはなかった。彼女が身動きすると、ブレットははっと振り向いた。目には危険な表情が浮かんでいる。しかしエヴァンが話し始めたので、彼も注意を戻さざるを得なかった。

「今日の午後、興味深い情報が入ってきたよ」興奮を抑えながらエヴァンは話した。「小切手の署名の筆跡鑑定なんだが」

ブレットが身を乗りだし、エヴァンは報告書を渡した。ブレットは額に皺《しわ》を寄せて、急いで目を通した。

「どんな結果だったの？」自分も読もうと身を近づけて、テッサはたずねた。

「ダーリン、報告書によると、小切手の署名の筆跡は君の筆跡と非常に似ているが、ちがうところもあってはっきり君のものと断定できないそうだ。ただし、この小切手を書いたのが女性なのは、ほぼ確実らしい。となると、我々が一番あやしいと思っていた男は容疑者から除外されることになるな」

ダーリンなどという軽々しい呼びかけにテッサは顔をしかめたが、最後の言葉に気を取られた。「一番あやしいと思っていた男って？」

「サミー・ウォレスだ」ブレットから報告書を受け取りながら、エヴァンが答えた。

「ありえないわ」テッサは即座に言った。

「我々もいまになってわかったよ。彼は容疑者の第一候補だったんだ。君の話だとサミーは自宅に高価な機械類を山ほど持っているというし、そうなれば支払いも相当なものだろうからね」

私を利用して、私の友人の情報まで探っていたわけね！　怒りがわき起こり、テッサは両手を握りしめた。まったくの麻痺《まひ》状態にあった彼女の心は、ある感情から逆の感情へとジェットコースターのように激しく揺れ動くようになっていた。自制を取り払ったがために、その反動で今度は感情が極端に変化するようになったのだろうか。

「サミーは私を助けようとしてくれたのよ」テッサがそう言うと、ふたりとも驚いた様子だった。「使われた口座の番号か名義がわかれば、それが最初に入力されたときの時間や使った端末までわかるからって言ってたわ。でもサミーには口座の名義がわからなかったの」

ブレットのいかめしい顔に影がよぎった。「くそっ、誰かが僕のオフィスの書類を盗み見していると思っていたんだ！」

自分のせいで、もう少しでサミーを首にしてしまうところだったと知ってテッサは青ざめた。それだけはなんとしても避けたかった。

「サミーは私を助けようとしただけよ」テッサは、〝サミーは最初から私を信じていてくれたのよ〟と言いたくなるのをこらえた。

まるでそれが合図になったかのように、またドアベルが鳴った。その音は神経を逆なでしたが、テッサはもう飛び上がらなかった。エヴァンは急いで書類をかき集め、ブレットがドアを開けに行った。

そこにはサミーとビリーが立っていた。ブレットをまじまじと見つめている。すると、テッサを守るかのようにビリーがまくしたてた。「あなた、ここでなにをしているの？出ていって！　どうしてしつこくテッサを苦しめようとするのよ！」

「落ち着いて」ブレットが冷静に言った。「苦しめてなんかいない。彼女をおとしいれた犯人を探しだそうとしているだけだ」

「おとしいれたってどういうこと?」ビリーが言い返した。

「言葉どおりの意味だ。とにかく入るといい。これで顔ぶれが揃《そろ》ったよ」ブレットがドアを大きく開けると、エヴァンの姿が現れた。

「なにしてるの?」ビリーが疑わしそうにたずねた。

ブレットは頭をぐいとそらしてふたりに入るよう合図した。ビリーとサミーはおそるおそるなかに入った。「最初に言っておくが、テッサに対する訴えは昨日取り下げた」

サミーの顔がぱっと明るくなったが、ビリーはこう言った。「それでなにもかも元どおりだとでも思ってるの? ぬけぬけとここに戻ってきて、また以前と同じ関係を続けるつもり?」

青白いテッサの顔が赤く染まった。ブレットは厳しい表情で答えた。「それほどラッキーならいいと思っているが、とてもそうはいかないだろう。ただ、テッサが横領したように見せかけたやつがいて、僕はそれが誰なのか知りたいだけなんだ」

「ビリー、落ち着いてちょうだい」敵意むきだしのビリーをなだめようとテッサが口をはさんだが、それ以上はなにも言わなかった。

「その声、どうしたの? がらがらじゃない?」

「喉を痛めたんだ」ブレットが答え、たくみに話題を変えた。「ウォレス、君は口座の番号か名義がわかれば出どころをつきとめられると言ったそうだな?」

サミーは探るようにブレットを見た。「そのとおりです」

「どれぐらいかかる？」

話がコンピューターのこととなると、サミーのはにかみは消え失《う》せた。彼の得意分野であり、自信が顔をのぞかせた。「場合によりますね。職場のメインコンピューターが使えれば、二晩以内にできます」

「明日、ほかの仕事はやめてそれだけに集中するとしたら？」

「それは就業時間中ということですか？」

「まさにそのとおりだ」

「明日中に最初の入力に関するデータを届けますよ」

「やってくれ」ブレットが言った。

「口座の名義は？」

「コンウェイ社だ」ブレットは静かに言った。テッサが体を硬くするのがわかった。「やつらはずっとテッサの名前を使っていたんだ」

「テッサがやったと思われたのも無理ないわ！」ビリーがつぶやいた。

サミーは顔をしかめた。「いや、それはおかしい。コンウェイじゃないでしょう？」

「もう一つ、コンメイ社という名前の口座もあるんだ。文字はちがうんだが、見た目がそっくりでね。ろくでもない印字リボンを入れたドットプリンターで出力すると、リスト上ではほとんど見分けがつかなかった。あのプリンターときたら、いつもあの調子なんだ」

テッサは、どうやって自分が犯人に仕立て上げられたかを聞いて気分が悪くなりそうだった。「その口座にあてた小切手の署名に私の名前が使われて、口座には会社のお金が振りこまれた……」証拠はどれも完璧《かんぺき》だった。すべてが、テッサが犯人だと指し示している。偶然選ばれたとは考えにくい。意図的に彼女をねらい、罪を着せようとしたのだ。

ブレットはテッサに鋭い視線を向けた。「そのとおりだ」

「明日は僕も手伝おう」エヴァンがサミーに言った。「ふたりでかかれば半分の時間で終わる。ブレットと僕の首が飛ばなくてすむかもしれない」

テッサは一瞬凍りついた。そして振り向いてじっとブレットを見つめた。まっすぐな視線だった。「あなたは私に対する訴えを取り下げる権限があったの？」テッサは静かにたずねた。

ブレットはエヴァンに鋭い一瞥《いちべつ》をくれた。「権限はある」エヴァンには口をはさませず、言葉を引き延ばすように答えた。

「じゃあ別のきき方をするわ。あなたは訴えを取り下げる許可を得ていたの？」

「いや、そういうわけじゃない」ブレットは抜け目ないほほえみを浮かべた。テッサの質問は気に入らないが、いまはうそをつくつもりはない。明かしたくない情報はたくさんある。それでもまっすぐな質問には正直に答えるつもりでいた。「その決定に関しては僕が責任を取るということだ」

「でも解雇されるかもしれないんでしょう？」

「解雇することもできるが、ありえない。こういう件ではカーター社長と取り決めがあるんだ。現場で判断が必要なときは、僕がその場で下す」

テッサはもっとたずねたいことがあったが、みんながいる前できこうとは思わなかった。テッサはその疑問を、ふたりきりになったらたずねることのリストに加えた――いずれ、ふたりきりになることはまちがいない。みんなが帰ってもブレットはここにとどまろうとするだろう。

彼女の予想は正しかった。だからといって特に満足したわけではなかったが。ふたりきりになると、テッサはブレットに向き直った。この一週間の状態に比べれば、いまははるかに気持ちが安定している。昨日、抜け殻同然だった彼女をなにくれとなく世話してくれたことには感謝せずにいられなかったが、もう彼に正面から向きあうべきときだ。引き延ばしていても、心の痛みは減らない。

「さあ、話しあいましょう」テッサは言った。

ブレットはうなずいた。その目には自分でも止めようのない満足のきらめきがあった。

「ああ、そうしよう。ダーリン、君はこれまで何度となく僕の質問をはぐらかしてきたが、どうしてそんな声になったのかいまここで教えてほしい」彼は穏やかに言った。

ふたりの視線が合い、テッサはブレットのまなざしに頑としてゆずらない強情さを見た。彼女は苦々しげに笑った。「ひどく泣いたからよ」

ブレットの顔が微妙に変化したが、彼が口を開く前にテッサは深く息を吸って言った。

「次の質問は私からよ。ホテルの部屋が使えないなら、どこに泊まるつもり？」

ブレットの視線がテッサの顔をなでた。やさしいが有無を言わさぬ口調で彼は言った。

「ここに泊まるつもりだ」

10

テッサはすっと立ち上がった。視線はしっかりとブレットにすえたままだ。「いてほしいなんて頼んだ覚えはないわ」

「わかってる」あっさりとブレットは言った。「だから自分で自分を招待するしかなかったんだ」

テッサは彼をにらみつけた。どうしても泊まると心に決めて、彼女の抵抗心を徐々にくじいていこうとしているのだ。まるで狩人《かりゅうど》に追われているような気がする。絶望のあまり、怒りがこみあげてきた。「冗談じゃないわ！　ブレット、もう終わったのよ！」

「長い目で見れば終わってはいない。僕はあきらめていないんだよ、ダーリン。君を手放すつもりはない。ふたりのあいだにあるものは、あまりにすばらしくてとても捨てられない」

「ふたりのあいだにはなにもなかったわ！」テッサは苦々しげに言い放った。「私にとっては愛だったけど、あなたにとっては調査だった。いまあなたが抱いているのは罪悪感で、私は……私はそんなものとかかわりたくないの」生気のない口調で彼女はしめくくった。

ブレットは鞭《むち》打たれたかのようにひるんだ。「そう、罪悪感だ！　君を信じるべきだったのにそうしなかった。小切手に君の署名を見たとき、僕は頭がおかしくなってしまったんだ。起訴されないための安全策として君が僕を利用したと思った」

「私のことをそんなふうに考えていたのね！」テッサの怒りが燃え上がった。小さな両手をぎゅっと握りしめる。

ブレットは指で髪をすくい上げながら説明の言葉を探した。「テッサ、僕は一匹狼《おおかみ》だ。人を信用したり、誰かと親密になることに慣れていない。君とあれほど親密になったことで、僕はすっかり平静を失ってしまった。これでは弁解にもならないが、僕に言えるのはこれぐらいだ。君に利用されたと思いこんで僕はひどく傷ついた。そのとき思ったのは、この痛みを君にだけは知られてはいけないということだった。くそっ、僕は君を愛してるんだ！」怒りにまかせてブレットは言った。

テッサの目が涙で痛んだ。「そうでしょうね。愛していたから私に証拠をつきつけられなかったんでしょう？　弁護するチャンスすら与えてくれなかった！　逮捕されるのがどんな気持ちか、身柄登録されて指紋を採取されるのがどれほど屈辱的か、少しでも考えたことがある？　汚されたような気がしたわ！　私はあなたに電話しようとした。あなたと連絡がつきさえすればなにもかもうまくいく、きっとあなたがなんとかしてくれると思ったの。私を逮捕させたのがほかならぬあなただと知って、どんな気がしたか想像できる？」その声は徐々にかすれ、ほとんど聞こえなくなった。「あなたに愛なんてわかるわけがない」

ブレットはののしりの言葉をつぶやいた。生まれて初めて女性に愛していると言ったのに、相手は信じてもくれない！　最悪なのは、その理由が彼自身にもわかることだ。すべては罪悪感からしたことだとテッサは思っているにちがいない。やさしく面倒を見たのも、罪悪感を和らげるためだと考えているのだ。テッサの心を変えられる言葉などなかった。彼女の痛みを癒《いや》せる言葉などなかった。僕は裏切られたのではなく裏切ったのだ。テッサを信じなかったせいで、信頼を失ってしまった。そして二度と立ち直れないほど深く傷つけてしまった。

その事実はあまりにも耐えがたく、とても受け入れられそうにない。彼女のためならなんだってする。しかし、黙って僕の人生から出ていかせることだけはできない。自分の愛を信じさせるためなら、彼女がかつて感じてくれた愛を取り戻すためなら、ブレットはどんなことでもする覚悟だった。テッサは僕のものだ。言葉でそれを信じてもらえないなら、もっと思いきった手段に訴えるしかない。

テッサが苦い思いで見つめるうちに、ブレットの顔つきが変わり、決意に目が細くなるのがわかった。目に留まらないほどかすかに表情が変化し、顔つきがいかつくなった。突如、ブレットが獲物に飛びかかろうとする豹《ひょう》のように獰猛《どうもう》に見えた。

ブレットはゆっくりと手を伸ばして明かりを消した。キッチンから居間にもれる光で彼の顔の半分が照らしだされ、半分は闇《やみ》に沈んでいる。テッサは息をのみ、思わずあとずさったが、視線をそらすことはできなかった。まるで燃えるように官能的なその顔に魅せられてしまったかのようだ。ブレットはズボンから白いコットンのシャツを引き抜くと、頭から脱いで床に投げ捨てた。日に焼けた肌がにぶく輝いている。「どうしても信じないと言うなら」彼は息も荒くささやいた。「証拠を見せよう」

テッサはもう一歩あとずさった。まるで心臓が喉につかえているかのように息が苦しい。大きな瞳で、まるで取り憑《つ》かれたようにブレットを見つめる。「いったい……なにをするつもりなの？」

テッサの顔から一瞬も目を離すことなく、彼はゆっくりと静かに近づいてきた。「僕を愛していると言ったのは、うそだったのか？」

まさか問いつめられるとは予想していなかった。この質問は見すごせない。胸にわき起こる怒りにうろたえながら、テッサはブレットを見すえた。「いいえ、うそをついたわけじゃないわ！　私のことを泥棒扱いするだけでは足りずに、このうえ、うそつき呼ばわりするの？」

テッサの最後の言葉は無視して、ブレットは一歩近づいた。「君は二度も婚約していたのに、どちらの相手も本気で愛していなかったから体を許さなかった。君は僕を愛し、ベッドをともにした。ふたりのあいだになにがあったか、それは僕が忘れられないのと同様君も忘れられないはずだ。なにがあったにしろ、君はまだ僕を愛している、そうだろう？」

「私の告白を聞けば気分がよくなるというわけね？」胸の痛みに身をすくませてテッサは言った。「そうよ、私はあなたを愛してる。でも愛してくれない人のために人生を無駄にする気はないの！　あなたを愛してると言いたかったのに、無実だと言いたかったのに、あなたはチャンスをくれなかったわ」

「僕は完全に自分を見失ってしまっていた」かすれ声で彼は言った。「頭がおかしくなりそうだったんだ。利用されたとばかり思っていたからね。考えてもみてくれ、テッサ、それがいったいどんな気持ちか！　君も同じ苦しみを味わったんだろう！」

テッサの目は冷たい怒りで燃えていた。「少しちがうわ」まるで石を投げつけるように言葉を吐きだす。「私はあなたを刑務所に送ろうとはしなかったわ！」

「正気に戻ってから、君が刑務所に入るのを黙って見ていることはできないとさとったんだ。くそっ、話を聞いてくれ！」うなるようにそう言うと、ブレットは背を向けようとしたテッサの腕をつかんで振り向かせ、その顔を見つめた。「地方検事のオフィスで集まることにしたときは、まだ君が犯人だと思っていた。でもそのことは問題じゃない。とにかく君を守ることしか考えられなかった。絶対に刑務所に行かせることはできないと思ったんだ」

テッサは力を込めて腕を抜こうとしたが、ブレットは微動だにしなかった。その長い指ががっちりと上腕をつかんでいる。

「放して」彼女は息が詰まり、パニックを起こしそうになった。彼の大きな体に、男らしさに、息苦しくなった。自制の糸が切れかけていた。胸の奥深くで、自分でもどうにもならない欲望が決意を揺るがそうとしている。いまでも私はブレットを求め、必要としているのだ。その情熱で、私を囲む厚い氷の壁を溶かしてほしい。そのたくましさで孤独を追い払ってほしい。疲れきり、打ちのめされ、これ以上はもう耐えられない。「お願い」テッサは弱々しくささやいた。「放して」

「いや、絶対に放さない」ブレットはそっと彼女を揺すった。「愛してると言ってくれ」

「放して！」

テッサの唇が震えているのを見て、彼女が折れるのも時間の問題だとブレットは思った。こんなふうに追いつめるのが本当に得策かどうか悩み苦しんだが、これは最後の賭《かけ》だった。ふたりのあいだにテッサが築き上げた氷の壁を打ち壊さなければ、二度と彼女に触れることはできないのだ。

「君は僕を愛してるんだ」身を引き離そうとするテッサをつかまえながら、ブレットは荒々しく言った。「僕は君を愛してる。愛してると言ってくれ。それが聞きたいんだ。言ってくれ！」

　テッサの体がぶるぶると震えた。ブレットを見つめるその目には絶望の色が浮かんでいる。愛しているかですって？　痛いほど彼がほしいのに。テッサは彼がいなくては死んでしまうような気がした。しかし、この一週間でテッサは学んだ。人はみじめさのどん底にあっても生きて、暮らしていけるものなのだ。時計の針を元に戻してこの一週間を消し去ってしまえるなら、テッサはなんでも差しだしただろう。少なくともそうすれば気楽な人生を続けることができた。笑いが死んでしまうのがどんな感じか知ることもなかった。

「愛してると言ってくれ」ブレットはなおもそう言いつのり、テッサを揺さぶった。

　テッサの目にひりひりするような涙がわき上がり、彼の姿がぼやけた。やがて涙があふれ、頬を伝い落ちた。「どうしてこんなことをするの？」テッサはつぶやいた。「まだ私を傷つけたいの？」

　ブレットは心を変えなかった。「愛してると言ってくれ」

「愛してるわ」ついに根負けして、テッサは望みどおりの返事を与えた。その言葉は彼女が心のまわりに築き上げた壁に穴をあけ、抑えつけていた感情を解き放った。体から力が抜ける。ついに自制の糸が切れ、喉からすすり泣きがもれた。がっくりと頭を落とし、ブレットの手に身を預ける。すすり泣きで全身が震えた。この涙は新しい意味を持っていた。

それは、これまでテッサが自分では否定してきた悲しみと痛みを受け入れる涙だった。

ブレットの顎の筋肉が引きつり、止めようとする間もなく唇が震えるのがわかった。彼はゆっくりとテッサの腕から手を離し、その両手を今度はウエストにあてた。そして彼の体の線をくまなく感じられるように、彼女をぐいと引き寄せた。

涙でなにも見えなかったが、温かい裸の胸がそこにあることはわかり、テッサはそっと頭を寄せた。筋肉質のたくましい脚が彼女の脚を支えている。その腿は引きしまってぴんと張っていた。

ブレットは自分の力を分け与えようとするかのように、テッサをさらに強く抱きしめた。しかしまだその力にすがるのは怖い。そう思って彼女は背を向けたが、ふたたび引き寄せられ、うしろから抱きしめられた。頭をそらして彼の胸にもたれる。

「どうやったら、あなたを信じられるの？」ふたりの立場が入れ替わっている皮肉には気づかず、テッサは泣きながら言った。しかしブレットはそれに気づき、顔をしかめた。

「時間にまかせよう。テッサ、時間にまかせるんだ」ブレットはため息をついた。「すべてを投げだすのはやめてくれ。どれほど君を愛しているかを示すチャンスを、もう一度与えてほしい」

テッサはすっかり力を失い、ブレットの望みどおり彼にすがりついている。彼女が無防備になったこのときをねらい、ブレットは自分の新しい足場を固めようとした。頭を下げ、彼女の耳を唇で愛撫《あいぶ》し、むきだしになった首のカーブへと唇をすべらせていく。この部分は敏感なのだ。テッサは震えてその身を彼に押しつけた。彼の腿のうしろのカーブに手をあて、体を溶かしあわせようとするかのようにぐっと引き寄せる。ブレットはうなり声をもらし、両のてのひらをさまよわせて彼女の胸をおおった。

テッサは頭をのけぞらせ、彼の肩にもたれかかった。涙はまだ頬を伝っている。彼を信じるのは怖いが、離れることができない。孤独に冷えきったうつろな心を死から救ってくれるのは、彼のぬくもりしかない。

ブレットが声をあげてうめき、腕のなかで彼女の向きを変えさせると、胸に引き寄せるように抱き上げた。「泣かないでくれ、ダーリン。お願いだから」そうささやきながら彼はテッサをベッドに連れていった。彼女の心の壁を打ち壊したいとは思ったが、これほど痛みをともなうとは思わなかった。いまこそ彼女の世界のすべてを元どおりに直したい。

テッサは両腕を彼の首に回してしがみついた。その顔はブレットの顔と肩のあいだのくぼみにぴったりと埋《うず》められている。「泣いたのは一度だけだったわ。逮捕されたあとのことよ」そう言ってしゃくり上げた。「でも、この涙は止まりそうにないの。ああ、ブレット、なんだか怖い！」

「わかってるよ、ダーリン。わかってる」苦しみに顔をゆがめながら、彼はテッサをベッドに横たえ、服を脱がせ始めた。「もう二度と君を泣かせたくない」テッサを首にしがみつかせたまま服を脱がせるのは簡単ではなかったが、なんとかやり遂げた。腕をほどかれるのはなにより耐えがたい。ブレットは苦心してズボンを脱ぎ、蹴《け》って遠くへやるとテッサとともにベッドに入った。

ブレットは泣いている彼女をただ抱きしめていた。目が涙で痛む。この女性は自分のものだ。自分の一部なのだ。彼女が傷つけば自分も傷つく。

やがてすすり泣きが嗚咽《おえつ》に変わり、止まった。しかしブレットはじっと彼女を抱きしめたまま、愛を交わそうとはしなかった。テッサはなにも言わずに彼の腕のなかに横たわり、なめらかな自分の脚にあたる彼の脚の感触を、引きしまった腹部と胸を、自分を抱きしめる筋肉質の腕のたくましさを感じていた。

すぐにも心を決めなければならないのに、まだ覚悟ができていない、そんな気がした。かといって彼とのあいだをきっぱりと断ち切ってしまうつもりもなかった。ふたりの絆《きずな》は一度断ち切られ、ブレットを失ったことでテッサは地獄の苦しみを味わった。そしていまやり直しのチャンスがめぐってきたが、一歩踏みだすのが怖いのだ。また、まちがってしまったらどうしよう？　私が求めているのはブレットの罪悪感ではなく愛だ。彼が本当の愛ではなく、色あせた愛のイメージしか持ちあわせていないとわかったら、私は打ちのめされるだろう。それでも彼女はブレットを手放す気にはなれなかった。うつろな自分を満たし、命を取り戻してくれるのは彼だけなのだから。

ベッドに横になったまま、ブレットは彼女のほっそりした背中を片手でゆっくりとなでていた。その癒すような動きが満ち足りた気分と眠気をもたらす。いまこの瞬間だけは彼は自分のものだ。テッサの体の緊張がゆるむのを感じ、ブレットは彼女の髪にささやきかけた。「気分はよくなった？」

テッサの手がブレットの胸をすべり、指に胸毛がからんだ。「ええ」彼女はものうげに答えた。次の言葉は自分で意図したものではなかった。無意識のうちに、愛する男性に手を伸ばして触れたいという本能的な欲求から出たものだった。「ブレット……私を愛して。お願い」

ブレットの全身に緊張が走った。彼の体は欲望に震え、ぴりぴりとした官能の空気がテッサの眠気を吹き飛ばした。「いいのかい？」

「ええ」テッサは一息置いて続けた。「どうしてもあなたが必要なの」命を取り戻してふたたび自由を感じるには、体を重ね、溶かしあわせるしかない。ふたりで過ごす夜がテッサの疑問に答えてくれることはないかもしれないが、悪夢と寂しさに満ちた一週間を消し去ってくれるのはまちがいない。元の自分に戻るためには彼が必要だ。

それ以上なにも言わずブレットは彼女の上になり、両脚を開かせると深々と身を沈めた。彼が入ってきたことの驚きと身を重ねた瞬間の鋭い快感に、テッサは言葉にならない叫びをあげた。そのときふたりは別々の存在であることをやめ、一つに溶けあった。荒々しいささやき声で彼女を気遣うと、ブレットは彼女の両脚を引き上げて自分の腰に回した。

情熱にせきたてられてというより、一つになりたいという思いに押され、ふたりは互いを癒しながら愛しあった。ゆっくりした彼の動きがテッサを新たなエクスタシーの高みへと導き始め、彼女はあえいだ。ブレットの両手はやさしさと欲望に満ち、キスは息ができないほど深く貪欲《どんよく》だった。しかし呼吸など、もうどうでもよかった。頭にあるのは愛する男性のことだけ。この瞬間、なにがどうなろうとかまわなかった。

「愛してる」喉にブレットの息があたる。「テッサ！」ブレットはあえぎながら彼女の名を呼ぶと、ヒップをつかみ、引き上げた。快感に身を引き裂かれ、彼を受け入れて、テッサもまた叫んだ。

やがて静けさが訪れ、テッサは満ち足りた思いに身をまかせていた。両腕のなかにどっしりしたブレットの重みと汗に濡《ぬ》れた体を感じる。彼は離れるかわりにさらにテッサに寄り添った。やわらかな首筋に顔を寄せ、テッサが聞き取れない言葉をつぶやきながら彼は眠りに落ちた。

テッサはブレットを抱きしめたまま暗闇のなかで天井を見つめ、思いにふけった。なぜ私は愛してと言ったのだろう。これでなにかが解決したのか、それともさらに問題を複雑にしてしまったのか、どちらなのだろう。

ブレットの体は重く、身動きすらできなかったが、その下から逃れようとはまったく思わなかった。愛してと言ったことは後悔していない。愛を交わすことで彼は、この胸がつぶれるほどの深い痛みを癒してくれた。ブレットに背を向けられ、私は進むべき道を見失っていたが、彼の情熱のおかげで自分が本当に求められているという確信を持つことができた。感情のほうはわからないにしても、少なくとも彼の肉体は私を求めていてくれる。

ブレット自身はそんなつもりはなかっただろうが、身をもって彼女に進むべき道を示してくれたのだ。テッサの唇にあきらめのほほえみが浮かんだ。ブレット・ラトランドは傲《ごう》岸不遜《がんふそん》な男だ。彼と生活をともにする女性は常に力の駆け引きを強いられるだろう。テッサはその女性になりたかった。自分ならなれる。なぜならブレットがチャンスを与えてくれたのだから——あとは彼と一緒に暮らすという決心をすればいいだけだ。

ブレットを信頼するか、しないか。味わった混乱と心の傷はあまりに深く、テッサは自分が正しい道を選べるかどうか自信がなかった。ただ一つ信用できるのは、ブレットに対する自分の愛だ。考えてみれば奇妙な話だった。テッサはいつも、愛には限度があり、どんな関係もある一線を越えれば終わるしかないと思っていたからだ。ウィルとアンドリューのときはまさにそうだった。そのときも、自分ではふたりを愛していると思っていたのだ。だが、それは本当の愛だったのだろうか？

ブレットに対する思いはいままでの経験をはるかに超えていて、自分自身の感情を信用することすらできない気がした。少なくとも感情を読み取る力には自信が持てなかった。

テッサのこれまでの人生は順風満帆ではなかった。幼いころ父親に捨てられるという苦い経験をし、それから間もなく母を亡くした。しかしテッサは悲しみに引きずられることはなく、明るいほうに目を向けようとした。根っから陽気な性格だったのだ。悪意あってのことではないが、感情的に深い関係や、相手を深く思いやる気持ちになりそうな関係にはならないようにしてきた。

しかし、ブレットに会ってそれは変わった。強く激しい彼の気性はテッサの薄い殻を破り、自制のきいた冷静さは女性としてのテッサの奥深い自我を揺り動かした。ふたりの性格を考えれば、ブレットに出会ったテッサが恋に落ちないはずがなかった。人生で初めての本当の恋に。

どんな男性もこれほどは傷つけないだろうと思えるほどブレットには手ひどく傷つけられたが、それでも彼に対する愛は死ななかった。これほど傷つけられても彼を愛していたし、この愛に背を向けることはできなかった。

ついに本当の愛を見つけたということね、テッサ。テッサはほろ苦い思いでそう思った。

しばらくしてブレットが身動きし、体を浮かした。目覚めた彼の筋肉が引きしまるのを感じ、テッサはそのたくましい背中にやさしく両手をすべらせた。

寝起きのかすれた低い声が、ふたりを取りまく静けさのなかで響いた。「眠れたかい？」

「いいえ」テッサの声もブレットと同じぐらいかすれていた。なにをするのも一緒だわ。

テッサはぼんやりとそう考えた。ふたりともがらがら声だ。

しばらく沈黙が続いたが、やがて彼の手がテッサのヒップと体の脇《わき》のあたりをゆっくりと探るように動きだした。「後悔していないのか？」ようやくブレットが口を開いた。

「このことを？　してないわ」テッサはゆっくりと答えた。

「なにを考えていたんだ？」

「あなたをまだ愛してるということ。私がまだ傷ついているということ。どうしたらいいのかわからないということ」

ブレットはため息をついた。「簡単にはいかないな。愛するということは。僕は愛がどんなものかさえ知らなかった」

暖かく静かな暗闇のなかで、テッサはいままでになくブレットと打ち解けて話せるような気がした。彼の声、彼の体のぬくもり。意識をさまたげるものはなにもない。彼のことを知ることだけに気持ちを集中したい。性的には彼を知っていたが、いまは彼の思いを読み解く鍵《かぎ》となるものならどんな小さなことでも知りたい。「あなたはご両親を、家族を愛しているでしょう？　馬や犬や小学校の先生を……」

ブレットの口から低い笑い声がもれた。「いいや、小学校の先生を愛したことなんかないよ。牧場は……それが愛なのかどうかわからない。僕の一部だからね。どこにいてもなにをしていても、それを僕から引き離すことはできない。いつも頭にあるんだ」じっくり考えこむかのようにブレットはしばらく言葉を止めた。「馬と犬か……お気に入りはいたが、動物に愛を感じたことがあるとは言えないな。父……ああ、父のことは愛している。ここまで来られたのは父のおかげだし、父は苦労して僕を育ててくれたからね」

「お母さまは亡くなったの？」テッサはそっとたずねた。

「知らないな。生後一週間で母は僕を捨てたんだ。まだ生きているとは思うが、僕には関係ない。もうなんのつながりもないんだ。好奇心も、会いたい気持ちもない。これまでもなんとも思わなかった。父のトムは、母とは結婚しなかった。テキサス南西部で働いていたとき母と出会ったんだ。母は牧場主の娘、流れ者の父はただの下働きでね。母は家の束縛から逃れる道を探していた。ふたりはよく廃屋で会っていたらしい」

低い、ゆったりした彼の口調に、テッサは魅せられたようにじっと耳を傾けた。彼の心の秘められた部分を開ける鍵を、やっと与えてもらったような気がした。

「当然のように母は妊娠した。もぐりの医者に命を賭《か》ける気になれば中絶もできただろうが、母は出産を選んだ。僕の存在が反抗の究極のあかしだったんだろうな。ひどいスキャンダルを巻き起こしたが、母は子どもの父親が誰なのか決して言おうとはしなかった。僕が生まれてしまうまでは、逃げることも隠れることもしなかった。トムは結婚しようとしたが、母はそれも断った。母は牧場での生活から逃げだしたかったのに、父が差しだせるのはまさにそれしかなかったからね。父にできることと言えば、それだけだったんだ」

そう言うとブレットは口をつぐんでしまったので、テッサはこれ以上のことは聞けないのかと思った。彼の頭に手を伸ばし、からまった黄褐色のシルクのような髪のなかに指をすべらせる。「あなたが生まれてからは？」

「僕が生まれると母は僕に名前をつけ、一週間面倒を見た。それから父と連絡を取り、廃屋で会おうと言った。母は僕を連れていって父に渡し、歩み去った。父が母の姿を見、声を聞いたのはそれが最後だったそうだ。母は二度と家に戻らなかった」

「お父さまがひとりであなたを育てたのね」

「そうだ。父もその日テキサスを出た。母が僕を連れて戻らなかったことがわかれば、母の両親が僕を取り戻しに来る。それを恐れてね」暗闇のなかでブレットの口元がゆがむのが肌に感じられた。「赤ん坊のことなどなにも知らない牧場で働く荒くれ男が、生後一週間の子を連れて旅に出るなんて想像できるかい？　僕が死ななかったのが奇跡だよ」

気がつくと、テッサは笑っていた。「あなたより、あなたのお父さまのほうを気の毒に思うわ」

「とにかく僕たち父子《おやこ》は、乳児期を乗りきった。父はいつも一緒にいてくれたよ。財産などなにもなかったが、お互いがいた。父は国中を回り、手当たり次第に仕事をした。僕は数えられないほどたくさんの牧場の台所で食事をもらったよ。迷いこんだ子犬みたいにね。夜、父が戻ってくるまで庭や納屋で遊んでいた。父と一緒に仕事に出るようになるまで、ずっとね」

「それは何歳のとき?」

「四つか五つだったと思う」

「まだ子どもじゃない!」

「一日中馬を乗りまわすぐらいできる年だよ。馬に乗るのに苦労した記憶がないんだ。六歳になるころには働いていた。ロープも鞭も使えたし、牛の角を押さえるほどの力はなかったが、焼き印と消毒の手伝いもしたよ」

「学校は?」

「父が落ち着く気になったのはそのためだ。僕は学校に行く必要があった。そうしないと誰かが行政に知らせて、父から引き離されることになっただろうからね。そのとき僕らはワイオミングにいたんだが、父は有り金をはたいて土地を買い、父子で住めるような小屋を建てた。二頭の雌牛と一頭の雄牛、そしてありあまるほどの根性で牧場を始めたんだ。食べ物がいつもたっぷりあるとは限らなかったが、飢えることはなかった。僕は学校に通い、早朝と帰宅後に雑用を手伝った。十歳のとき、父が正式に僕を養子にしたので、父の名字を名乗れるようになった。ずっとその名を使っていたが、法的に正式な名前ではなかったんだ。誰も僕の母のいどころを知らないし、祖父母は年を取っていたから、そのことで文句を言うやつはいなかった。祖父母には、十歳の暴れ馬を引き取って育てるなんてことはできなかったんだ。当時の僕はまさにそんな子どもだったからね」

ブレットが話すのをやめても、テッサはずっと彼の髪をなでていた。彼がこれほど高慢で、自制心が強いのも無理はない！　彼がこれまでの人生で信頼できたのはたったひとりだけだったのだ。幼いころは根無し草のような生活を送り、人や場所になじむ余裕はなかった。父親だけはずっとそばにいてくれたが、ほかの子どもには両親が揃《そろ》い、愛情深い母親と安定した家庭があるのを目の当たりにしたにちがいない。彼自身の母親はどうかといえば、息子を捨てたのだ。警戒心が強く、人を簡単に寄せつけない大人になったのも、信じられるのは父親だけだと思っていたからだ。

子どものころの暮らしを考えれば、私のことをすぐに信じなかったのも無理もないのでは？　いまでもブレットのことを許せるかどうかわからなかったが、彼を理解したことで気持ちが楽になり、テッサは落ち着きを取り戻せた気がした。指でブレットの髪をくしけずる。ああ、彼をこれほど愛してさえいなかったら！

ブレットはテッサの胸にさわろうと片肘をついて半身を起こした。いかつい指がやわらかなカーブの上をすべると、ベルベットのような胸の頂が硬くなった。「君に会ったら、父は一目でめろめろになるだろうな。女性に関してはどうしようもないほど弱いんだ。僕の大事な南部美人に一目惚《ひとめぼ》れするのはまちがいない」さっきよりかすれた声でブレットは言った。そして頭をかがめると、興奮に色濃くなった部分を唇でじらすように吸った。

体を貫いた突然の快感にテッサは声をもらした。ブレットは彼女の胸の先端を舌で転がすように愛撫すると、頭を上げて、今度はさも満足そうに片手を胸にすべらせた。

「君の繊細さは天の恵みだ。骨があまりに細いから、ときどき折ってしまうんじゃないかと心配になる。ところがここは……」ブレットは深みのある声で笑った。

暗闇のなかでテッサは真っ赤になった。しかしブレットがふたたび唇で胸のふくらみをとらえたとき、そんなことはどうでもよくなった。

そのあとでテッサは眠ったが、すぐにブレットに起こされ、愛しあった。その夜はずっとそんな調子だった。何度となくブレットはテッサを求め、どれほど深く彼女を欲しているかを体で示した。ブレットが彼自身のためにやっていることはわかっていたが、自尊心を深め、みずからの女らしさに自信を取り戻すためにも、テッサには自分だけを見つめてくれる人が必要だった。そしてブレットは情熱を持ってその仕事に没頭した。

最後に目覚めたときは、もう太陽が明るく輝いていた。気がつくと、ブレットは片肘をついて彼女の寝姿を眺めている。伸びたひげが影のようにいかつい顎をおおい、彼を無法者《アウトロー》みたいに見せている。しかし、その表情は欲望を満たされて穏やかだ。何時間もかけて交わした愛がテッサにどんな影響を与えたか、ブレットは知っていた。彼の目には、はっきりと満足の様子が見て取れる。ふたりの視線が合い、しっかりとからみあった。

「おはよう」ブレットはそうささやくと、髪の毛を一筋テッサの目の上からつまみ上げた。

テッサはあくびをし、称賛のまなざしを受けながら体を伸ばした。「おはよう。仕事に遅れるんじゃないの？」

「仕事には行かない。いまはエヴァンとサミーにまかせるしかないんだ。僕の仕事は、ここにいて君を満足させることだ」

テッサは真剣な顔つきでブレットを見た。ブレットのすべてに以前よりも敏感になっていたテッサは、彼がなにかをはぐらかそうとしているのを感じた。「逃げないと約束するわ。それが心配なんでしょう？」

「まさにそのとおり」

「まだ結論は出ないの」テッサはゆっくりと言った。「これからどうしていいかわからない。でも昨日の夜……いろいろ考えたの。あなたのことはいまでも愛してる。私が犯人だとしか思えない証拠があったんだから、横領したのが私だと思ったとしてもあなたを責められないわ。ほかにどうしようもなかったでしょう？　あなたのことを……まだすっかり許したわけじゃないけど、あなたから去っていくことはできないの」

テッサの言葉に、ブレットの表情が硬くなった。「君を黙って行かせたりはしない。時間がほしい。僕が望むのはそれだけだ」

「わかったわ。時間ならたっぷりある。ほかにはなにも残っていないけど」苦々しさをにじませて、テッサは言った。

ブレットはベッドから飛びおりると、昨夜放《ほう》りだしたままになっていたズボンを落ち着かなげに床から取り上げた。「仕事に戻りたいのかい？」鋭い口調だ。

「カーター・エンジニアリング社に？　いいえ、こんなことがあったあとだもの、いやだわ。でもどこかで働かなければいけないでしょう？　私にも支払うべき請求書が人並み程度にはあるもの」

「僕にまかせてくれ。仕事はまだ探さないでほしい」

「どうして？」

ブレットはため息をついて髪をかき上げた。「僕たちはここには住まないからね」

テッサもベッドから出てローブをはおった。「ずいぶん先走っていない？」そう静かに言う。

「僕が願ってるほどじゃないさ」ブレットは落ち着いた声で答える。「まだ仕事を探さないでくれと言っているだけだ。金のことは心配しなくていい。僕が全部面倒を見る——怒らないでくれよ、怒りんぼうのお嬢さん。君はつらい目にあって、精神的に休養が必要だ。僕はここに移ってくるんだから、自分の分を払うのは当然だ」

「あなたなしでは生きていけないようにするつもりね」

「悪いことかい？　ハニー、僕たちは厳しい道を歩いていこうとしているんだ。そもそも信頼が足りなかったことが今回の悲劇を引き起こした。これからは、肉体だけでなく精神的にも互いを信じることにしようじゃないか」

「いつまで？　あなたはいつサンフランシスコに戻るの？」

ブレットの表情が消えた。その仮面のような顔からはなにも読み取れない。「急ぐ必要はない」

その落ち着きが、かえってテッサの疑いをかきたてた。手でローブのベルトをねじる。

「エヴァンがあなたは首になるかもしれないって言っていたわ。そういうことなの？」

「いや。僕は首にはなっていない。僕の仕事のことは心配しなくていいんだ、ハニー」

彼はまだなにか隠している。しかし落ち着きを装うそのまなざしを見れば、これ以上ききだそうとしても時間の無駄だということははっきりしている。隠しごとをしている相手をどうやって信頼しろというの？　どう考えても行き止まりにしかならないことにいらだって、テッサは唐突にブレットに背を向けた。「シャワーを浴びてくるわ」

「それは……見すごせないな」引き延ばすようなゆっくりとした口調で、彼が言った。

「僕も浴びようと思っていたんだ」

「そう。じゃあ私が終わったら、バスルームを使うといいわ」

ブレットは裸のまますっかりリラックスしており、下着を用意するテッサを眺めている。

「招待されていないということか」その言い方は質問というより感想だった。

「ええ、そのとおりよ。すぐに終わるわ。朝食の準備を始めたら？　あとで私が代わるから、あなたがシャワーを浴びればいいわ。終わるころには朝食も準備できているでしょう」

ブレットはあっさり折れた。「わかった。君がそうしたいなら」

「そうしたいわ」

テッサは落ち着かなかった。ああ言っていたけど、一緒に入るつもりじゃないかしら? しかしブレットは約束を守った。バスルームから出るといれたてのコーヒーの香りがして、テッサは自分がどれほど空腹か気づいた。急いで身支度をし、朝食の準備を代わろうとキッチンに急いだが、入口で一瞬驚いて立ち止まった。背の高い、筋肉質のたくましい男が一糸まとわぬ姿でキッチンに立ち、口笛を吹きながらパンケーキの材料を用意している。

「どうして服を着ないの?」テッサは力が抜けたように言った。

「君が断ったものをしっかり見せつけたかったからさ」テッサの横を通りすぎてバスルームに向かいながら、落ち着き払ってブレットは答えた。

彼の勝ちだった。パンケーキの生地をまぜあわせ、グリルに小さな円の形を作りながらも、テッサのてのひらは汗ばみ、呼吸は速くなった。ブレットは彼女の反応は承知のうえなのだろう。なぜなら、軽く触れただけで燃え上がらせるように彼女を作り変えたのはブレットだったからだ。

ちょうどいいタイミングで、ブレットがキッチンに戻ってきた。行儀よくジーンズとオープンネックのシャツを身につけているが、彼の姿を見ただけでテッサは口がからからになった。一緒に住めばどういうことになるか、ちゃんと知っているんだわ。テッサはぼんやりと思った。セックスに溺《おぼ》れさせて、意のままにしようと考えているにちがいない。

自分がなにを考えているかに気づいてテッサは身を硬くした。彼を信用しようともせず、なにか下心があるはずだと勝手に思いこんでいたのだ。しかし人間は〝さあ、いまからこの人を信用しよう〟と心に決めて相手を信用するわけではない。信頼は学び、勝ち取るものだ。ブレットは手厚く面倒を見てくれたし、彼と愛しあったことで心のバランスを取り戻すのがずっと楽になった。しかし心の一部ではまだ彼を警戒していた。テッサはそれが悲しかった。ただ彼の胸に飛びこんで、起きたことを全部忘れてしまいたい。しかしどうしてもそうできないのだ。テッサはまだ恐れていた。

「さあ食べて」やさしい言葉に、テッサは我に返った。テーブルについてフォークを持ったまま、手が止まる。

「私には決められないわ」低い声で彼女は言った。ブレットには、それがなんのことかちゃんとわかっていた。

「いま決めることはない。時間はあるんだ。放っておけばいい」

「あなたを愛してるの」心のうずきが感じられるような声だった。

「わかってる」彼は答えた。

ふたりで皿を洗い終えると、ブレットは落ち着かないそぶりを見せ、狭いアパートメントのなかを歩きまわった。見るからに退屈している様子なので、仕事に行ってはどうかとテッサは何度も言おうとした。しかしいらだちをつのらせるブレットの様子に、声をかける勇気は出なかった。ふさぎこんで無気力だったあいだ家事には手が回らなかったが、いまはもう元気を取り戻したし、掃除や洗濯が山ほどたまっている。そこでテッサはブレットのことは無視して歩きまわらせておくことにした。午後の早い時間に電話が鳴り、ブレットは電話機に飛びついた。その瞬間、テッサは彼がずっと連絡を待っていたことに気づいた。

テッサは急いでブレットのそばに行くと、彼のあたりさわりのない返事から会話の内容をつかもうとした。しかし返事のそっけなさにかけてはブレットの右に出る者はいない。耳を傾ける彼の目は冷たく、唇は一文字に引き結ばれている。

「わかった。すぐに行く」そう言うとブレットは電話を切った。

「どうしたの?」テッサは心配そうにたずね、ブレットのあとを追った。ブレットは寝室に入って服を脱ぎ始めた。「真犯人が見つかったの?」

「たぶんね」ブレットはうなるように答えた。それ以上なにも言う気がないのだとテッサが気づいたときには、もうシャツとスラックスを身につけていた。手慣れた様子でネクタイを結ぶ彼を見て、テッサは顔をしかめた。

「そんなこと許さないわ、ブレット・ラトランド！　なにも言わずに出ていくなんて！」テッサは靴を蹴り捨てると、ジーンズを脱ぎ始めた。「私も一緒に行くわ」

「いや、だめだ」ブレットはジャケットを指に引っかけると、片手でテッサのうなじをつかまえ、押さえつけたまま頭を下げて荒々しくキスをした。「いやなものを見るかもしれない。もう君を傷つけたくないんだ。これ以上はね。あとで会おう」

「ブレット！」テッサはブレットの背中に怒りの叫びを投げつけた。その声はひび割れていた。

彼はドアのところで足を止め、肩越しに振り返った。テッサは初めて彼の目に残忍な表情を見いだし、体を震わせた。それが自分に向けられたものではないのがありがたかった。

「すぐに戻る」彼が冷静な口調で言った。

ブレットが出ていってしまうと、アパートメントのなかはしんとしてからっぽに感じられた。彼のまなざしを思いだすと背筋がぞっとした。もしあれが自分に向けられたものだったら、恐怖のあまりその場で死んでいただろう。彼はいつも自分をコントロールしている。怒り狂うところなど想像できない。しかし、彼の自制心は意志の力でどうにか持ちこたえているものにちがいないとテッサは感じていた。横領の犯人を、テッサに罪を着せた犯人を彼は知ったのだろうが彼女には教えてくれなかった。ブレットが名前を明かしたがらないなんて、いったい真犯人は誰だったのかしら？　私が信頼している人？

これまで真犯人を見つけだす必要は感じていても、あまりにおびえていたのでテッサはそれが誰なのか、具体的に考えることはできなかった。犯人が誰にしろ、テッサを憎んでいるにちがいない。そう思うとまた自分という存在が大きく揺らぐような気がした。これほど憎まれ、復讐《ふくしゅう》されるようなことを私はなにかしたのかしら?

いかれた栗鼠《りす》のように、テッサの頭のなかを考えが駆けめぐった。カーター・エンジニアリング社で働いている女性をかたっぱしから頭に浮かべ、自分がしたかもしれない仕打ちを思いだそうとしたが、思いあたることはなにもなかった。誰かの恋人を盗《と》ったことも、仲を裂いたこともない。敵を作るようなことをした覚えはまったくない。だが、彼女はなにかしたのだ。

起きてしまったことの理由がわからないのがもどかしく、テッサは泣き始めた。それは苦しみに満ちた、声も出ないすすり泣きだった。いまこそブレットが必要なのに、どこにいるのかしら? 暗闇のなかに取り残されるのがどれほどつらいか知らないの? もちろん彼が知っているわけがない。ブレットは闇をさまよったことがないのだ。常に自分をコントロールし、事態を掌握している。

昨夜、まるでふたりのあいだの溝を埋めようとするかのように、テッサは思わず手を伸ばしてブレットに触れようとした。彼を愛している。彼に愛を与えたい。そして彼も自分を愛してくれていることを確かめたい。それなのにブレットは、心配と不安でどうにかかなりそうなのを知っていながら思い悩む私をひとり残して行ってしまった。これが愛と言えるかしら？　戻ってきたときにいなくなっているかもしれないのに、その危険をおかしても私に決断するチャンスを与えようとしたのだろうか？

やがて夜になった。神経があまりに過敏になっていたせいで、ドアの鍵が回る音がしてブレットが入ってきたとき、テッサは小さな叫び声をあげた。彼の顔は疲れてげっそりしている。サミーも一緒だったが、同じぐらい顔色が悪く、疲れているようだ。しかし、サミーの存在はほとんどテッサの意識にのぼらなかった。テッサはブレットが持っている鍵をじっと見た。そして生気のない声で言った。「私の家の鍵を持っていったのね」

ブレットは手に持った鍵に目をやり、顔をしかめた。「ああ」鍵をポケットに戻すと、テッサに歩み寄り、探るようにしげしげとその顔を見回した。「君はまた泣いていたんだな」鋭い口調で言った。

「なにか……なにかわかったの？」

答えるかわりにブレットは質問を投げた。「いれたてのコーヒーはあるかい？　元気の出るものがほしい」

「いいえ、ないわ。ブレット、答えて！」

「じゃあ、僕がいれよう」

テッサがすっと立ち上がった。「私の質問に答えてくれないのなら、ポットを投げつけるわよ！」

仕方がないというようにブレットの唇がゆがみ、目がきらりと光った。「大変な癇癪《かんしゃく》持ちだな」その言葉には愛情がこもっている。「サミーが説明してくれるよ」

テッサは、ポケットに両手を突っこんで立っているサミーの方にくるっと振り向いた。彼の青い目に苦しみが浮かんでいる。「僕のせいだ」暗い顔でサミーは言った。テッサより年上なのにいつも少年のように見えたが、いまの彼はまるで一晩で十歳も年を取ってしまったかのようだ。

テッサは首を振った。これではわけがわからない。「どうしてあなたのせいなの？　あなたは横領犯じゃないわ」

「犯人はヒラリーだった。僕のためにやったんだ」

まるで誰かがカーテンをさっと開けたかのようだった。恐ろしい事実を目の当たりにし、すべてを理解して、テッサはサミーを見つめた。これでなにもかも納得がいく。引っこみ思案で自分に自信のない哀れなヒラリー。彼女はサミーに恋していた。サミーには夢のコンピューターを実現するためにお金が必要だった。ヒラリーはそれを差しだしたのだ。横領のチャンスはいくらでもあった。勤め先は銀行だし、サミーと一緒に作業していたからカーター・エンジニアリング社のコンピューターにアクセスすることもできた。またそれをやるだけの頭のよさもあった。生け贄《いにえ》にテッサを選んだのも納得がいく。サミーはあからさまにテッサをほめていた。テッサは明るくてチャーミングで自信たっぷりで、男性と一緒にいてもリラックスしている。緊張でこちこちになるヒラリーとは大ちがいだ。

テッサは、目に同情の涙を浮かべてサミーを見た。

「僕がつきとめたんだ」サミーの声はかすれていた。「彼女は何度か僕のアパートメントからコンピューターにアクセスしていた。部屋の鍵を持っていたからね……好きなときに出入りできたんだ。なんてことだ。僕がお膳立《ぜん》てしたようなものだよ。テッサ、調べていったら、僕の電話番号にたどりついたんだ！」

サミーは震えていた。テッサが近づいて彼に両腕を回し、ふたりは抱きあった。「それから？」

「銀行の仕事を終えた彼女に会ってきた。ミスター・ラトランドとエヴァンと僕とでね。ヒラリーは僕たちを見るなり……泣きだしたよ。わかってたんだ」

「まだ逮捕されていないのね？」身を震わせてテッサがたずねた。

「ああ、まだだ。先に君と話そうと思ってね」ブレットが冷静な口調で割って入った。ふたりとも気づかなかったが、彼は戸口にもたれて待っていた。彼は身を起こすとテッサのところに歩み寄った。「彼女のことはどこかへ閉じこめてやりたいと思ったよ。金を盗んだことより、君にしたことに対してね。だが、僕は復讐心からなにかするというのはいやなんだ。だからすべてをそのままにしてある。彼女にはエヴァンがついている。君の電話を待っているよ」

テッサはぞっとして、ブレットを見つめた。彼はひとりの人間の運命を決めろと言っているのだ。ヒラリーを告発するか、それとも無罪放免にするかが自分の判断にかかっている。復讐心が私の理性を曇らせないとでも思っているのかしら？　私だって人間なのよ！

「ブレット、むちゃを言わないで」

「自分の言っていることは承知しているよ」テッサから目を離さず、ブレットはきっぱりと言った。「とにかく、僕は君の判断を信頼している」

11

テッサの全身が震えだした。まっすぐに立ったまま、すがるようにブレットを見つめている。テッサが傷ついていることはブレットにはわかっていた。神経が過敏になり、どんなかすかな気配にも反応してしまうことにも気づいていた。そのせいでテッサは変わってしまった。はつらつとして、高級シャンパンのように活気がほとばしっていたテッサは物静かになり、笑わなくなった。もう永久に笑みは失われてしまうのだろうか？　ブレットを最初に惹《ひ》きつけたのは、喜びにあふれるその笑い声だった。

だからといって彼女を愛する気持ちに変わりはない。テッサは自分のものだ。その喜びに満ちた性格は、彼女を愛する理由のほんの一部でしかなかった。もしチャンスを与えてくれるなら、ブレットは一生をかけてテッサの目に輝きを取り戻すつもりだった。しかしその前に、テッサに決断を下させるという苦しみに耐えなくてはならない。この決断に関しては、ジョシュア・カーターでさえ、テッサほどの権利はない。なぜなら一番苦しんだのは彼女だからだ。

「彼女を告発するのはやめて」

その声はか細かったが、ブレットの耳には聞こえた。彼はテッサに近づくと、しっかりするんだというように腕に触れた。「本当にそれでいいんだね？」

テッサはうなずき、ブレットは彼女をそっとソファに座らせた。サミーも、まるで一気に力が抜けたかのように椅子に座りこんだ。実際そのとおりだったのだろう。

テッサは、命綱さながらブレットの両手にしがみついた。「ヒラリーは彼を愛してるの。愛しているからやったのよ。私にはそれがわかる。私だってあなたのためならきっと――」言いすぎてしまうのを恐れるかのように、テッサはそこで言葉を切った。しかしブレットにとっては、震えるようにほとばしりでたその言葉だけで充分だった。テッサは理解している。事件の一部しか伝えていないのに、ほかの誰よりも肝心なところを見抜いている。ブレットはそう感じた。

テッサは必死の思いでサミーを見た。「サミー、彼女はあなたを愛しているわ。あなたもわかっているでしょう？」

サミーはぼうぜんとし、疲れきっているようだった。「僕にはわからない。君に嫉妬《しっと》する理由なんかないのに！　それどころか、君はいつも僕たちを結びつけようとしていた」

「彼女は知らなかったんじゃないかしら？　それに、それだけが動機ってわけじゃないわ。彼女はあなたの才能を信じていた。あなたのやっていることも」

「いまさらあれこれ言ってもしょうがない」ブレットが静かに言った。その場を支配するような声の響きに、ふたりは黙りこんだ。「罪悪感にのたうちまわるのも無意味なことだ。僕はそれを知っている。経験したからね。いまやるべきなのは、カーター社長が納得するような解決策を見つけだすことだ。少なくとも社長には、全額を返済させる権利がある。金はなくなった。どうすればいい？」

サミーは唇をかんだ。「ネルダは売り物になる。コンピューター会社に売ることを考えていたんです。でも、もしうまくいかなかったら……」

「君が売り物になると言うなら売れるはずだ。君の言葉を信用するよ。どちらにしても売るつもりだったというなら、盗まれた金額以上のものを君から取り上げることにはならない」

サミーは見るからにほっとした様子だった。「それでいいんですか？　もっと複雑なことにはならないんですか？」

「弁護士が一仕事終えるころには複雑になっているだろう」ブレットは淡々と言った。「それに、カーター社長がうんと言うかどうかは約束できない。たぶんだいじょうぶだとは思うがね。テッサのことで圧力をかけたときと同じ条件だから、それほど文句を言うこともないだろう」

「すべて解決するまでにはかなりかかりますか？」

「まずはネルダを売らなくてはならない。最高の値がつくのを待ちたいから、いくらか時間はかかるだろう。しかし法的な書類仕事にはたいして時間はかからない」

ブレットはテッサを残して、サミーを玄関まで送っていった。ふたりの姿を見送るテッサに、サミーが不安そうに顔をしかめるのが見えた。「ヒラリーになんて言えばいいんだろう」サミーはつぶやいた。「勇気を出して結婚してくれって言おうと思っていたのに、こんなことになって……」

「僕がしようと思っていたことをやればいい」ブレットがきっぱり言った。「膝にのせて、厳しくおしおきするんだ。それでもまだ足りないぐらいだよ」

ブレットはドアを閉めるとテッサのところに戻った。隣に座り、テッサを気遣いながら抱きしめるしぐさはやさしさにあふれている。彼はテッサの額からそっと髪の毛をかき上げた。

「君はだいじょうぶかい？　これで終わったんだ。なにもかも」

テッサは本当にこれで幕がおりたとは思っていなかった。ブレットに目をやり、まだ解決していない問題があると思ったが、いまはそれを口に出すべきときではなさそうだ。

「私を腫《は》れ物にさわるように扱う必要なんてないのよ」かすかなほほえみを浮かべてテッサは言った。「ショックは大きかったけど、打ちのめされたりはしていないわ」

「君に押しつけたくはなかったが、僕は理性的な判断を下せる自信がなかったんだ。どちらを選んだにしても、自分の決断に疑いが残っただろう」

「私が告発することを選んでいたら?」

彼の目に血も涙もない表情が戻った。「それこそ、僕が望んだことだ」

自分のものと決めたら、それがおびやかされることは絶対に許さない、恐ろしく、冷徹な男。しかしテッサはそのことに気づいて怖いと感じるより目を開かれる思いだった。私のことをそんなふうに思ってくれているのだ。それは罪悪感ではなかった。初めて愛しあったときに、テッサが漠然と感じたものを彼ははっきりと示している。あれは軽はずみな快楽の行為ではなく、最も本能的な所有の行為だった。テッサは彼のものになった。だからこそ、彼自身と彼の信頼が裏切られたと感じたとき、彼女にあれほどつらくあたったのだ。

それなのにテッサが無実と知る前から告発を取り下げるよう奔走した。無実かどうかは関係なかった。彼女は自分のものなのだから、どちらだろうがブレットには受け入れることができた。サミーに原始的ともいえるアドバイスをしたのもそのせいだ。

「私をおしおきするつもりだったの?」テッサは厳しい表情を向けた。

ブレットはあやまりもしなかった。「そのつもりだった。君をわざと傷つけるなんてできないから、実際にできたかどうかはあやしいがね。でも、そう考えると気分がよくなった。今度はサミーだ……あのヒラリーという女も一生分のおしおきを食らうだろう。物静かな人間はいったん怒ると止められないからな。気になるのかい？　君はそれほど寛大なのか？」

「いいえ、そんなことない。私はもっと人間くさいわ」テッサの激しい気性が一瞬表れた。「私だって殴りたいわ。でも今回のことはあまりに長かったから、もうおしまいにしたいの。彼女のことはサミーにまかせましょう。過ぎ去ったことはもう忘れたい、それだけよ。とにかく、もし彼女を告発していればサミーは傷ついたでしょうね。彼にはそんな仕打ちを受けるいわれはないわ」

ブレットがそっとため息をついてテッサに回していた腕をはずしたので、彼女はかすかな寒気を感じた。ブレットは前腕を腿にのせて前かがみになり、暗い表情を浮かべている。

「他人にはそれほど寛大になれるのに、どうして僕にはそうできないんだ？　どうして僕を許して、もう一度チャンスを与えてくれようとしない？　僕は時間をくれと言っているんじゃない。本当の二度目のチャンスがほしいんだ」ブレットは深く息を吸い、テッサの答えを待った。

ブレットの言葉にはっとして、テッサはじっと彼を見つめた。その言葉はまさに真実だ。実際彼女は他人に対しては寛大なところを見せたのに、ブレットには厳しかった。彼のことは、これまで誰に対しても愛したことがないほど深く愛しているのに。しかし深く彼を愛しているからこそ、信頼してくれなかったことで深く傷ついたのだ。ヒラリーのひどい仕打ちで傷ついたよりもっと深く。ヒラリーは友達にとって大事な人というだけで、テッサにとっては特別な意味のない存在だ。

　これが愛なのね。テッサは痛みとともに思った。愛はただ寛大なだけではない。恋人を取り戻すチャンスを奪うこともある。ブレットがテッサにつらくあたったのは、自分が裏切られたと思ったときだけだった。そのときでさえ、最初の痛みがおさまったあとは彼はテッサを守ろうとした。彼女が犯人だと思っていたのに、許し、求めていたのだ。

　それが愛だ。テッサは彼を信じずにはいられなかった。なぜなら彼がいなくては人生は空虚だからだ。

　テッサがずっと黙っているので、ブレットは唇を一文字に引き結んだ。彼に残された手段はもう一つしかない。テッサを愛していること、彼女を守るためならなんでもするということを信じてもらうには、その手段に訴えるしかない。いまこの気持ちを誤解されたら、もう打つ手はない。これが最後の切り札なのだから。「テッサ、僕は仕事を辞めたんだ」

　テッサは身じろぎした。その顔から色が消え、青ざめていく。「でも……でもあなたは仕事のことは心配する必要はないって言ったじゃない！」

「心配はしてないよ。いま仕事はないんだから。月曜日に辞めると言ったんだ。これが片づき次第やめる。ジョシュアとの取引は」ブレットは慎重に言葉を継いだ。「君の告発を取り下げるかわりに引き続き臨時コンサルタント業務を請け負うというものだ。とにかく彼はそう言っていた。ストライキ解決の交渉をしたり、産業スパイを追ったり、そんなことだ。しかしふだんは君と一緒に牧場にいて、子どもや家畜を育てようと思ってる」

どうにかなってしまいそうなほど胸が高鳴っている。「それはプロポーズなの？」テッサはたずねた。

「そう思っている。僕は君の子どもの父親になりたいんだ。法的に正式な父親にね」自分の世界のすべてがテッサの返事にかかっているというのに、彼女の表情はまったく読めない。ブレットは肌が汗ばむのを感じた。「僕を許すほど愛してくれていないのかい？」

ふいになにか行動を起こさなくてはという思いにかられて、テッサは立ち上がった。

「許すとか許さないとかの問題じゃないの」言葉はとぎれがちだった。「あなたのことをあまりに愛しているから、許せないことなんてないと思うわ。だからといって、あなたがなにをしても平気というわけではないけれど」誤解されないようにとテッサはつけ加えた。

「ただ、なにがあってもあなたを許すだろうと言いたかったの」

ブレットの顔つきが微妙に変わった。まるで内側から灯をともしたように、ネイビーブルーの目が輝き始めた。「僕にレモネードをぶっかければ気がすむ？　それとも頭を殴れば満足かい？」

「あるいは、あなたをベッドから蹴《け》りだすとかね」

「おやおや、ハニー、陰険なやり口だな。僕がいたい場所、それはまさに君と一緒のベッドのなかだ。もし僕を許してくれるというなら、あとはなにが問題なんだ？」

「あなたが私を愛していると確信が持てないまま、プロポーズを受けていいものか迷ってるの。それまで待ったほうがいいかしら？」じらすようにテッサは言った。

ブレットはすっと立ち上がった。見上げるほどの長身とたくましい肩が明かりをさえぎる。「牧場主の妻になるのがどんな感じか知りたいかい？」

その瞬間、テッサは元のテッサに戻った。長いまつげがものうげに伏せられ、生き生きと輝く緑色の目を隠した。「ええ、お願いするわ」これ以上ないほどゆったりした引き延ばすような口ぶり。ブレットの体を煮えたぎる溶岩に変えてしまうあの口調だ。彼は低いうなり声をあげてテッサをかつぎ上げ、寝室へと運んでいった。

一時間後、ブレットは思った。世のなかには自分が恵まれていることに気づかない男もいる。テッサは彼をとりこにし、誘惑し、じらして、気も狂わんばかりの思いをさせた。手玉に取られていると知りつつも、ブレットはそんな自分をどうすることもできなかった。

テッサはブレットの上に横たわっていた。その美しい胸が自分の胸の上にのっているのを見て、彼は気もそぞろだった。

テッサが指でブレットの耳をたどった。その指は唇、喉、肩を横切り、腕におりて、体の脇《わき》へ、ヒップへと下がっていく……。テッサは一本の指で魔法を起こした。ブレットは落ち着かなげに身動きした。このままテッサの上になって彼女が始めたことを終わらせてしまおうか。しかしテッサは話をやめなかった。

「私はテネシーで結婚したいわ」彼女はささやいた。白い歯でブレットの顎をかみ、キスで軽い痛みを消す。「セヴィアヴィルの古い教会で、シルバー叔母さんも一緒にね。あなたはお父さまを付き添いにしたいんじゃない？」

「なんでもいい」そのつぶやきには欲求不満が表れていた。ブレットはいきなり起き上がり、テッサを胸からおろした。ブレットが手を伸ばすと、彼女は身をかわしたが、逆に彼の手をつかまえて口元に持っていった。そしてブレットの指を一本ずつ順番に口に入れ、吸う。

甘い声でテッサは言った。「あなたに農場を見せたいわ。古い田舎道も。ガトリンバーグは春と夏が最高なの。グレイズ・ロードに立ち並ぶ伝統工芸品のお店を見たり、山歩きを楽しんだりできるわ。あの国立公園のなかを全部あなたに見せてあげたい。チムニーズの頂、ケイズ・コーブの緑、それにグランドファーザー・マウンテン。野外劇の『アントゥー・ズィーズ・ヒルズ』をもう一度だけ観《み》て――」

ブレットがテッサの口を手でふさぎ、流れでる言葉を止めた。「テッサ、ダーリン、わかったよ！　君のしたいことはなんでもする。君の好きなところで結婚して、君が好きなだけ人を呼ぶ。君が望むなら、僕はテネシーからワイオミングまでハイキングしてもいい。さあ、これでいいかい？」

ブレットの手の裏側から疑うような声が聞こえた。テッサの緑の目には笑みが宿り、ブレットが惚《ほ》れこんだ輝きに満ちている。テッサが自分をからかっていたことにブレットは気づいた。彼が欲求不満で気も狂わんばかりになるように仕向け、女としての自分の力を楽しんでいたのだ。彼を完全に満足させたいとテッサが思っていることを確信していなかったら、ブレットは怒りを爆発させたかもしれない。しかし彼は荒い息遣いのままベッドに倒れこむことしかできなかった。

ブレットはテッサを求めた。小悪魔のような美味なる彼女のすべてを彼は欲した。これから先、テッサにどれほどどじらされるかと思うと頭がどうかなりそうだ。ブレットは笑い、テッサに逃げるすきを与えずに筋骨たくましい腕を伸ばしてベッドに引っぱりこんだ。すぐさま上からのしかかると彼女の脚を押し開き、奪った。「僕をからかった罰だ」むさぼるようにキスしながら、ブレットは言った。

テッサのエキゾチックな美しい顔に歓《よろこ》びの表情が広がっていく。彼の愛に照り輝いているかのようだ。「本当に？」ゆっくりと言葉がすべりでた。「ああ……すてきだわ」

月明かりが大きなベッドに満ちている。そして手織のラグを敷いてある、磨きこまれた木の床を照らしている。ベッドは長さがあって幅も広く、いまその上で手足を伸ばしている男もゆったりと眠れる大きさだ。

テッサはベッドの上に起き上がり、立てた膝の上で腕を組み、その上に顎をのせていた。ふたりはけさ結婚したばかりだった。ブレットにせきたてられ、荷造りもそこそこにノックスビルから飛行機に乗った。別れ際、テッサはシルバー叔母を抱きしめて涙を流した。今度こそ本当に別れるのだ。新居はテネシーではなくワイオミングになる。シルバーも泣いた。しかしブレットの父親のトムがそのたくましい腕にシルバーを抱き取り、キスしたので、泣くのを忘れてしまった。

「お待ちしてますよ」腕のなかであっけにとられている女性にトムは言った。「あなたが来るのが楽しみだ」その深みのある声には別の意味が隠されているように聞こえた。そちらが本音なのだろう。トムは大柄でたくましい百戦錬磨の男なのだ。

それは長いフライトだった。ノックスビルからシカゴ、デンバー、そしてワイオミング州シャイアンへ。最後のフライトは自家用機だった。それに乗るころには、テッサはすっかり疲れて自分のシートで丸くなって寝ていた。飛行機が牧場近くに着いたとき、ようやくブレットがテッサを起こした。舗装していない滑走路から牧場の屋敷までは車ですぐだったが、到着したときには、テッサはすっかり目を覚ましていた。ブレットはテッサをまっすぐ自分の部屋に連れていった。トムはにやにや笑いながらふたりのスーツケースを運び入れた。

「専用のバスルームがあるんだ」そう言って、ブレットはバスルームの扉を開けて見せた。

「おなかがすいたかい？　それとも風呂に入って寝るかい？」

テッサはあくびをしながら伸びをした。「まずお風呂に入って、なにか食べて、それから寝ようかしら。それでどう？」

「まどろっこしいな」ブレットはつぶやいた。ものほしげに大きなベッドを見つめている。

「かわいそうに、疲れたの？」テッサは満足そうに言った。

「いや」

「飢えてる？」

「そうだ」

食欲のことを言ったわけではないのは、はっきりしていた。テッサはゆっくりとブラウスのボタンをはずして脱ぎ捨て、ブラジャーのホックを取って落とした。「私と一緒にシャワーを浴びる？」無邪気を装ってたずねる。「時間の節約になるわ」

ブレットの目が細くなり、手がシャツのボタンに伸びた。「ダーリン、君が空腹じゃないといいんだが。ディナーまでには時間がかかりそうだ。もしかしたら朝食になるかもしれない」

「夜食を食べればいいわ」スカートから足を抜きながらテッサは言った。

「そうしよう」

そしていま、時計は真夜中をずいぶん回っている。テッサは本当におなかが減っていた。

ブレットが彼女の背中に手を触れたが、驚かなかった。長い指がやさしく背筋をすべりおりていく。

「君と初めて愛しあったとき、僕はこの瞬間を夢見ていたんだ」しわがれた低い声は彼女の体をやさしく愛撫《あいぶ》するかのようだ。「眠ってしまった君を抱きしめながら、このベッドで君と愛しあい、そのあと君を腕に抱くのはどんな感じだろうと考えていた。君と結婚しようと決めたのはそのときだ」

テッサは振り向いてブレットの腕に抱かれた。「想像どおりだった?」

ブレットは笑った。「それ以上だ。いま、君は目を覚ましている」

「もう一度繰り返す気持ちになった?」

「そんなことはきくまでもないね」

「わけがあってきいたのよ。私に元気でいてほしいなら、なにか食べ物をくれないとって言おうと思ったの」

「わかったよ、ミセス・ラトランド。ご忠告ありがとう」

ブレットはベッドから出てズボンをはいた。ジッパーを上げながら、からまったナイトガウンと格闘しているテッサを見る。月明かりのなかでも、唇がぽってりと赤らんで髪が乱れているのがわかる。それは恋に落ちた女性の姿、心ゆくまで愛された女性の姿だ。

「君が妻になってくれてよかった」ブレットは飾らない口調で言った。

テッサはナイトガウンを放《ほう》りだすと、ローブをはおり、ほっそりとしたウエストにベルトを巻きつけた。「私もよ」そしてブレットの胸に飛びこむ。

悪夢のような日々は終わり、過去のものになった。テッサは変わったが、ブレットもまた変わった。ふたりの心の壁は崩れ去った。もうふたりのあいだに壁が入りこむすきまはない。この人を信頼せずにいられない。彼の腕のなかでは私の命も、そして愛も安全なのだから。

＊本書は2012年7月にMIRA文庫より刊行された『裏切りの刃』の新装版です。

mira™

裏切《うらぎ》りの刃《やいば》

2025年1月15日発行　第1刷

著　者　リンダ・ハワード
訳　者　仁嶋《にしま》いずる
発行人　鈴木幸辰
発行所　株式会社ハーパーコリンズ・ジャパン
東京都千代田区大手町1-5-1
04-2951-2000（注文）
0570-008091（読者サービス係）
印刷・製本　中央精版印刷株式会社

定価はカバーに表示してあります。

ISBN978-4-596-72239-3

mirabooks

レディ・ヴィクトリア
リンダ・ハワード
加藤洋子 訳

没落した名家の令嬢ヴィクトリアは大牧場主との愛のない結婚生活に不安を覚えていた。そんな彼女はあるガンマンに惹かれるが、彼には恐るべき計画があり…。

天使のせせらぎ
リンダ・ハワード
林　啓恵 訳

早くに両親を亡くし、たったひとり自立して生きてきたディー。そんな彼女の前に近隣一の牧場主が現れる。その目的を知ったディーは彼を拒むも、なぜか心は揺れ…。

ふたりだけの荒野
リンダ・ハワード
林　啓恵 訳

炭坑の町で医者として多忙な日々を送るアニー。ある日彼女の前に重傷を負った男が現れる。野性の熱を帯びた男らしさに心乱されるが、彼は驚愕の行動をし…。

炎のコスタリカ
リンダ・ハワード
松田信子 訳

国家機密を巡る事件に巻き込まれ、密林の奥に監禁された富豪の娘ジェーン。辣腕スパイに救出され、始まったサバイバル生活で、眠っていた本能が目覚め…。

美しい悲劇
リンダ・ハワード
入江真奈子 訳

帰郷したキャサリンを出迎えたのは、彼女の牧場を取り仕切るルールだった。彼の姿に、忘れられないあの日の記憶と、封じ込めていた甘い感情がよみがえり…。

瞳に輝く星
リンダ・ハワード
米崎邦子 訳

亡き父が隣の牧場主ジョンから10万ドルもの借金をしていたと知ったミシェル。返済期限を延ばしてほしいと頼むが、彼は信じがたい提案を持ちかけて…。

mirabooks

名もなき花の挽歌
イヴ&ローク54
J・D・ロブ
新井ひろみ 訳

ニューヨークの再開発地区の工事現場から変わり果てた女性たちの遺体が次々と発見された。彼女たちの無念を晴らすべく、イヴは怒りの捜査を開始する…。

幼き者の殺人
イヴ&ローク55
J・D・ロブ
青木悦子 訳

夜明けの公園に遺棄されていた女性。時代遅れの派手な格好をした彼女の手には〝だめなママ〟と書かれたカードがあった。イヴは事件を追うが捜査は難航し…。

232番目の少女
イヴ&ローク56
J・D・ロブ
小林浩子 訳

未成年の少女たちを選別、教育し、性産業に送りこむ邪悪な〝アカデミー〟。搾取される少女たちにかつての自分の姿を重ね、イヴは怒りの捜査を開始する——!

死者のカーテンコール
イヴ&ローク57
J・D・ロブ
青木悦子 訳

NYの豪華なペントハウスのパーティーで、人気映画俳優が毒殺された。捜査線上に浮かびあがったのは、かつて闇に葬られたブロードウェイの悲劇で——

純白の密告者
イヴ&ローク58
J・D・ロブ
小林浩子 訳

数々の悪徳警官を捕らえた元警部が殺された。犯人は人生を狂わされた警官本人、あるいは家族なのだろうか? 捜査を進めるイヴは、恐るべき真相にたどり着く!

不滅の愛に守られて
ジュリー・ガーウッド
鈴木美朋 訳

偶然遭遇した銃撃事件をきっかけに、命を狙われることになったイザベル。24時間、彼女の盾になるのは、弁護士であり最強のSEALs隊員という変わり者で…。

mirabooks

霧に眠る殺意

アイリス・ジョハンセン
矢沢聖子 訳

組織から追われる少女とお腹に宿った命を守るためハイランドへ飛んだ復顔彫刻家イヴ。数奇な運命がうごめく荒野で彼女たちを待ち受けていた黒幕の正体とは…。

あどけない復讐

アイリス・ジョハンセン
矢沢聖子 訳

復顔彫刻家イヴ・ダンカンのもとに届いた、少女の頭蓋骨。8年前に殺された少女の無念が、闇に葬られた真実と新たな陰謀、運命の出会いを呼び寄せる…。

最果ての天使

アイリス・ジョハンセン
矢沢聖子 訳

命を狙われる孤独な少女カーラを追い、極寒の地へ飛んだイヴ。ようやく居場所を突き止めた彼女には、想像を超えた凶悪な罠が待ち受けていて…。

囚われのイヴ

アイリス・ジョハンセン
矢沢聖子 訳

死者の骨から生前の姿を蘇らせる復顔彫刻家イヴ・ダンカン。ある青年の死に秘められた真実が、新たな事件を呼びよせ…。著者の代表的シリーズ、新章開幕!

慟哭のイヴ

アイリス・ジョハンセン
矢沢聖子 訳

殺人鬼だった息子の顔を取り戻そうとする男に追われ、極寒の冬山に逃げ込んだ復顔彫刻家イヴ。満身創痍の彼女に手を差し伸べたのは、思いもよらぬ人物で…。

弔いのイヴ

アイリス・ジョハンセン
矢沢聖子 訳

殺人鬼だった息子の顔を取り戻すためイヴを拉致した男は、ついに最後の計画を開始した。決死の覚悟で挑む闘いの行方は…? イヴ・ダンカン三部作、完結篇!

mirabooks

明けない夜を逃れて

シャロン・サラ
岡本　香 訳

余命宣告から生きのびた美女と、過去に囚われた私立探偵。喪失を抱えたふたりが出会ったとき、運命は大きく動き始め…。叙情派ロマンティック・サスペンス！

翼をなくした日から

シャロン・サラ
岡本　香 訳

元陸軍の私立探偵とともに、さまざまな事件を解決してきたジェイド。カルト組織に囚われた少女を追うなかで、自らの過去の傷と向き合うことになり…。

すべて風に消えても

シャロン・サラ
岡本　香 訳

最高のパートナーとして事件を解決してきた私立探偵チャーリーと助手のジェイド。最大の危機と悲しい別れが、二人にこれまで守ってきた一線をこえさせ…。

明日の欠片をあつめて

シャロン・サラ
岡本　香 訳

特別な力が世に知られメディアや悪質な団体に追い回されるジェイド。相棒の探偵チャーリーを守るため彼女が選んだ道は——シリーズ堂々の完結編！

ダーク・シークレット

シャロン・サラ
平江まゆみ 訳

父親の遺体発見の知らせで、封印した悲しい過去と向き合うことになったセーラ。それを支えるのは、今度こそ彼女を守ると決意した、20年前の初恋相手で…。

哀しみの絆

シャロン・サラ
皆川孝子 訳

25年前に誘拐されたことがある令嬢オリヴィア。同時期に殺された少女の白骨遺体が発見され、オリヴィアの出自を揺るがすなか、捜査に現れた刑事は高校時代の恋人で…。

mirabooks

バナナクリーム・パイが覚えていた

ジョアン・フルーク
上條ひろみ 訳

ハネムーンクルーズを満喫中のハンナに、母が死体を発見したとの連絡が入る。大急ぎでレイク・エデンに戻ったハンナは、独自に事件の調査を開始するが…。

ラズベリー・デニッシュはざわめく

ジョアン・フルーク
上條ひろみ 訳

殺人に使われたのは、夫のロスに送られてきた毒入りチョコレート!? ハンナは夫のゆくえと事件の両方の調査を始めるが、思いがけない事実が次々と発覚し…。

チョコレートクリーム・パイが知っている

ジョアン・フルーク
上條ひろみ 訳

ハンナは傷つき悲しみに暮れていた。ロスの最悪な嘘が発覚したのだ。家族や友人たちの優しさに支えられ、なんとか立ち直ろうとしていたその矢先、信じられない事件が起きて…。

ココナッツ・レイヤーケーキはまどろむ

ジョアン・フルーク
上條ひろみ 訳

末妹ミシェルの恋人で保安官助手のロニーが殺人事件の第一容疑者!? 事件の担当刑事がいないという前代未聞の事態のなか、ハンナは独自に事件の調査をしはじめたけれど…。

トリプルチョコレート・チーズケーキが噂する

ジョアン・フルーク
上條ひろみ 訳

レイク・エデンのトラブルメーカー、バスコム町長が殺された。住人に話を聞けば聞くほど、容疑者候補は増えていき…どうする、ハンナ!? シリーズ24弾。

キャラメル・ピーカンロールは浮気する

ジョアン・フルーク
上條ひろみ 訳

エデン湖で開催中の釣り大会で、また死体を発見してしまったハンナ。すぐにマイクに通報するものの、なんだか様子がおかしくて…急展開のシリーズ25弾!

裏切りの刃

リンダ・ハワード

仁嶋いずる 訳

THE CUTTING EDGE

by Linda Howard

Translation by Izuru Nishima

mirabooks